転換の時代の俳句力

金子兜太の存在

岡崎万寿
Okazaki Manju

文學の森

はしがき――時代を詠む三つの視点

ある健康雑誌（平26・11月号）の巻頭に、福島の被災地・浪江町の馬場有町長が「原発事故はすべてを奪う」と題して、つぎのように書いていた。

「原発は、すべてを破壊する魔物です。事故が起これば憲法十三条の幸福追求権、二十五条の生存権、二十九条の財産権など、すべての権利を奪ってしまう」

「できれば浪江町に戻って、ふるさとを再生したい。戻れるものなら戻りたい。しかし、戻ることができないのです。原発事故を経験した以上、再稼動などとうてい考えられません。事故は、まだ終わっていないのです」


なんと痛切な、人間のいのちの声であろうか。同じく、原発事故対応の最前線にいた吉田昌郎所長（福島第一原発）は、政府事故調査委員会による「吉田調書」の中でメルトダウン当時の危機感を、こう振り返っている。

「これでもう私はだめだと思ったんですよ」「われわれのイメージは東日本壊滅ですよ」

原発には「万一」が許されないのである。人間とすべてのいのちにとって、決して共存できないことが、ますます明らかとなってきた。多くの俳人たちも、鋭敏な感性をもって、そのことを体感し、危惧し、表現している。

本書は、そうした同時代の共感をもとに、歴史的、実証的に、「時代と向き合う俳句と俳人」を主なテーマとして、つぎの三つの視点からアプローチしている。

一つは、歴史的に時代の転換期に照明を当て、その激動の中で、俳句と俳人はどうであったか。どんな作品が詠まれたか。またどんな変化と可能性を拓いているか、という視点である。ここ百年の間、私たちが体験し、また体験しつつある転換の時代は、大きく次の二つである。

①一九三一（昭6）年に始まる十五年戦争と一九四五（昭20）年の敗戦、そしてその廃墟から起ち上がった戦後という時代。

②二〇一一（平23）年三月十一日、いわゆる三・一一の東日本大震災、中でも福島原発事故に始まる日本の社会、国民生活、環境、意識、文化、エネルギー全般に及ぶ、国民の世論・運動と結んだ地鳴りのような転換への時代。

目次でいえば、第Ⅱ・Ⅲ部が①の時代を、第Ⅰ部が「定点分析」の形で、動き始めた②の時代の俳句状況を解明している。

二つは、そうした転換期に、いや激変の時代であればこそ、最短詩形の俳句が他の文芸におとらず、時代と立ち向かい、その可能性を広げ、活性化し、時代を詠む表現力を開花させてきた視点である。

そこには時代の困難に揺らぐ心を、俳句をもって乗り越えてきた俳人たちの真摯な努力がある。併せて、この五・七・五という最短定型詩形のもつ不思議な魅力がある。転換期には、それが俳人たちの生き抜く力ともなった。まさに「俳句力」である。

三つは、そうした二つの転換の時代と俳句について、調べれば調べるほど、現に第一線で活躍する金子兜太の実作、俳論、発言、活動ともに、現代俳句と俳句界を牽引するその存在感、リーダー性の大きさに驚く。そればかりでなく、戦場体験とそこに根ざす平和への信条をもち、九十五歳の今なお並外れた生命力で、縦横に人生、いのち、時代、戦争、そして俳句を語る人間・金子兜太への人びとの関心、マスコミの注目度は抜群といえる。その視点を、事実に即して述べている。

二〇一五（平27）年の今年は、ヒロシマ・ナガサキの被爆、そして敗戦から七十年目の節目を迎える。この時、ふたたび「戦争する国」へ、原発再稼動への逆流が目立ってきた。またそれを許さぬ草の根からの国民世論と行動も、かつてなく広がっている。

この転換の時代がさらにどう動くか。なにより、この転換の時代の俳句力が引きつづきどう発揮され、心動かす俳句の数々が作られるか。現代に相応しい俳句評論が活性化するか。本書がささやかでも、一つの問題提起となればと願っている。

転換の時代の俳句力——金子兜太の存在／目　次

第Ⅲ部　十五年戦争をめぐる俳句のリアリズム小史　181

装丁　巖谷純介

転換の時代の俳句力——金子兜太の存在

第Ⅰ部　三・一一と俳句、その新展開（定点分析）

〈その年〉

一　戦後俳句のリアリズム断想
――東日本大震災と俳句、川名大論文、赤城さかえの評論について

はしがき――俳句の力

今回の東日本大震災を想うとき、自然に、「東北」と「大震災」を詠んだ、二つの名句が浮かんでくる。

人体冷えて東北白い花盛り　金子兜太
白梅や天没地没虚空没　永田耕衣

兜太の句は、みちのくとよばれ、日本人にとって心の原郷のような、東北の遅い春を詠んだもの。厳しい冬に耐えた林檎、梨、辛夷などの白い花が、いっせいに開花し一面に彩る。その清潔な美しい風土感を、自分の冷え冷えとした肉体感を通して捉え直したところが、兜太句ら

しい。（昭42作）

耕衣は平成七（一九九五）年の阪神淡路大震災の被災者で、二階のトイレにいて倒壊した自宅の瓦礫の中から、奇跡的に救出されたという。掲句は、その実体験を通して大自然のもつすさまじい破壊力を、「天没地没虚空没」とスケールの大きい心象世界として描き出したもので、そこに「白梅」という美しいいのちをしっかり配したことで、詩になった。（平7作）

見る通り名句は旅行先での平安な日常の景も、大震災での生死の体験による虚実の心象世界も、十分なリアリティをもって、読み手の心を動かすことができる。では俳句という最短詩形のもつ強靱さは、今回の大震災のような社会的な危機で、どんな力を発揮するだろうか。「朝日俳壇」の選者・長谷川櫂は「日経」夕刊（4月28日付）で、「危機にこそ詩歌を詠む」の見出しで、こう述べている。

「実際（新聞の俳壇や歌壇の投稿作にみられるように）、多くの一般の人たちが震災を作品にしている。天皇から民草まで、みなが歌を詠む万葉集以来の日本の伝統は今なお生きていると感じる。日本人の心の底で眠っていたものが今、揺り起こされているともいえる」

「芭蕉の『軽み』という概念が曲解されている部分がある。それは、ただ軽いということではない。本当は悲惨な人生をも軽く受け流し、重いものを軽く歌うということだ。この上なく重い今の状況を、どう詠むかが試されている」

全く同感である。そしてそれこそ、「重い今の状況」、つまり未曾有の大震災という現実と向き合い、その表現のリアリティを追求するリアリズム精神に他ならない。私はこのリアリズム精神こそ、戦後俳句の遺産としてその表現技法とともに、現代俳句が継承すべき核心、いわば戦後俳句の志だと思っている。

今回の大震災(福島原発事故をふくむ)について、俳句は何をしようとしているのか、どんな作品を詠んでいるのか、を四月末までの時点で、新聞(「朝日俳壇」)、雑誌(「俳句」「俳句界」五月号)に発表された作品で、具体的に検討することにしたい。

その一　大震災と俳句の新たな動き

昨年(平22)刊行された金子兜太(「朝日俳壇」選者)・佐佐木幸綱(同「歌壇」選者)の対話録『語る 俳句 短歌』によると、「俳壇」はもともと「ホトトギス」系が中心で客観写生の句が多く、「普通の事件に対する反応なんて、俳句は短歌の三分の一もない」(金子)。一方「歌壇」は「かなり時事的・政治的な歌を採る」(佐佐木)選者もいて、その種の投稿が多かったそうだ。もっとも俳句は詩形がより短いから場面、状況が言えない、社会的テーマは作品化しにくい面が確かにある。

ところが今回の大震災では、状況が大きく変わってきた。「朝日俳壇」に選ばれた震災にかかわる句は、四名の選者の分(1名10句、計40句中)を合わせ、四月四日付が八句、十日付が二十三句、十八日付二十七句、二十四日付が十八句とつづいている。投句、選句とも、かつてなく意欲的である。「歌壇」とくらべ、量質とも見劣りしない。
毎週の投句者が六、七千というから、四月だけでも恐らく万を超える俳人たちが、各地で積極的に大震災を詠み、「朝日俳壇」へ投句したことになる。注目したのは、四月十日付では四名の選者とも一席に、そろって震災句を採っていることである（カッコは、その選者が採った震災句の数）。

稲畑汀子選（4句）
新聞の紙衣一枚地震の空　松原　淳
金子兜太選（6句）
水恐し水の貴し春に哭く　手嶋真津子
長谷川櫂選（4句）
壊滅の国とも知らず地虫出づ　山田千恵女
大串　章選（9句）
震災児土筆の如く空を見る　吉田睦月

ここでは最早、各選者の属する、現代俳句協会、俳人協会、伝統俳句協会といった団体の俳句観の相違はほとんど感じられない。つづいて四月十八日付の「朝日俳壇」では、被災地救援への強い願望や、どん底の苦難に耐え抜く被災者への連帯の想いを、主観を込めて表現した力作も選ばれてきている。

誰が統《す》ぶやこの荒涼の春の惨《ざん》　加藤　宙

春泥や無辜の民こそ偉大なる　野尻徹治

また今回の大震災のかつてない深刻さは、巨大地震と巨大津波に加え、レベル7という世界最悪の原発事故が重なった「複合型」の大災害という点である。その明らかな人災である福島原発事故、広がる放射能汚染について、いま俳句がいかに詠むかが問われている。「朝日俳壇」の選句の中にも、新鮮で批評性をも感じさせる原発事故の句が、次第に表れ始めた（4月24日付）。がんばれ俳句！　の思いである。

原発の屋根吹き飛ぶや涅槃西風　御手洗征夫

福島は暗黒大陸桜咲く　岡崎正宏

次に雑誌を見てみよう。五月号の「俳句」は「俳人百四十名が送る『励ましの一句』」、「俳句界」は七十名の俳人（作品3句）による「三・一一大震災を詠む」という「緊急特集」を組んだ。両誌に名前の重なる俳人もいるが、延べ二百十名の俳人が、計三百五十句の作品を、一句一句に被災者への祈りをこめて、一挙に掲載されている。著名俳人をふくむベテランの俳人たちによる同じ社会的テーマでの作品だけに、興味深く読んだ。
他に被災者ではただ一人、高野ムツオが惨状の中「俳句」誌上に震災句の「特別作品二十一句」を発表している。大津波が襲った宮城県多賀城市に住み、編集部の依頼に応え「この不幸不遇を俳句のバネに」と、勇気ある挑戦をされている。ムツオは同じ五月号の「俳句界」に、「特別作品二十一句」を発表しているが、こちらは震災前に投稿されたものらしく、〈雨の蟇恋にもとより終り無し〉といった普通の作品である。震災句の特別作品は、直に大震災を体験した俳人ならではの迫力とリアリティがある。

春光の泥ことごとく死者の声　　高野ムツオ
陽炎より手が出て握り飯摑む　　同

大震災直後、その「緊急特集」を企画した「俳句」「俳句界」の編集部は、この「未曾有の災害を題材にして、俳句はどこまで切り込むことができるのか」といった編集者魂を燃やしていたようだ。そこに集まった三百五十句の作品には、俳人それぞれが、この惨禍を前に俳句という「ことばの力で何ができるのか」と自問をしつつ、心の疼きのようなものを作品化している。それらをモチーフ別に、その特徴について挙げてみよう。状況を知るため、句数の多い順に紹介する。

一、被災者とむすんで国民みんなが心を一つに助け合い、励まし合い、感謝し合う人間連帯の句が圧倒的に多いのも、今回の大震災以後の最大の特徴であろう。俳句だけでなく、いま全国各地でボランティアをはじめ、各種の被災者救援の助け合い運動が自発的に沸き起こっている。危機に立つ日本人本然の美徳か、驚き、心打たれる。

凍て返る被災地に聞く「ありがとう」　大牧　広
それでも微笑む被災の人たちに飛雪　金子兜太
なにもかも失くしよい顔ありがとう　前田　弘
みちのくの雪ん子わらべありがたう　黒田杏子
草の芽も木の芽も君も僕も今　坪内稔典

二、大震災の恐怖に対して、生と死の大切さ、生きている喜び、祈りを詠んだもの。前項と重なるが、これも多く、光る。

冴返るこの合掌を如何せん　廣瀬直人
命あり日あり人あり春あれば　辻田克己
パンジーの光りあつめて祈るなり　安西　篤
壊滅の大地に春の祈りあり　稲畑汀子

三、福島原発事故を題材にして、人間のいのち、暮らしの不安や憤り、批評性を宿した句が、合わせて十数句ある。これまで原子炉を景として詠んだ作品はいくつも見たが、放射能汚染と面と向かった作品は、日本の俳句界では今回が最初の作品ではないか。

竜天に登り原子炉睨みけり　大串　章

核不安風に乗り来る戻り寒　鍵和田秞子

四、当然ながら大震災のすさまじさ、悲惨さとともに人間の無力さ、喪失感、愚かさを詠んだ作品は、意外と少ない。正確には、ストレートで観念的な写生句はあるが、挙げるほどの成功作がきわめて少ないのである。現状では被災地からの俳人の投句が、まだほとんどないためかも知れない。

死者の眼の数かぎりなし花の昼　小澤　實

春の地震《ない》亡びゆく陽を見ていたり　山崎　聰

五、今回の天災と人災が絡まった大災害について、人間のいのち、暮らしの視点から、作品が文学としての批評性をもつのは当然だとおもうが、いまのところ原発事故の俳句を除き、そのモチーフの作品は私が見る限り、次の一句しか無かった。「緊急特集」なので、これからに期待したいところだ。

なにゆゑの壊滅春を待つ東北《きた》に　澁谷 道

その批判の方向は、政治でも自然でも神でもかまわない。作者はメッセージに、「大災害はどうみても理不尽な神の暴挙としか思えません」と書き添えている。

確かに、まだ僅かでも、新しい変化が俳句界にも見られる。私はその変化が、阪神淡路大震災（平7）のときのような一過性にならないよう願っている。これまでの日本社会の閉塞状態が、大震災を契機として、エネルギー、防災、環境、暮らしをはじめ、文化をふくめてあらゆる面で、その発想や価値観の転換が、深刻に求められる時だから。

その二　川名大論文への一つの疑問

「戦後俳句の検証」と題する、川名大氏の「海程」連載（平22・1月号～平23・2、3月合併号）十二回が終わった。

川名氏は戦中の新興俳句運動を中心に、近・現代俳句史の研究者・評論家としてよく知られている。その論考は丹念にデータに当たった実証性があり、ポジティブな論旨で、これまで私自身も、学ぶことが多かった。その基本は、今回の連載でも同様である。

ただここで、戦後俳句のリアリズムについて考える上で、見過ごせない一つの論点を、疑問として挙げておきたい。それは戦後俳句の中で、すでに名句、秀句として定評のある次の三句まで、「予定調和の発想、予定作意（イデオロギー）を前提とするまやかしが潜んでいるのではないか」「この句の読みと評価の書きかえを求めるゆえんである」と、厳しく否定的な評価をしている点である。

戦後の空へ青蔦死木の丈に充つ　　原子公平
白蓮白シャツ彼我ひるがえり内灘へ　　古沢太穂
原爆許すまじ蟹かつかつと瓦礫あゆむ　　金子兜太

もちろん戦後俳句の主要な流れの、いわゆる社会性俳句は、敗戦後の混沌と民主化へのエネルギーが錯綜する中で、俳句で時代を詠み人間の自由を表現しようとする運動であったが、俳句表現の上での実りは乏しかった。川名氏が指摘するように「素材主義、散文的表現、左翼的観念の予定調和などの負性作品を量産した」ことは、その通りである。

だから、そうした素朴リアリズムから真のリアリズム俳句を追求する方法的な努力が、金子兜太をはじめ同世代の戦後派俳人たちによって推進され、兜太の造型俳句論という到達点があった。俳論の上でも、実作の上でも、俳句における社会性の地平を開拓した意義は、否定できない。川名大論文も、作品評価の上での違いはあるが、その点ではおおよそ一致している。

では、先の川名大論文の予定調和説のどこに問題があるのか。まず原子公平の句〈戦後の空

〈青蔦死木の丈に充つ〉から見てみよう。この句は敗戦直後の昭和二十一年の作。当時、原子が住んでいた東京・本郷近くの、焼け残ったアパート周辺の実景を見て、その青蔦の旺盛な生命力に感動して作った句である。学生の頃から原子と親交があり、そのアパートを頻繁に訪れていた金子兜太は、『今日の俳句』(昭40刊)や『わが戦後俳句史』(昭60刊)の中で、その作句の背景や原子の心境について、実にリアルに詳しく書き述べている。

「松葉杖をついた原子が、夏の日を浴びて、アパートの近所の被爆の大木を見上げている様子がすぐ浮かびます。その死木と化した大木に重なるように巻きついた蔦の青葉が、生命(いのち)の旺盛な蘇りを明示している。原子は元気づけられ、自分の生《せい》を確実なものたらしめようとおもっている」(『わが戦後俳句史』)

「べつに作者は、具体的にこれこれしかじかの希望を青蔦によって示そうとしたのではない。ただ、なんとも壮観なこの生命力に感銘して、希望への意思を吐露《とろ》したまでなのである」

「基本は、その感銘それ自体である。だから、私たちの胸のどこかにドスンとくる」(『今日の俳句』)

全く自然に、この句の背景が見え、作者の感銘が伝わってくる。川名氏の、ある「理念(イデオロギー)が前提」となって作ったとする、予定調和説が根拠がないことは、これで十分だと思うが、もう一人だけ、作品それ自体から、この句を「戦後秀句」の一つに挙げ、原子公平の代表作として評価している俳人(新興俳句系)・平畑静塔の鑑賞を紹介しておこう。

「『戦後の空』といっても、もうはっきりとその面影の通じぬ人も多い。なお梢が焦げたまま突っ立つ巨木の空が、青く晴れわたればわたるほどに、地上が惨めに映った戦乱敗亡の空である。……青蔦は死木にからみ、その死木のかつての日の至高をはっきり示すいただきまで登りつめ、さらには不変の青空にまで伸びようとする不逞の強さを示している。戦後のたくましく新しい生命は、別に存在した。新しくたくましく地にはびこり、まことに有為転変をさだかに見せている光景なのである」

（『戦後秀句Ⅱ』平畑静塔）

その通り原子の句は、敗戦直後という、体験者でないとその実感が湧かないほどの瓦礫の廃墟の中で、逞しいいのちのエネルギーへの生《なま》の感銘が、作句のモチーフとなっている。新旧交代といった理屈が先走った作品では、決してない。ところが川名大論文は、この名句について、証明らしい証明もなしにこう断定する。

「この句は戦後の新たな民主社会の誕生という理念（イデオロギー）が前提として存在し、死木の頂上まで這い上る青蔦を当てはめることでそれを表わそうとした予定調和の句であろう。……（中村草田男の句と）共にイデオロギーに盲いた発想、作り方という点では軌を一にしている」

（「海程」平22・6月号）

これだけで、川名氏の真意を理解できる人がいるだろうか。川名氏は「この句は戦後の新たな民主社会の誕生という理念（イデオロギー）が前提として存在」するというが、戦後わずか一年、まだ新憲法も施行（昭22・5）されない、「食糧メーデー」など国民が飢餓と貧窮にあえいでいた夏である。体系的な思想をもった一部の人びとは別として、みんな生きることで精一杯だった。つまり、イデオロギー以前である。原子もその一人だったことは間違いない。

川名氏が、この主張をあえて通そうと言うなら、原子が当時、俳句づくりの「前提」とするほどの、またそれに「盲いた発想」をするほどの確たる（イデオロギー）の持ち主であったことを、立証しなければならない。金子兜太の先の二冊の本を見ても、そんな話題は皆無である。

実証性で定評のある川名氏が、どうして本連載でくどいほど（この種の予定調和説は、「海程」平22・6月号から11月号まで、連載5回にわたる）、こんな恣意ともいえる主張をされるのか。私には、疑問である。

加えて、もう一つ疑問がある。私の手元にある現代俳句協会創立五十周年記念特大号「現代俳句」（平9・7月号）を開くと、メインの一つに「戦後五十年を振り返る」という、座談会が掲載されている。メンバーは佐藤鬼房、原子公平、阿部完市、川名大の四氏。司会は森田緑郎氏。面白い企画である。そこで注目したのは、その中で「社会性俳句のあり方と評価」にかかわる川名大氏の発言である。少し長くなるが資料的に重要なので、そのまま紹介する。

「作品で見てゆきますと、昭和二十年代の初期から優れた社会性俳句が沢山作られているんですね。例えば、昭和二十年の

いっせいに柱の燃ゆる都かな　三橋敏雄

は、追体験で東京大空襲を詠んだものですが、時代を捉えるとともに、時代を越えた普遍的な作品になっている。

かなしきかな性病院の煙《けむり》突《だ》し　鈴木六林男
戦後の空へ青蔦死木の丈に満つ《ママ》　原子公平
原爆地子がかげろふに消えゆけり　石原八束

『原爆地』の句などは、比較的早い時期に原爆を詠んだ作品だろうと思いますね。佐藤鬼房先生の句で印象的なのは、昭和二十七年の、

縄とびの寒暮いたみし馬車通る　佐藤鬼房

等です。これも広い意味での社会性俳句の中に入るような作品です」

「むしろ、作品の評価として大事なのは、単なる社会性現象として素材が浮き上った、作品の形象化という面で不充分であったものと、作品の形象化ということで優れたものとを見極めて、社会性俳句には、こういうマイナス面もあったけれども、優れた作品もあった。そこに社会性俳句の意義というのを認めていくことだと思います。先程申し上げたような句は、社会性俳句の歴史に残る作品だとするべきだと思うんです」

以上、川名氏らしいポジティブな基調で、作品評価の点を重視した発言は、妥当であると思

う。ここでは原子公平の〈戦後の空へ青蔦死木の丈に充つ〉という作品が「優れた社会性俳句」の数少ない一つに挙げられ、「社会性俳句の歴史に残る作品だとするべきだ」とまで、明確に発言されている。前述の予定調和説で、この句をオール否定される主張の影もない。つまり、一八〇度違うのである。

この座談会は平成九年に行われたもので、その後、いつ、なぜ、この句の積極評価の主張が変わったのか。この間に出版された『俳句は文学でありたい』（平17刊）、『挑発する俳句　癒す俳句』（平22刊）などを調べてみたが、その形跡もない。そうなると、この問題は川名大氏の俳句評論家としてのあり方にかかわってくることになるのだが――。やはり、疑問としか言いようがないのである。

ではなぜ、こうした我田引水としか思えない主張をされるのか。連載をよく読むと、この予定調和説は、論の組み立て自体に、作品評価を恣意的に歪める問題があるようだ。簡単に、その問題点を列記しておこう。

①川名氏の予定調和説は、一般に、その論理の筋が見えすぎる程度の、いわゆる予定調和とは違って、作品評価にあたって、まず最初に、「左翼イデオロギー」「左翼的観念」とか、「戦後イデオロギー」「固定観念」とかの、特定イデオロギー（理念）が、句作りの「前提」「先入主」として、ばっちり「存在」するところから始まる。そんな大袈裟で漠とした「観念」から、作句を始める俳人が、どれほどいるだろうか。

②そして、そのイデオロギー的「前提」を柱にして、フレーズをそれに「なぞり」「当てはめ」「肉付けするコード」として、五七五の言葉が表現されるそうだ。ややこしい。そこでは作者の胸を打つ感覚、感動も、新鮮な発見もモチーフも、その表現の工夫も、単なるイデオロギーのための「符丁」となり、「作意」や「仕掛けた表現意図」に「奉仕する」ものとして、みじめに歪曲されてしまうのである。

③こうして川名氏の予定調和説がまかり通り、戦後の長い年月、多くの俳人たちに口誦され、愛されてきた社会性の名句、秀句、佳句の数々が撫で切りにされる結果となる。公平、太穂、兜太の他にも鈴木六林男、沢木欣一、佐藤鬼房などの作品が俎上にのぼる。その問題が「いわゆる社会性俳句の最大の負性」と言うことだ。

その上、それらの俳句を予定調和の句と詠めない俳人は、「仕掛けた表現意図にまんまと嵌まって、予定調和の表現になっていることに盲目だ」「表現史に盲いているのだ」と、厳しく指摘されるのである。尊敬する川名氏が、まさかと思うが、論文の文意は、やはりそうなっている。私は俳句作品の評価の基準というなら、川名氏が現俳協五十周年記念号の座談会で発言され、先に引用した、「作品の形象化」という点で優れたものと、不充分なものとを、見分けることの重要性については、まったく賛成であり、それに尽きるのではないかと思っている。

先に挙げた原子公平の「戦後の空へ――」につづいて、川名氏が予定調和の悪しき例として挙げている古沢太穂の〈白蓮白シャツ彼我ひるがえり内灘へ〉の句も、金子兜太の〈原爆許すまじ蟹かつかつと瓦礫あゆむ〉の句も、それぞれに時代のかかえる問題に真正面から切り込んだ、いわば傾向性を持つ社会性俳句である。そこで川名氏が問うべきは「作品の形象化」という点で成功しているか、否かではないか。二つの句ともそれによって評価の分かれる作品であるからである。

それは兜太が、常々教えているところでもある。思想は当然、俳句でも詠める。いや詠むべきである。しかし思想を露出させては詩にならない。そのためには「思想の生活化」「肉体化」、つまり思想を日常の暮らしに溶け込ませ、そこから俳句を立ち上げよ。表現を練り上げ、作品の詩的形象化をはかれ、と。

いうまでもなく、この太穂の句、兜太の句を秀句、名句と思う多くの俳人は、この「作品の形象化」という点でも、戦後という時代を生き生きと映像化、形象化した作品と見る。太穂の〈白蓮白シャツ彼我ひるがえり〉という清潔な健康感や能動的な意思の明るさをもつ表現に、心はずむ詩を感じている。また兜太の「蟹かつかつと瓦礫あゆむ」という小動物の鮮やかな映像は、非核へのイメージ力十分で、「原爆許すまじ」という被爆国民の祈りにも似た言葉と呼応して、いまでもその時代の息吹きを感じさせてくれる。

結論的に言えば、公平、太穂、兜太の掲句は、間違いなく実景、実感、実体験から発想したリアリズムの作品である。それを予定調和説なるものをもって、味気ない非リアリズムの観念句の芥箱へ捨ててはならない。この「予定調和」なる篩にかければ、社会性俳句の残しておきたい他の秀句、佳句の多くが、同じ観念句の芥箱行きとされるだろう。

以上、原子公平、古沢太穂、金子兜太の三句を中心に、あえてそこに問題を絞って、戦後の社会性俳句の評価をめぐる、川名大論文の「予定調和」説という疑問だらけの主張を批評してきた。戦後俳句と、その基底にあるリアリズムが真っ当に検証され、評価され、継承されることを願うからである。行論と紙数の都合で、本連載での川名大論文の積極面について、具体的に書けなかったことを残念に思っている。

その三　赤城さかえのリアリズム論の継承問題

赤城さかえは戦後俳句の時代のそっくり二十年間を、盟友、古沢太穂とともに「寒雷」「道標」「新俳句人連盟」を足場に、颯爽と活躍した俳人、評論家である。戦後という現実と向き合い、その真実を追求する俳句リアリズムの発展を、一途に生涯の課題としていた。

惜しくも昭和四十二年、五十八歳で亡くなったが、その大きな句業は、一〇六四頁もの分厚い『赤城さかえ全集』に結実している。同じ二十年、たえず病魔とのたたかいの中での、この旺盛な活動ぶり。赤城の俳句にかけた情熱が伝わってくるようだ。

全集の中には、金子兜太が「いまもって名著である」と高評した『戦後俳句論争史』や、赤城が、中村草田男の昭和十五年の句〈壮行や深雪に犬のみ腰をおとし〉を、「近代リアリズムの一つの頂点を示す」と論じたことから始まった、「草田男の犬」論争（昭22〜24）など、俳句とリアリズムをめぐる評論多数が収録されている。

その「草田男の犬」論争の中で、赤城が述べた「写実の果の象徴」という考えは、従来の俳句の手法には無かった、新しい真のリアリズムへの一つの方向として注目された。それにふれて、最近、兜太はこう話している。

「リアリズムで徹底的に現実を書いていくなかに滲んでくる思想の世界、あるいは滲んでくる心の世界。これを積極的に宿さなければダメなんだ。ただ現実を書けばそれで済んでしまうということだけでは、句は中途半端、説得力を失うと。それをいっていると思います」

（「俳句人」平22・5月号）

実作の面でも赤城は、その「写実の果の象徴」を目標にして努力を重ね、句集『浅蜊の唄』（昭29刊）、『赤城さかえ句集』（昭42刊）を出版している。その代表作を、私なりに三句挙げると。

秋風やかかと大きく戦後の主婦
咽ぶごと雑木萌えおり多喜二忌以後
出港か月界がこたう夜の巨笛

一句目、戦後女性のたくましさを「かかと」で表現。二句目、改めて生《せい》への意欲を、雑木林の梢のうるんだ芽吹きに着想。三句目、とくに兜太が「意欲充実、その形象に成功」と推賞する句である。

では私たちにとって俳句の先達であり、師とも思っている赤城さかえの句業を、とりわけ真の俳句リアリズムの追求の課題を、今日どう継承するのか。それは一般的にも戦後俳句の検証の問題でもある。順に簡潔に述べたい。

A　継承すべき積極面

①赤城や太穂に共通する特性は、働く庶民の生活の目線で、真のリアリズムを探求する俳論と実作に、生涯、力を尽くしたことである。その生き方、態度こそ、第一に継承すべき点だと思う。

②二つには、先に述べた赤城の「写実の果の象徴」という提案の積極面である。まだ実作に応用するほど熟《こな》れた方法ではないが、いわゆるクソ・リアリズムでないリアリズムを追求しようとする俳人たちにとって、一つの示唆、指針となるものである。

③三つとして、自らもふくめ俳句の「リアリズム理論がまことに幼稚な段階で低迷している」と、率直で謙虚であること。そして幅広い人々との関係や共同を大切にする姿勢は、いまなお貴重であると思う。こう書いている。

「否、むしろ、草田男俳句の真の長所を勤労者の立場から捉え直すことにさえ成功していないのが現状である。小林多喜二が志賀直哉氏から学んだ、あの謙虚さに於いても確信においてもわれわれは欠けている」

（「草田男の犬」第三論）

B　乗り越えるべき未完、未熟な面

赤城さかえは評論の中で、金子兜太が目指した「本格俳句」や「造型のリアリズム」について、刮目し期待を寄せていた。その兜太の造型俳句への道程は、いうまでもなく、外なる現実だけでなく、むしろ内なる現実つまり自らの内面世界を重視し、それをどう表現するかのアプローチであった。

それが複雑で混沌とした現代を形象するに相応しい、現代俳句のリアリズムの発展方向であるが、赤城はその壁の前でたじろいでいた。「わかると思うことの空しさ――古沢君への返事――」の中で、こう書いている。

「僕は何も、俳句を高踏な精神、高級な心理とが無縁だといっているのではないのです。それを誇示し、解説するに適さない、心理を心理として売り出すに適した文学形態じゃないと言っているのであります」

実作でも内面の句や「虚実」の虚の句はほとんどない。この壁が、赤城さかえのリアリズム論の発展にとって、乗り越えるべき最大のポイントであると思う。

C　時代の産物として留めおくべき誤りの面

赤城さかえのリアリズム論の「頂点を示すもの」として、彼が昭和三十三年の新俳句人連盟総会で報告した「リアリズムについて」を挙げる人がいる。だが私は残念ながら、それは全く逆で、時代的制約による重大な誤論というほかはない「人民民主主義リアリズム」論が、「報告」の結論になっていることを、率直に指摘したい。たとえば、こうだ。

「だから、日本に於いては、現在進行している人民民主主義革命への現実によって性格づけられたリアリズム芸術が生まれつつあるし、生まれなければならない。革命の要請はリアリズムの性格を規定するのである」

時代的制約もあろうが、ここでは発想自体、旧ソ連の社会主義リアリズムの問題を、まだまだ引きずっている。俳句の方法はいかなる時でも、政治と歩調を合わせるものであってはならない。それでは国民文芸としての俳句のリアリズムは発展しない。

赤城さかえのリアリズム論の、この致命的ともいえる誤りが、日本の現実の中で早く克服されることを願ったが、五年後（昭38）の同じく新俳句人連盟総会での石塚真樹の報告「リアリズムをめぐって」は、赤城の誤りをさらに助長する内容のものだった。

新参の私が、その事実を知り、驚きのまま新俳句人連盟総会（平11）のシンポで、全面的に取り上げたのは、それからさらに三十六年後のことで、その間の事情を聞きたかったさかえ、太穂、真樹の先達は、みんな故人となっていた。この問題については、かつて仲間の俳誌「つぐみ」（平15・11、12月合併号）に、短いエッセイ「なんて阿呆な」を書いているので、ほぼそのまま文中にいれる。

何がきっかけで、こうまで俳句評論に深入りしてしまったのか、自分でも不思議である。糸をたどると一九九九年十月、京都で開かれた新俳句人連盟総会のシンポジウムにありそうだ。そのシンポで私は、頼まれて「二十一世紀の民主的俳句運動の視座」という報告をした。ところがその準備過程で、黙っておれない、いやおくべきでない問題にぶつかったのである。

それは、民主的俳句運動の理論的よりどころとされてきた、先達の赤城さかえ、石塚真樹の同じく「リアリズムについて」と題する連盟総会での報告の中で、その基調とされている「人民民主主義リアリズム」論についてである。もともと芸術創造の方法であるリアリズムを、当面する革命の性格づけと直結させ、安易にその名を冠するとは、なんという政治的偏りであろうか。

石塚報告にいたっては、その基調の上に金子兜太の〈華麗な墓原女陰あらわに村眠り〉という名句を、論証もなく、「都会人金子の精神の頽廃」ときめつける偏狭さを見せている。

しかもそれを、兜太によって「不毛のレポート」と一刀両断に反論されながら、なぜか誠実に論争し、総括しようとしていない。シンポの報告で、私はその問題を前面に取り上げ、俳句における共同の視点から、前向きの論争よおこれ！　と結んだ。以来四年、私はそのテーマを執念ぶかく追っている。「つぐみ」連載の「現代俳句のリアリズム考」の一章一章に命を削る思いである。

第二の人生だというのに、なんて阿呆な、という気もする。

それから、ほどなく私は新俳句人連盟を辞めた。淋しくもあるが、私なりに赤城さかえの志を継ぎたいと思っている。まだ阿呆は、つづいている。


（「海程多摩」第十集・二〇一一年）

付・エッセイ

「津波てんでんこ」の友

その日、つまり二〇一一年三月十一日、私は東京・武蔵野市の自宅で急ぎの原稿を書いていた。関東ローム層の上に建つ木造二階家で、地震には割と強いと思っていたが、午後二時四十六分、その瞬間から大揺れに揺れつづいた。

書棚からどどっと書籍が崩れた。震度五弱だったが、私には生まれて初めての強烈な激震体験だった。家中がぎしぎしと、あるいは倒れるかとも思った。

それが東日本大震災であることは、テレビで知った。私はテレビの前で釘づけにされ、凄まじい自然の恐怖と、そのどん底での人間の生と死の惨状に、連日、心を震わせていた。ビデオやテレビが普及した今日、その生々しい映像が、そのまま直に全国各地で体感できた。

ところで、四月三日付「朝日新聞」で、「『津波てんでんこ』痛感　提唱の山下さん　逃げ遅れ『反省』」という見出しの写真二枚の記事を見て、あっと驚いた。その山下文男さんとは長い付き合いで、私がある雑誌の編集をやっていた頃、彼は出版局にいた。岩手県出身で明治の大津波（一八九六年）では祖母らを亡くし、小学三年のときに自ら昭和の三陸大津波（一九三三年）を体験しており、当時から津波災害史の研究者だと聞いていた。『津波てんでんこ　近代日本の津波史』などの著書もある。自分の命はそれぞれ自分で守れ！というそのことばは、昔から何回もの大津波の災害を被ってきた東北の人びとの「非情のようだが、一人でも多くの人が津波から身を守るための哀しい知恵なのである」と、彼は書いている。現に今回も、新聞によると、そのことばで津波教育を受けた釜石市の小中学校生のほとんどが助かったということだ。

しかし当の本人は、入院先四階のベッドで「まさかここまでは」と油断して流され、奇跡的に九死に一生を得たそうだ。よかった！

（「海程多摩」第十集・二〇一一年）

〈一年目〉

二　三・一一後の時代と俳句を探る
――「無名の力」と高野ムツオ・金子兜太の存在

その一　現実と俳句を見る視点

東日本大震災（福島原発事故をふくむ）から一年余が経過した。そのあまりにも巨大で、惨酷で、複雑な未曾有の大災害を前にして、俳句で何ができるのか、言葉の虚しさを感じた俳人も少なくなかった。しかしだからこそ、そうした厳しい現実への止むに止まれぬ心情を、吐き出すようにぶつけるように、五・七・五の俳句で表現した俳人や俳句愛好者も大勢いた。

俳人にはそれしかなかった。そこから立ち上がった。それが「俳句の力」というものか。当然、大震災とその後を詠んだ俳句は、厖大な数にのぼるだろう。その流れは、国民的な広がりの上で、とくに俳句表現の上でどんな新味を持ち、どんな方向性を見せつつあるのか。問題を絞って具体的な解明ができれば、と思っている。

「俳壇」五月号（平24）は「震災で詠まれた百句」を特集して、阪神淡路大震災（平7）から二十三句、東日本大震災から七十七句（内原発事故関係九句）を選び、選者の筑紫磐井が解説を付けている。「被災後一年経った今では、ルポルタージュや呼びかけではなく、後世に残す作品となっているかどうかを基準とした。……風化させないための優れた句を選びたいと思った」というのである。

俳句総合誌としては一応妥当な企画だと思うが、いま一つ、今回の大震災が日本の社会や国民の生活、文化のあり方に与えた、また与えようとしている甚大な変化を考えた場合、そうした「専門」俳人による従来型の「百句選」（内二句は一般俳人の句だが）だけに留まってよいか、という問題は残る。

そこで私は、そうした俳句を選ぶ「基準」とも関連して、先の「百句選」の中で「いのちの感動」といった、最も大震災の本質に迫る名句として、すでに評価を得ている高野ムツオ、金子兜太の次の二句から入ることにする。

泥かぶるたびに角組み光る蘆　ムツオ

津波のあとに老女生きてあり死なぬ　兜太

この二句とも、大震災の直後に詠まれた句で、切実なリアリティと、作者の目の輝きや息遣いまで感じさせる作品である。いうまでもなく高野ムツオは、被災地の宮城県多賀城市に住み、師の佐藤鬼房の後を継いで、現在「小熊座」の主宰をされている。

掲句は「泥かぶるたびに」という表現で、今回の大津波による生々しい記憶とともに、太古から幾度となく襲った東北沿岸の大津波の歴史まで想起させる。それと、この地で逞しく生き残ってきた蘆の光る芽を対置して、大自然の中で生きるいのちの尊さを表現した。それは自然の災厄や社会的な差別、貧困に耐えぬいてきた東北の人びと、その祖霊の姿まで連想させる深みと詩情をもった作品となっている。

兜太の句は、大津波から逃れたが、その恐怖と寒さにおののき、避難所に蹲る一老女をモチーフにした。被災者へ優しく心を寄せる作品である。下五の「死なぬ」は、老女をはじめ被災したすべての人びとへの励ましの言葉であり、兜太自身の現実に生き立ち向かう意思の再確認でもあろう。このムツオ、兜太の二句は今回の大震災を詠んだ無数の俳句の中で、酷しすぎる現実と真向かい抗う、生きものの生命の尊さを詠った、文字通りの代表作であると思う。

もう一つの視点は、大震災とその後を詠んだ俳句の国民的な広がりである。後で具体的に述べるが、このテーマでの一般の俳句愛好者をふくむ新聞その他の俳壇への投句者は、かつてなく増加している。高野ムツオも角川「俳句年鑑」（二〇一二年版）の巻頭提言で、一年を回顧しつつ「無名の力」と題して、こう述べている。

「この震災を機に、改めて知ったこと、考えさせられたこともたくさんある。俳句の無名性と、その力もその一つだ」（震災後、俳句総合誌の）「中には感銘を受けた句がずいぶんあった。しかし、私の心をよりとらえたのは、もっと大多数の、いわば俳句をささやかな心のよりどころとして親しんできた、いわゆる一般の愛好家たちのものであった」

また「朝日俳壇」の選者の一人、長谷川櫂も「詩歌は無力ではない！」というタイトルのインタビューに答え、「俳句界」（平23・7月号）でこう語る。

「日本人は昔から、誰でも詠う。上手、下手関係なしに。日本人は全員が詩人であり、詩歌の国なのです。……今回の震災で、いろいろなところでいろいろな人が俳句や短歌を詠み投稿している。日本人全員が持っていた詩歌の心が、地震によって目を覚ましている」

その通り三・一一の大震災に始まるこれからの俳句を見る視点として、この「無名の力」の変化を見落としてはならないと思う。それらの作品を発掘し、民族文化の記録として集成しておく必要が、今日の時代だからこそあるのではないか。

その二 「朝日俳壇」一年の分析

そこで手頃な資料として、三・一一以来の（実際には平23・4・4以降だが）、「朝日俳壇」一年分余（～平24・4・30まで）を対象に、丹念に目を通し、鑑賞し集計をしてみた。なぜなら毎週一回の「朝日俳壇」は、他紙の俳壇のように選者指定投句でなく、俳句界の大方の流れを代表する稲畑汀子、金子兜太、長谷川櫂、大串章四人の選者による共選制をとっており、内容的に見て全国の俳句愛好者たち、つまりムツオのいう「無名の力」がかなり公平、端的に反映しているからである。

その一年一ヵ月間の「朝日俳壇」の回数は五十六回。四人の選者が十句ずつ選ぶので一回で四十句、全体で二千二百四十句が選ばれ紙上に発表されている。その中で大震災関係や明らかにその影響、背景を感じられる俳句が三百三句にのぼる。そして四人の選者みんなが選んでいる。

その特徴をつかむため、多少の煩瑣をいとわず、月毎に選句された大震災関連の句数を挙げてみよう（カッコは内原発事故関係句の数）。三・一一があった平成二十三年の四月が、八十一句（五句）で全体の五十％強、五月が五十六句（十八句）で二十八％とかなり多い。六月になると十九句（九句）、七月が七句（四句）、八月が十六句（九句）、九月が十一句（四句）、十月が十七句（四句）、十一月が五句（〇句）、十二月が九句（五句）とつづき、その持続性に注目した。

翌平成二十四年に入ると、一月が二十一句（十句）と増え、二月が十七句（八句）、一年目の三月には二十五句（五句）で十五・六％となり、四月が十九句（三句）。全体をまとめると、三・一一関連句は選句総数の十三・五％の比重を占めている。

重要なことは大震災以来、「朝日俳壇」でこれだけの数の三・一一関連の俳句が選句されつづけた、という事実である。

同時に俳句の質の面でも、選句された大震災関連句は、被災した人、しなかった人　それぞれに切実な実感、祈り、不安、恐怖が形象化され、佳句、秀句が多い。その内容の変化を見るため、大震災直後の三ヵ月間と、その半年後の三ヵ月間の作品を実際に検討してみよう。まず直後の三ヵ月間（平23・4〜6月）で各選者の三席までに入った作品（緊急募集の特選句もふくむ）の中から、私なりに五句挙げると――。

ものの芽の天地裂くとも萌え出でよ　斎藤哲哉
生きていて生きてるだけで燕来る　飯田　操
花どきの日本列島千切れしまま　本多公世
終りなき八十八夜の余震かな　和城弘志
原発のさつきの闇にぬつと月　青島ゆみを

一、二句目は生きているいのちの激しさ、尊さを、祈りと感動の心をこめて詠み上げている。三、四、五句目は「花どき」「八十八夜」「さつき闇」といった季語の情趣をたっぷり生かしつつ、「列島千切れしまま」「終りなき……余震」「ぬつと月」という独自の表現で、三・一一とその後の時代への批評性を静かに詠み込んでいる。五句とも震災直後だけに体で感じた臨場感がある。大自然や原発への本能的な畏れの念が生々しい。

さて、それから半年後の三ヵ月間（平24・1〜3月）の俳句は、モチーフや表現上どう変化を見せているか。同じく私なりに五句を挙げる。

唐突に風がさらひし冬牡丹　有田嘉子
希望とは帰ることなり去年今年　無京水彦
三月の瓦礫の上に三月来　井上正和
包丁の刺されたままや春は来ぬ　寺嶋三郎
地滑りに雪崩に津波地震国　篠崎義昭

一、二句目は、同じいのちの哀しさも半年前とくらべ、表現がずっと内面化し象徴性を深めている。三、四句目は一向に進まない復興や、放射能被害にさらされたフクシマの現状に批判性を強め、いらだち、怒りに近い心情を表現している。五句目は他でもない「花鳥諷詠」の稲畑汀子選で、こう評している。「災害がこれでもかと続く。その事実だけを述べた秀句」。これらの秀句、佳句がムツオのいう「無名の力」のみごとな展開であることはいうまでもない。

以上から見て大震災関連の俳句は、むしろ、そこから発した脱原発、放射能汚染、核のゴミ処理、大地震・大津波の予測、防災、安全、環境、瓦礫処理、エネルギー問題などなど、いのちと暮らしに直結するテーマへと広がり、次第にその深刻な時代詠として、多様なモチーフや内容、表現で詠みつづけられることだろう。それをどう詠み、どう俳句は変わっていくのか。その方向を、現に活躍中の二人のリーダーの作品や発言から探ってみよう。

その三　被災地からの存在感――高野ムツオの場合

今回の東日本大震災関連で被災地の多賀城市にあって、「小熊座」を主宰する俳人・高野ムツオの俳句にかかわる旺盛な活躍ぶりは、まことに目を瞠るものがあった。「俳句界」（平24）六月号で、酒井佐忠もこう書いている。

「昨年の大震災以後、高野ムツオの一連の作品や発言には、他の俳人とは根本的に違う力強さがある。それは一種、鬼気迫るものと言ってもいい。……直接に死の恐怖と廃墟の光景を目の当たりにした作家の表現は、他を圧する」

その通り、ムツオは自らの被災体験を元に、余人には代えがたい作品や文章や活動によって、その存在感を重くした。時代を画するほどの大震災被害の現場に、高野ムツオが存在してくれて、ほんとうによかったと正直に思う。

その存在感を見せた事例を、四つほどコンパクトに挙げる。

（1）なにより、被災地から次々と発表された大震災を身をもって詠んだムツオの作品群の、その迫力、その秀抜さである。まず震災直後に編集された「俳句」（平23）五月号に、自ら実感した大地震・大津波を、その瞬間、瞬間で作品化した「春の虹」と題する特別作品二十一句を発表。全国の俳人たちは「よくぞ」と感動した。歴史的な作品だが五句だけ――。

四肢へ地震ただ轟轟と轟轟と
膨れ這い捲れ攫えり大津波
車にも仰臥という死春の月
鬼哭とは人が泣くこと夜の梅
陽炎より手が出て握り飯摑む

　そこには生身の人間がいる。愕き、怯え、怖れ、哭く。いのちの感動そのものである。先の「俳句年鑑」の合評鼎談「今年の秀句、そして諸問題」で、小川軽舟が「五月号で高野ムツオさんの作品を見た時は、『ああ、やっぱり俳句で震災に真っ正面から向き合えるんだ』ということを強く印象づけられて感激しました」と述べ、つづけて西村和子もこう語る。

「ムツオさんの句には私も衝撃を受けましたけれども、被災したという境遇にあっても俳句を作っていくという、俳人としての生きる姿勢、大災害に対していく姿勢を感じました」
(2) 被災地・東北にあって、その東北の人々の誇りと根性と力を、いち早く風土感あふれるエッセイと俳句をもって表明し、かえって全国の失意の人びとを励ましたことである。
「祈りながら、自然災害のみならず、差別や貧困、飢餓に耐えて、千年以上の歴史を力強く歩み続けてきた蝦夷の、日出づる国の人々の力を思った。必ず復興できる。そう確信した」

この一文は「芽吹く蘆に祖霊を見る」というタイトルで、被災から十二日後の昨年（平23）三月二十三日付「読売新聞」に掲載された。

その文末に据えられた一句が、その一で挙げた名句〈泥かぶるたびに角組み光る蘆〉である。そして自句自解でこの句のモチーフを述べ、大震災後、何日も途方に暮れていたある日、近くの川辺にきらりと輝くものを見、そこに蘆芽、さらに祖霊の姿まで連想したこと、そこから「私は生きる力を見い出した思いになった」と感慨している。つまりムツオのいのち再生の句であるのだ。高山れおなは、早速、四月四日付「朝日新聞」の「俳句時評」でこのムツオの文と句を取り上げ、心ここにあらずの日がつづくなかで、それは「俳句方面での救い」であったと書いた。

後日になるが、ムツオは「俳句」（平24）六月号の企画に応え、この作品を自分の代表句に挙げている。

（3）先に引用した「無名の力」という「俳句年鑑」の巻頭提言で、ムツオが三・一一後の俳句のあり様と俳人の生き方について、次の二点を明瞭にしたことである。

一つは「歴史も自然も、そして、人間の在り方も、昨日までの世界観は崩壊したこれからを歩まねばならないのだ。その俳句のあり方が、今一人一人に問われている。正念場はこれからである」といった問題提起。二つは「無名の力」と呼びたい、全国の俳句愛好者たちが見せた大震災詠の量と質のすばらしさの再認識である。この時期を得た洞察力のある提言に共感、納得した俳人は少なくないと思う。
（4）主宰する「小熊座」などをもって、緊急に「東日本大震災復興支援俳句コンクール」（「鬼房顕彰全国俳句大会」緊急企画）を全国へ呼びかけ、三千百五十一句が集まり大きく成功したことである。佐藤鬼房奨励賞に〈泥の遺影泥の卒業証書かな〉（曽根新五郎）、高野ムツオ奨励賞に〈春の海ただ一揺れで死者の海〉（泉天鼓）など。ムツオは「俳句」（平23）九月号掲載の入選発表、「選考にあたって」で、こう述べている。
「俳句は時事を詠むべきかどうかなどとは、その議論からして無意味だとも悟りました。それは止むに止まれず詠まれ、そこに作品として在り続けるものであったのです」
以上、ムツオの大震災で見せた俳人としての存在感、つまり役割の大きさを、私なりに四つに整理してみた。ではその中で、ムツオの実作自体はどういう変化を見せてきているのか。今年（平24）の「俳句界」三月号、「俳句」五月号掲載のそれぞれ特別作品二十一句から、五句を挙げる。

霜柱その渾身の崩れ方
凍星や孤立無援にして無数
死してなお雪を吸い込む鰯の眼
幼霊が浮かべし春の氷かな

被曝して青を深めて春御空

その短い鑑賞に入る前に、ムツオが表現者として大震災体験から直に、強烈に摑んだ点を簡潔に振り返っておきたい。それはずばり現実と真向き合い、その現実を「見ること」の重要性である。そのことをムツオは同人誌「豈」五十二号（平23・10月）で、同じ題名で「一つ指摘するとすれば、俳句は現実とわかちがたく結びついた場から言葉が生まれる芸文であるという当然のことが、改めて再確認できたことである」と述べている。

そしてつづけて、若年の頃、師とした金子兜太が句会で「俳句は見ることだ。物を見ること、物の力こそがまず肝要だ」と強調されていたことを、嚙み締め直している。

「このたびの大震災を契機に、この言葉が、また新しい意味をもって迫ってきたのである。事実を言葉で摑みとることが、実は事実そのものを発見し、その本質を見出すことに繫がる」

そして、このことをめぐる「俳句」（平24）三月号での小澤實との対談が、実に平明でなんとも面白い。大事な部分なので、重なる面があるが引用する。

高野　今度の大震災は、そんな私に、はっきりと「見ること」の意義を突きつけたと思っています。ものを見る、現実を見る、俳人にとって、それは言葉で現実と向き合うことです。もちろん、ただ眺めていればいいわけではない。自分の生きる姿勢を精いっぱい傾けて、自分の意志を集中させて、想像力を駆使して「見る」こと。そして、言葉で事象の、ものの本質を正体を摑まえること。それが俳句にとって大事だと、この震災を契機にして知りました。

小澤　震災を機に俳句観が大きく変わられた。

大震災体験の上に、その超非日常の現実を俳句で表現するためには、どうしても自分の俳句観について再確認、再構築しておく必要があったのだろう。先に挙げた近作五句も、この視点から鑑賞すると、ムツオが追求する俳句の方向性が、少しずつ見えてくるようだ。

まず言えることは、ほぼ一年前の大震災直後の作品のような生々しさ、切迫感、臨場感に代わって、その被災地で生きる作者の内面深く沈殿した記憶、傷痕、祈念、そしてその想像力が、じんわりと言葉となり俳句となっている。この五句以外のどの題材、モチーフの句を読んでも、心底にしっかり、あるいは朧に三・一一が据わっている。そう読める。

一句目、ムツオは命の瞬間を捉える詩が俳句といったが、踏めばざくっと崩れる霜柱。その瞬間、まさに渾身で崩れる。大震災ではそんな崩れ方を随所で見た。二句目、見上げる冬の星には、そんな透明な孤独感がある。あれは無数の犠牲者の魂なのか。三句目、無残に命を奪われた多くの生きものの上に雪が降る。いや降っているのではなく、死んだものが吸い込んでいるのだ。それも口からでなく「鰯の眼」から。凄い句だ。四句目、大津波に呑まれた沢山の子ども、春の川に浮かぶ一片一片の氷はその魂とも。切ない。五句目、原発事故で広大な空間へ放出された放射能。人災で空まで被曝したのだ。だがその空は青々と崇めたいほどの深み。春の明るさが。

今回の大震災とその後、被災地の俳人・高野ムツオとその「小熊座」から、学ぶべきものは多々ある。その活躍ぶりは、ムツオの師であり「小熊座」の創刊者である、佐藤鬼房の姿と深く重なる。鬼房は俳句を愛し、東北を愛した。その蝦夷の風土に伝わる歴史上の悲劇の英雄アテルイを、こう句に残している。

アテルイはわが誇りなり未草《ひつじぐさ》　鬼房

その四　時代を超えたリーダー性――金子兜太の場合

さる五月二十七、八日（平24）、東京新宿の京王プラザホテルで開かれた「海程」創刊五十周年記念大会の祝賀パーティでのことである。国際俳句交流協会会長の有馬朗人（「天為」主宰）は来賓祝辞の中で、金子兜太の戦後俳句史に刻んできた足跡にふれて、およそこんな話をされた。

「兜太さんは青年の時も、壮年の時も、そして高齢の時も、いつの時代でも日本の俳句界のリーダーでした」

私はその話を聞きながら、まったくそうだが、今回の東日本大震災とその後の俳句状況の中で、兜太がどんな役割を果たしているかについては、意外にまだ知られていないのではないか、と考えていた。小論を書く問題意識の一つにそれがある。

これからその役割について、三つの点から簡明に述べるが、その前に関連して、「言葉の力」「俳句の力」を直に見るような二つの事実を挙げておきたい。

一つは前に書いたことだが、三・一一以後の混迷から高野ムツオが立ち上がり、逞しく俳句活動を展開する出発点で、かつて兜太が句会で熱意をこめて話した「俳句は見ることだ」という言葉が、強い支えとなった事実である。ムツオ自身繰り返しそう語っている。

二つはその「小熊座」の俳人・佐々木とみ子さんが、兜太の句〈おおかみに螢が一つ付いていた〉を取り上げ、被災地でその句によって生きもののいのちの尊さを深く教えられたことを、次のように書いている（「小熊座」平24・2月号）。

「狼と小さな螢火は作者の心の映像。この易しい表現の裏にある思念を思う。三月の大震災を受けてなおはっきりとそれを教わった。あれほどの尊い命と引き換えに教えて頂いたのだ。自分を変えてゆかなくては申し訳ないと思う」
(1)さて三・一一をめぐる俳句のリーダー性の一つは、「朝日俳壇」選者としての際立った兜太の役割である。それは先に一つのデータとして取り上げ、分析したように「朝日俳壇」一年一ヵ月分、計五十六回で、大震災関連の入選句が三百三句ある。その中で、兜太による選句が百三十五句、全体の四十四・六%、つまり半分近くを占めていることである。二位の選者による選句が七十七句に対し、五十八句も多く大震災関連の入選句中、圧倒的な比重である。

しかも今回の大震災は、大地震、大津波に加え原発事故というかつてない大惨事で、この国の政治、経済、社会、文化すべてのありようが、根本から問われつづけている。その非日常の現実を詠まずにはおれない、生きる力としての俳句が作られ、とくに一般の俳句愛好者の投句が広がっている。それが、三・一一以後の特徴である。

高野ムツオはその俳句状況を、「無名の力」と呼んだが、その力の表現の場として、「朝日俳壇」は積極的な役割を担っている。ややくどく述べてきたのは、そこでの兜太の選者としてのリーダー性を、今日の時代の中で確認しておきたかったからである。その兜太選は、全国の俳人、俳句愛好者をどれほど励ましたことか。

ここで一言ふれると、兜太はこの間、昨年（平23）九月中旬から初期の胆管がんで入院手術を受け、十二月十日に無事退院された。それでも「朝日俳壇」の選は、一回も休んでいない。九十二歳になられるが、その気力と努力と生きる姿勢には頭が下がる思いである。

今回、私なりに判ったことだが兜太の選句は、毎回六、七千句もある投句の中から、ベテランの目で秀句、佳句を見落とさず選んでいる。たとえば三・一一直後の四月の「朝日俳壇」の兜太選一席を挙げると、〈水恐し水の貴し春に哭く〉（手嶋真津子）、〈誰が統《す》ぶやこの荒涼の春の惨《ざん》〉（加藤宙）、〈福島は暗黒大陸桜咲く〉（岡崎正宏）。当然かも知れないが、もし兜太選がなければ、「無名の力」のみごとな結晶といえるこれらの作品が、世に出ることなく埋没している。そのことを考えると、数だけでなく時代を詠む秀句を発掘する質の面でも、兜太選の役割は大きい。

⑵二つ目に挙げたいのが、兜太の疲れを知らない実作によるリーダー性である。その作品の内容から二つの句群に分けて紹介しよう。

A大きなスケールと現実の核心を捉えた句群

三月十日も十一日も鳥帰る

竹の秋復興の首太き人ら

風評汚染の緑茶なら老人から喫す

花は葉に「安全神話」底暗く

一句目、三・一一の前日、三月十日はさる大戦中の東京大空襲の日。十万人が焼死した。その二つの理不尽な壊滅状況は、イメージとして重なる。そんな人間界の悲劇をよそに、鳥たちは自然の営み通り北へ帰っていく。洞察が深い。この句をムツオは「この〈鳥帰る〉の季語の働きにとても感動」（「俳句」平24・3月号）と。二句目は被災地の復興へ汗する人間（男）がモチーフ。兜太らしい肉体感、その力強さ。

三句目は原発事故の放射能放出による、農・漁・観光業などへの風評被害がモチーフ。それを「風評汚染」の造語で、わが身でその緑茶を「喫す」といった、被害者と一体となった姿勢。中西夕紀は合評鼎談（前掲「俳句」）で「金子さんの心意気を感じますね。金子さんは言いたいことを手摑みで俳句にされている」と。四句目は今年（平24）の「俳句」六月号掲載の近作。一年余たったが、「安全神話」を振りまいて未曾有の原発事故、放射能災害をもたらした財・政・官・学などによる「原発利益共同体」が、またぞろ脱原発ノーで動き出した。真に底暗い。鋭い今日的批評性。

B兜太の俳句観の「生きもの感覚」「アニミズム」が活きて表現された句群

それでも微笑む被災の人たちに飛雪

放射能に追われ流浪の母子に子猫

燕や蟬やいのちあるもの相和して

被曝福島米一粒林檎一顆を労わり

一、二、三句目は大震災直後の作で、その時でないと詠めない切実感がある。一句目は打ち沈む人びとで一杯の避難所で、労わり合い語り合う中であろう、「それでも微笑む人たち」がいた。その瞬間を捉えた句。望月周は「俳句界」（平23）六月号で、この句を「胸に深く届いた」句の一つに挙げ、「破調の持つ放埓なエネルギーが被災者との距離感を縮めている」と評した。「飛雪」は被災者たちの厳しい現実を象徴。だが何か明るさも。二句目は「子猫」が、季語以上にいのち温かく働く。

三句目は被災地の燕や蟬や「いのちあるもの」、四句目は被曝した一粒の福島米と一顆のりんご、それらが人間もふくめ「相和し」「労わり」合う内面風景がモチーフ。まさに「生きもの感覚」「アニミズム」そのものではないか。これらの句の裏に被災者同士の助け合い、全国に広がる支援の輪といった状況も感じとれる。

A・Bの句群とも、大震災という途方もない現実と向き合い、被災地の人びとと呼吸を合わせている兜太の内面表現が、「いのちの感動」を呼び起こす。力のこもった、内に批評性もある作品である。無季の句もあり、使われた「子猫」「林檎」「花は葉に」などの季語も、これまでの本意本情とは異なる質感を感じさせる。見る通り兜太の作品は、明らかに時代を詠むこれからの俳句のあり方、作り方を探る上で一つの方向性を骨太に示していると思う。

(3)三つ目は兜太のリーダー性を見る上で、ある意味で最も肝要な点であるが、「造型俳句論」(二七三頁参照)をふくむ俳句表現と作句の姿勢、態度の問題での役割である。

それは三・一一を契機に改めて見直されている、俳句の大きな方向性にかかわることだ。その点で私もやや意外であったが、俳句界の変化を感じさせる二冊の俳句総合誌での兜太のインタビューと対談がある。論述に客観性をもたせるために、それらを積極的に引用しながら話をすすめたい。

まず「俳句界」（平23・9月号）「連載インタビュー②金子兜太　大いに語る」の中で、こんな記述に注目した。聞き手は対馬康子（「天為」編集長）。時期は三・一一後の六月。

対馬　確かに戦後俳句の批判があって、軽く詠む時代に入りましたね。でも、今「造型俳句論」が、金子兜太の生き方も含めて、再び求められている時代かなというのを感じています。

金子　「造型俳句論」を読んでみようかという雰囲気が出てきたというのは面白いね。

対馬　先生は、これから新しい時代の波が来ると思われますか？

金子　来ると思うな。特に女性が中心になると思う。

ここで兜太も語っている三・一一後の「新しい時代」は、かつてなく厳しく複雑である反面、国民の力が動く時代でもある。俳句はそうした現実とどう向き合い、どう参加し表現していくかが問われる。兜太の俳論と生き方が改めて注視されてきたのは、自然の流れだろう。

次は「俳句界」（平23・1月号）「特別対談　兜太VS汀子」。稲畑汀子はいうまでもなく「ホトトギス」主宰・日本伝統俳句協会会長。三・一一より少し前の「新春対談」だが、論じられていることは、今日問われている俳句のあり方と同じ流れにある。三・一一直前、俳句界はすでにここまで変わりつつあったのか、を知る上で面白い。二人は同じ「朝日俳壇」の選者。

金子　戦争を経験してきた、それを現在も噛みしめているということでは、程度の差はあれ稲畑氏も私も同じです。
稲畑　今は平和ぼけなんでしょう。それが作品にも出てしまっている。
金子　……今の若い人は命に間接的です。
稲畑　命と正面から向かい合っていないのね。
金子　写生とは命に触れることですからね。私の場合は、もっと心の中で、アニミズムというものを理解しながら、生き物感覚なんて言ってきた。
稲畑　アニミズムは私が先に言ったの。
金子　そういうけちなことは言うんじゃない。……命ということに共通に、問題意識の中心が来ていると。それが大きな収穫だと私は見ていますよ。俳句はそういう役割をしているんだよ。

日本の俳句界の二人のリーダーが、人間と自然はもちろん、平和、命、アニミズムという俳句の基本にかかわることで、ここまで共通項を広げていた事実は、三・一一後の俳句の方向を探る上できわめて貴重だと思う。

大震災、とりわけ原発事故と放射能汚染といった長期にわたる国民的被災体験は、全国の俳人と俳句愛好者たちに、そうした共通項の上に、いのちにかかわる社会的現実としっかり向き合うこと、その現実をよく見て言葉で自らの「こころの感動」を表現すること、という本来、俳句はそうあるべきだった共通項を広げた。高野ムツオがいう「無名の力」もそこに根ざすものだ。これが三・一一後の俳句状況である。

東日本大震災後の一年余を見ても、金子兜太のリーダー性は俳句界の新たな道標ともなっている。やはり時代の求めるスケールの大きい人間、俳人であると改めて思う。

（「海程多摩」第十一集・二〇一二年）

付・エッセイ

「小熊座」のこと

三・一一とその後を、俳句はどう表現しどう変わろうとしているか。こんなテーマを追う中で、被災地の宮城県多賀城市に発行所をもち、大震災後も俳句をもって、逞しく表現活動を展げていると聞く結社誌「小熊座」を、どうしても読んでみたくなった。

ためらいつつ一筆お願いしたところ、早速、昨年（平23）四月号から今年（平24）四月号までのバックナンバー十三冊が揃って届いた。送り主はいま最も多忙に、俳壇で注目されている同誌主宰の高野ムツオ氏からで、いたく恐縮した。しかも「よい企画、充実したものとなるよう楽しみにしています」との、手紙まで添えてあった。

感激のまま、一気に全冊に目を通し、メモをした。そこには大震災に敗けない「俳句の力」が、直に脈打っているではないか。驚くとともに、大いに励まされた。まずあれだけの大震災で犠牲になり、家族や家財を失った同人、誌友が沢山おられる中で一号の休刊もない。直後の四月号では、早くも大震災の緊急特集作品の募集をしている。編集後記の「詩魂は健在。小熊座は不滅です」の一文が光っていた。

その緊急特集の七月号には、作品二十句が五十一人、作品十句＋エッセイが七人、エッセイ・小エッセイ合わせて三十六人の作品・原稿が集まった。それぞれ未曾有の現実を痛恨の想いで詠み、語っている。臨場感のある、詠わずにはおれない、いのちの叫びともいえる作品群に、胸を打たれた。同号で高野ムツオ氏は、師であり「小熊座」の創刊者である佐藤鬼房について、こう述べている。

「思えば、佐藤鬼房の俳句は、そうした過酷な現実を見つめ、過酷な現実を生き抜くためのものではなかったのだろうか」

厳しい生活や時代の現実と真向き合い、切り結び、そのいのちの感動を表現するところに俳句の根本の力があるのではないか。そうした鬼房の姿勢は、いま「小熊座」に頼もしく引き継がれている。そんな一句。

みちのくは底知れぬ国大熊《おやじ》生く　　鬼房

（「海程多摩」第十一集・二〇一二年）

〈二年目〉

三　三・一一後の俳句、その見えてきた地平
——高浜虚子と金子兜太のアニミズムにふれて

はしがき——「時代と俳句」の視点

昨年（平24）、宮坂静生の『昭和を詠う』、高野ムツオの『時代を生きた名句』が上梓され、好評である。いずれも「時代と俳句」をテーマとする俳句鑑賞読本で、一昨年（平23）の東日本大震災（福島原発事故をふくむ—以下三・一一と表記）をわがこととして心を痛め、「今日、どう生きたらよいのか、俳句表現に携わる者にとって深刻な課題を突き付けられている」（静生）、「日本のみならず世界の文明社会のあり方に大きな課題を突きつけました」（ムツオ）と、その時代的変化の大きさに視線を向けていた。

さて三・一一から二年余が過ぎた。震災復興は遅々としている。原発事故は収束どころか、放射能汚染水や汚染土の処理に追われている。雑誌「世界」は今年（平25）一月号で「東北復

興―置き去りにされた生活再建」、四月号で「終わりなき原発災害」という特集をしたが、同感である。脱原発へのぶれない民意と、新しい風をはらむ市民運動の広がりに期待している。

その中で俳句の世界では、なにより東北被災地の俳人をはじめ、全国の俳句愛好者や「専門」俳人によって、厖大な大震災にかかわる俳句が詠まれ、感動的な作品の数々が生まれた。過酷な現実と向き合い、体感し、ことばでいのちの感動を表現する俳句は、俳人それぞれが俳句を作ることで癒された面とともに、まさに俳句ならではの力を示したと思う。

なかでも福島在の俳人・永瀬十悟の作品、「ふくしま」五十句が、三・一一その年の「角川俳句賞」を受賞したことは、原発災害を許さない地元俳人の俳句魂を見せたもので、その意義はきわめて大きい。

産土《うぶすな》を汚すのはなに梅真白　十悟

しかし昨今、そうした大震災俳句のうねりは作品の数も減り、日常の中でやや停滞感も見られる。それを懸念する声も聞かれる。そこで小論では、三・一一後の俳句表現がどう変化の方向性を見せつつあるか、今日見えてきたものは何かを探るため、このテーマでの特色ある俳人を、被災地と非被災地から各四名を挙げ、その作品と主張を具体的に吟味しながら、問題へアプローチしてみたいと考える。

併せて三・一一後、改めて注目されてきたアニミズムをめぐって、高浜虚子の「花鳥諷詠」

と金子兜太の「生きもの感覚」という二つの俳句理念が、再評価されている問題にもふれておきたい。行論上、後半になるので、あらかじめその問題意識を、ここで述べておこう。

哲学者の梅原猛は昨年（平24）正月の新聞インタビューで、三・一一とりわけ原発事故がもたらした影響として、「文明が変わらなくてはいけないし、文明を基礎づける哲学も変わらなくてはいけない」と、こう話している。

「やはり自然との共存という思想に帰らなくてはならない。人間は自然を征服できるという西洋の思想に対し、日本には、動物はもちろん植物も鉱物もみな仏だという『草木国土悉皆《しっかい》成仏』の思想がある。日本は国土の3分の2が森で、神社には必ず森を残した」

（「朝日新聞」平24・1・1付）

これが後述するアニミズムの心性、思想であるが、虚子の「花鳥諷詠」や兜太の「生きもの感覚」の内実が、これに当たる。三・一一後、大自然の畏怖と人間存在の弱小さを知り、改めてアニミズムに目を開き、この虚子と兜太の俳句理念について、再評価の声が高まるのは当然だろう。

だが、そこで虚子と兜太の二つの俳句理念を、アニミズムということで単純に同一視する見方は、いささか疑問に思う。小論後半では両者のどこが重なり、どこが異なるのか、俳句表現史の視角からその論点整理を、コンパクトに私なりの検証をしてみたいと思う。

その一　被災地からの発信――大震災俳句の牽引力

まず注目したいのは、東北の俳人たちによる被災地ならではの迫力ある俳句が、二年目を過ぎた今日でも継続して発信されていることである。

その背景として、東北には山口青邨、佐藤鬼房など以来、俳句の豊かな土壌が広がっていた。「俳句界」は今年（平25）四月号で、その文化的伝統に着目し「俳句の王国　東北」と銘打つ特集をしている。また東北という酷しい風土と、蝦夷と呼ばれた古代から差別、貧困、飢餓に耐え、それと抗ってきた反骨の気風と誇りが受けつがれていた。

そうした歴史をふまえ、三・一一の直後、芽吹く蘆に託して復興への確信、その東北魂を詠んだのが、高野ムツオ（「小熊座」主宰）の〈泥かぶるたびに角組み光る蘆〉という名句である。

この間、被災地の俳人たちは、非業の死者たちへの鎮魂の想いと自らの体感をこめて、三・一一を詠んだ句集を出し始めている。照井翠の『龍宮』、小原啄葉の『黒い浪』、永瀬十悟の『橋朧――ふくしま記』などで、全国的に話題と感銘を呼んでいる。それら句集には、直に三・一一を体験した被災地の俳人たちの深い心の疼きがある。極限状況での大自然と人間の生・死の問題が、共通のモチーフとなっている。

釜石市の高校で教鞭をとる照井翠は、授業中に被災をした。何人もの教え子の肉親が、津波の犠牲となった。句集の「あとがき」で、「死は免れましたが、地獄を見ました。震災から一年半、ここ被災地釜石では何ひとつ終わっていないし、何ひとつ始まっていないように思われます。いまだ渦中にあります」と述べている。集中には、心ゆさぶる句がいくつもあって、読みながらその「虚実」の作品世界に目を留めた。四句だけ挙げると。

双子なら同じ死顔桃の花　翠
脈うたぬ乳房を赤子含みをり　同
卒業す泉下にはいと返事して　同
いま母は龍宮城の白芙蓉　同

こうした被災地でないと、その瞬間でないと詠めない臨場感と、いのちの感動のある作品が、東北で次々と生まれている。俳句を作ることで、災害から生き抜く気力と希望をつかんだ俳人が、ほとんどではなかったか。それらの体験と作品は、三・一一の時代の記録としても貴重だと思う。

ここでは、中でも三・一一を全身で詠みつづけている代表的な俳人の高野ムツオ、照井翠、小原啄葉、永瀬十悟の四氏を取り上げ、大震災直後と近詠の二句ずつから、被災地俳句の特徴を捉えることにしたい。まず三・一一を詠んだ秀句として、すでに定評のある震災直後の四句から。

車にも仰臥という死春の月　ムツオ
春昼の冷蔵庫より黒き汁　翠
孑孑《ぼうふら》に会ひたるのみの帰宅かな　啄葉
牛虻よ牛の泪を知つてゐるか　十悟

四句とも大震災がもたらした惨状、その生と死が、そこに在る。それをじっと凝視している作者がいる。その一つひとつの映像が、俳句だけに、ストレートに読み手の胸に迫るのだ。ムツオの句はその夜の、大津波でひっくり返った車が水浸しに何台もつづく異様な実景。それにある日、ふと見た「春の月」を配合して、大自然の猛威とともに物悲しくも心安らぐ月光のある情景となった。

翠の句も大津波で流され瓦礫となった冷蔵庫から「黒き汁」が流れ出る不気味さ。その持ち主はどこにいるのか。啄葉の句は避難先から一時帰宅したものの、跡地で生きていたのは孑孑だけ。生き残った者の虚しさ、侘しさ。十悟の句は、フクシマで原発事故の放射能から避難もできず、飼い主に止むなく薬殺され、あるいは放浪している多くの牛たち。その泪を見ている作者の無念と怒り。

つづいてその後の近作四句を挙げる。

白魚のまなこ無数が陸奥の国　ムツオ

蟇千年待つよずつと待つよ　翠

行方不明者みな七夕へぶらさがる　啄葉

霧を出てまた霧に入る防護服　十悟

三・一一から一年、二年たっても、大震災俳句の核心となってきた生と死のモチーフは変わらない。そこに生者と死者がいる。しかし時間とともに、再生への希望や光を捉えようとする作品が増えてきた。現実の上に、想像力の羽搏く時空がさらに広がってきている。

ムツオの句は春先、半透明で黒い目の白魚の大群が、産卵のため海から川へ遡上するいのちの逞しさを詠みながら、ちょうど大津波の被災地域に当たる「陸奥の国」を出すことによって、歴史が重なってきた。その地の祖霊も、今回の生者・死者も、いやその地にかかわる数多のいのちが、白魚の黒い目玉となって、ふるさと再生へひしめき集まってきているのだ。イメージの大きな心象風景。先に挙げた「泥かぶる……」と同じ流れのムツオの傑作だと思う。

翠の句の「蟇」は作者自身でもある。千年もあくまで待つものは何だろう。その強い想いで生き抜く自分がいる。啄葉の句、七夕竹にゆれる短冊を、津波で行方不明のままの死者たちの魂とも見た。みんな帰りたいのだ。切ない。十悟の句、霧に見え隠れする放射線の防護服、あるいは服だけかも知れない。そのフクシマで、見えない放射線を浴びつつ生きる日々の不安感は、霧より深い。

こうした被災地の俳人たちとともに多賀城市に住む高野ムツオが、その実作の上でも、シンポや対談などで大震災俳句を語り展げる上でも、さらに現地の歌人、詩人との三詩形の交流の上でも、終始、際立った役割を担いつづけ、全国の期待を集めていることは周知の通りである。

現在、早くも三・一一の忘却が懸念されるなかで、被災地からの俳句の発信は、なにより私たちを励まし、大震災関連俳句の、全国的な流れの心強い牽引力となっていることは間違いないと思う。

その二　見えてきた地平①――「自己変革」の俳人たち

最近、三・一一に関するマスコミの報道量も、次第に少なくなってきた。いまこそ文学の出番だ、という声を聞く。俳句の世界でも、濃淡はあるがかなりの「専門」俳人が、被災地に心を寄せ、意欲的、個性的に三・一一にかかわる俳句を詠みつづけ、表現の成熟を深めつつある。ここではそうした「専門」俳人四氏を取り上げ、二つに分けて三・一一後の俳句の方向性を探ってみたい。

まず三・一一で圧倒的な衝撃を受け、自らの生き方、俳句表現そのものを問い直そうと志している、代表的な俳人として黒田杏子（「藍生」主宰）、正木ゆう子（「紫薇」）を挙げ、その発言と作品を見てみよう。

〈黒田杏子〉

杏子は三・一一直後から自分の俳句人生を顧みて、「ことし三月十一日を機に、日本中の人々、いや世界の人々がその人生観と自然観を一変させられた」と、「福島民報」にこんな「励ましの言葉」を書いた。

「ともかく、昨年までの俳句作品と本年の作品世界は根本のところで変わってしまったはずです。私は選句を通して自己革新を果たさなければなりません」（平23・4・6付）

その近作三句を挙げる。

海底やゆらぐ千本山櫻　杏子
さくら咲くかなしき國をかなしまず　同
さくらさくら照井翠に書く手紙　同

杏子は桜花巡礼とその俳句づくりを、生涯のテーマの一つとしている。その吟行句を中心に「俳句」の昨年（平24）四月号、今年（平25）六月号に「さくら」「普賢象」といった特別作品各五十句を発表しているが、この三句は、そこから引いたものだ。三・一一関連句は、合わせて十数句ある。

感心するのは三・一一といった禍々しくなりがちな作品が、各五十句の作品世界の中で少しも違和感なく、大らかに溶け込み、確と立っていることだ。全句を流れる「さくら」、祈り、思いやり、感謝、生きる、自然といった同じ詩心が通底しているからだろう。

一句目はいまだ海底で眠る行方不明者への鎮魂の句。その二千六百余名の魂へ向けて海底に千本の山櫻を咲かせ、ゆらがせ手向ける想像力の壮観さ。二句目は、三・一一とその後の異常きわまる日本を「かなしき國」といい、「かなしまず」と逆転した批評性とアイロニー。三句目は先の釜石の俳人・照井翠へ書く手紙に「さくらさくら」を重ね、いちだんと被災地への想いを深くした。

ここで留意したいのは、「さくら」という季語は、最早これまでの伝統的な美意識をもつ「桜」ではなく、その上に三・一一を経た深い祈りや悲しみ、放射能など陰影を感じとることだ。その一で挙げたムツオの句の「春の月」や翠の句の「桃の花」という季語も、同様である。三・一一後ことば自体が生々しく問い直され、その季語のもつイメージの変容を、鮮やかに見せる好例と言えよう。

〈正木ゆう子〉

次に正木ゆう子は三・一一後、「あれから私は俳句の作り方が変わったと思うんです」と、昨年（平24）の「俳句」五月号の座談会でこう述べている。

「二〇一一年を境に俳句は大きく変わったし、大震災や原発事故の影響はこれからますますボディブローのように効いて、さらに変わっていくと思うのです」

その前、三・一一の年の「俳句」九月号でも、特集「今こそ見直す！　俳句の力」の中で、「原発事故では私たちはみんな当事者であり……責任がある」という自覚を述べ、「それで初めて私は十万年という時間を意識した。十万年という遥かな時間を考えなければならないとは、これは世界観の大変革とも言える……混沌は混沌のままに。どんどん詠んで詠み尽くしたい」と、俳人としての自らの変化の方向と意欲を語っていた。それから、どんな俳句が紡ぎ出されたか、次の三句を見てみよう。

真炎天原子炉に火も苦しむか　ゆう子
牛たちのそののち知らず再び夏　同
新涼の質量をもて虚空あり　同

三句とも原発事故をモチーフとする作品で、その人災では「みんな当事者」といった、責任の意識に裏打ちされた句作であろう。一句目は、昨年（平24）一月号の「俳壇」で、歌人の小島ゆかりと「介護を詠む、震災を詠む」と題した新春対談をしているが、そこで10句、10首を出し合い、話を進めた「震災の句」中の一作。

「炎天」どころでない「真炎天」をバックに、メルトダウンで崩壊状態の原子炉について、「ずっと人間にこき使われて、今、もう熱くて熱くて身をよじっているような感じ」を受け、「ものすごく涙が出た」というのだ。「こういうのを詠むのは不謹慎かもしれないけれども、私としてはとても異常な自分の実感があったので、こう詠まずにはいられない」と率直に語っている。それは「原始人的な直感力」（小島ゆかり）か、私には燃え盛る火炎にまで、同じ霊魂を感じる濃厚なアニミズムそのものの句と読める。「混沌のまま」詠んでいる。

二、三句目は昨年（平24）九月号の「俳句」の特別作品五十句「羽羽」の中の句で、全体で「ふくしま」詠が四句ある。この実母の逝去をテーマとする作品集で、その同じ流れで、放浪の牛たちの生と死に思いを寄せる作品を織り込むあたり、ゆう子の姿勢がある。もともとゆう子は、動物を「ともだち」感覚で好んでモチーフとしており、〈土くれはどんな味する燕の子〉がある。

三句目は「俳壇年鑑」（平成25年版）の「諸家自選」の一句に挙げた作品でもあり、ゆう子が「詠み尽くしたい」と目指す作品の一つであろうか。物理学に関心の深いゆう子は、大気に撒き散らされた放射能の危険を、「質量をもて虚空」ということばで表現する。そんな「新涼」が架空でなく、裏返しの現実のいまであるのだ。

その三　見えてきた地平②——詩形と時代といのち

つづいて、従来の俳句観や作句方法の基本は変えないが、三・一一を弾みに、より真摯に今日の時代と向き合い、ことばを練磨し、詠みつづけている俳人として、私なりに深見けん二

（「花鳥来」主宰）と安西篤（海程会会長）を挙げ、その作品と主張について検討してみたい。

〈深見けん二〉

深見けん二は十九歳のときから高浜虚子に師事してきた、「ホトトギス」の長老俳人である。同主宰の稲畑汀子の「汀子月旦」によると、「信念を越え、信仰の域にある花鳥諷詠」（『ホトトギスの俳人101』）と評されるほど、虚子の根本理念である「花鳥諷詠」の実践伝承者である。

三・一一直後の「俳句」五月号の「被災地にエールを！『励ましの一句』」では、〈たんぽぽやかき消えし日の甦り〉を寄せ、「被災、避難の方々、そこに働く方々の話を聞くと、心痛し、又かえって励まされる」と書き添えていた。

ここで一言ふれると、虚子は関東大震災に際して、その震災詠を一句も詠んでいない。四季の移り変わりの感動を、季題を通して詠み上げるのが「花鳥諷詠」で、大震災や戦争などその範囲からはみだす現象は、もともと俳句の対象外、詠むべきではない、という確固たる信条からである。そんな「ホトトギス」の今昔について考えていた矢先、今年（平25）五月号の「俳句」に載ったけん二の特別作品五十句「菫濃く」を読んで、頷くものがあった。

海を見て荒れ地に立てり春遠く　けん二
ふるさとに役立つ誓ひ卒業す　同

なほ続く風評被害畑を打つ　同

この三句は明らかに三・一一後の被災地の今を詠んだ作品である。「春遠く」「卒業す」「畑を打つ」という季語が、生きて働く有季定型の句で、けん二の俳句観に立っている。平明で、被災地の人びとへ心を寄せる作品である。虚子が俳句の主題にはなり得ない、と厳しく言っていた震災詠、時代詠も、今日では「花鳥諷詠」の範疇に入ってきているのだ。

けん二は平成九年に出版された虚子著『俳談』（岩波文庫）の「解説」で、「季題、定型がある限り、広い視野に立ち、時代の波をくぐり、俳句の独自性を確立し、その中で常に新しさを求めた虚子の信念が、平成の現在においても、あらためて再認識されるのは、当然と言えると思う」と書いていた。「時代の波をくぐり」という言葉にも、やはり「時代」を意識した俳句の姿勢がうかがわれる。これがけん二をはじめ「ホトトギス」の俳人たちの、「花鳥諷詠」に対する今日的解釈だろう。

ともかく「ホトトギス」の俳句も、時代を詠むように変わってきたし、とくに三・一一後の変化は、同年（平23）七月号「俳句界」の大特集「日本伝統俳句協会」を見れば明白である。

〈安西　篤〉

安西篤は金子兜太を主宰とする「海程」の中心メンバーの一人で、戦後俳句の当時から、自在なことばで俳諧味のある日常詠とともに、生きる時代と向き合い形象化した作品を多く詠みつづけている。その基本姿勢は、三・一一後も変わっていないと思う。ここで私が注視したのは、今年（平25）三月に刊行された安西篤句集『秋の道《タオ》』に収録されている、三・一一関連句の質と数である。

同句集は平成十八年から二十三年までの作品を、年毎に主題を付けてまとめているが、三・一一の年は「地動説」と題して、東日本大震災の句はその中見出で三回、十九句。会津吟行の中見出の四句中二句、計二十一句ある。同年の作品五十八句中、二十一句という比重は、大震災とその被災者に寄せる作者の想いの深さ、重さを示すものだろう。ここではすでに定評のある集中の二句と、近詠として角川「俳句年鑑」（二〇一三年版）の「諸家自選五句」から一句を挙げる。

みちのくの夜は二万の海ほたる　篤
瓦礫より音声菩薩雁渡し　同
みちのくに青嵐立てり生きめやも　同

三句とも鎮魂と復興への祈りの句で、その主役が三・一一の死者たちであり、ふるさと再生に励む生者たちであることに注目した。一句目は夜の東北の沖に、二万の小さな「海ほたる」が、青い光で横一線に美しく浮かんでいる幻想風景。二万と言えば死者・行方不明者の数。死者たちは「海ほたる」となって、陸の生者たちを見守り励ましているのであろう。

二句目はまだ遺品が残る瓦礫の山から、「音声菩薩」となった死者たちの読経が、重く静かに聴こえてくる心象世界。以上二句とも死者たちが生者へ何かを伝えようとしている作品で、三・一一後のアニミズム俳句の特色ある表現となっている。三句目の「青嵐立てり」からは、青葉風の強い現地で、復興に立ち上がった青年をふくむ生者たちの、バイタリティーある姿が見えてくる。篤は彼らに「生きめやも」と親しく声をかける。三句とも心のこもった、ことばのリアリティがある。

安西篤は三・一一に関し、「海程」の「潮騒遠近」という連続エッセイで、「東日本大震災に思う」（平23・5月号）以来、最近の「三・一一以後再び」（平25・4月号）、「『三・一一以後』の原点」（平25・6月号）まで、しばしば三・一一後の俳句に求められている言葉表現の問題を取り上げ、思考を深めている。その被災者のこころに届く〈いのちを持つ言葉〉〈生き直す言葉〉とは、掲句もその一つの試行と見てよかろう。

また、その「求められる言葉」の流れで、「少なくとも、大震災の現実を直視したリアリズム俳句が出つつあるとはいえよう」（「海程」平25・4月号）と指摘している。その点で安西篤は、「海程」の秩父俳句道場（平24・11・4）でも、「大震災後、新しいリアリズムに即した作品が、いま大きな力になりつつある」と語っていたが、生の現実に立ち、想像力の躍動する新しいリアリズム俳句の力を期待する発言は、今日的な問題提起として重視したいと思う。

〈見えてきたもの――二年目のまとめ〉

三・一一後の俳句表現の変化とその方向性を探るため、これまで被災地、非被災地合わせて八人の俳人の三・一一後の実作と主張を見てきた。特徴的に言えることは、そのほとんどが車にも冷蔵庫にもいのち（霊魂）を感じ、生者と死者が共存、交感する、まさにアニミズムの句であることだ。戦後俳句を新鮮に彩った自由な自己表現の句は、ここではほとんど見当たらない。

しかし、このテーマは中長期的な視座から広く検討されるべきもので、今の段階で結論めいたことは言えない。だが見えてきたものもある。私はそれを三点に絞り、箇条的に二年目の記録として書き記しておこうと思う。

一つは巨大な災害を前にして、小さな俳句で何ができるか、といった自問の声が聞かれたが、いや、むしろ極小の詩形だからこそ事態に即応し、その瞬間の現実をずばり捉え、ことばで表現できるという、持ち前の力が有効に大いに発揮されたことである。それは先の八人の俳人の作品を見れば明瞭であろう。俳句で変わりつつあるのは、五・七・五という最短の詩形ではなく、作品の内実にかかわる作者の人生観、自然観、世界観、そして俳句観の変化から生まれる、俳句表現や作法上の変化ではないか。それは徐々に進む。

二つは詠まずにはおれない心情から、多数の俳人たちが三・一一を詠む中で、時代にかかわるあれこれの現実を、俳句でも詠むのが当然のこととして、時代詠、社会詠の句が広がってきたことだ。それによって俳句表現の可能性が多様になり、活性化してきたことは間違いない。「ホトトギス」の変化もその一つだろう。また三・一一の体験から宇宙、地球といった大きな時空の句や、生と死が共生、共存する句など、「虚実」の世界がさかんに詠まれるようになり、ことばと表現にいちだんの工夫が求められていると思う。

三つは、俳句はいのちや生と死を詠むのに最適な詩形であることが、三・一一を通じて改めて認識されてきたことである。先に挙げた被災地俳人たちの句を、もう一度読んでほしい。そのいのちの感動を、ことばで表現しえた作品が秀句である。加えてそのいのちは、天地万象のもついのち(霊魂)にも通じ、大震災で痛感した大自然への畏怖と感謝の心性から、自然との共生と交感、生と死が交流し合う循環思考、つまり大らかなアニミズムの自然観、死生観が、次第に三・一一後俳句の本性となってきているように思う。

その四　アニミズムをめぐる虚子と兜太

本章「はしがき」で、アニミズムということで虚子の「花鳥諷詠」と、兜太の「生きもの感覚」を同一視する見方について、いささか疑問だと書いたが、こんな見解もある。

「判り易く申しますと、金子兜太は、自分のアニミズムは、生き物感覚、動物的アニミズムだとおっしゃっている。虚子や『ホトトギス』のアニミズムは植物的アニミズム。花鳥諷詠の考え方の中には、アニミズム的な考え方がある」

（「現代俳句」平24・10月号「虚子から子規へ」宮坂静生）

「高浜虚子の『花鳥諷詠』も金子兜太の『生きもの諷詠』も根っこは同じだと私は思っている。……『日本の伝統の思想』とはまさしく『日本のアニミズム』のことで……」

（「俳句原点」平24・8月号「口語俳句フォーラム―3・11後の俳句―」パネリスト鹿又英一）


もちろん両氏とも、全体としては含蓄のある論述で参考になったが、ここでは虚子と兜太のアニミズムに絞って、論点整理をしておきたいと思う。まず虚子の「花鳥諷詠」と兜太の「生きもの感覚」で共通している面といえば、いうまでもなく万物のいのち（霊魂）を慈しみ愛するという、広い意味でのアニミズムであろう。

爛々と昼の星見え菌《きのこ》生え　虚子
おおかみに螢が一つ付いていた　兜太

虚子の句は七十三歳の作で、疎開先の小諸で詠んだ。兜太の句は七十八歳の作で、産土の秩父がバックにある。星と菌、狼と螢が澄んだ山気の中で、原始さながらの「いのち」の輝きを見せている。そう感じさせる。二人のアニミズムの個性豊かな表現世界である。


この虚子の句について、兜太は「私は奇妙にひっかかった」と、こう述べている。

「この冷徹さは、自然観照の徹底ぶりにある……『花鳥諷詠』は、彼自身によって、このような徹底振りを示したということもできるだろう」（『定住漂泊』）

近・現代俳句史上の大いなるリーダーである虚子と兜太が、このようにアニミズムを俳句理念の基本に捉えていたことは、心強いことだし、二人から学ぶべきものは大きいと思う。併せて三・一一後の俳句の方向性の一つに、このアニミズムが再評価されつつある今日、虚子と兜太のアニミズム論の特徴やその違いをあいまいにせず、正確に再確認しておくことも必要なことではないか。私は、その違いを三つの論点から見ていきたい。

〈三つの論点整理〉

一つは、虚子の「花鳥諷詠」論の基本にある「自然随順」という思想である。その点で兜太は、自然民俗誌「やま　かわ　うみ」（平24・秋号）の巻頭インタビューで、こう話している。

「花鳥諷詠と『生きもの感覚』というのは近い感じで紛らわしいんです。花鳥諷詠の基本にあるのが自然随順で、自然に黙って従っていくっていう考え方。生きもの同士が親しみ合う『生きもの感覚』と非常に紛らわしいんですね。だけど、これはまったく違うんです」

つまり虚子の自然観は、人間は自然の一部でその自然に身をゆだね、逆らわずに従えばよいといった、徹底した没主体の考え方である。それに対し兜太は、生きもの同士がお互いにいのちを持つ相手として尊重し、平等に親しみ共生、共存するという考え方で、やはり兜太が強調するように「まったく違う」。

アニミズムの考えから見ても、その問題性は明瞭である。いうまでもなくアニミズムは、イギリスの文化人類学者・タイラーの『原始文化』によって提唱された学説だが、すべてのいのち（霊魂）は平等だという考えが中心にある。日本で現代のアニミズムについて研究していた社会学者の鶴見和子は、共著『四十億年の私の「生命《いのち》」』の中で、アニミズムの特徴の第一に「互酬性」を挙げている。

たとえば人間は、森から沢山の恵みを受け取るが、代りにしっかりその森を育て守るといった関係が、古代から人間と自然との間に「互酬性」としてつづき、その循環思考がアニミズムであるという。平等・対等な「互酬性」か、自然一辺倒の「随順」か。やはり虚子のアニミズムには、その点でも見過ごせない欠落があるのではないか。

二つは、虚子の「花鳥諷詠」論に牢固としてあった、俳句の社会性、時代性への閉塞思想である。それが春夏秋冬四季の運行を、人事をふくめ季題に託して詠み上げること以外は、戦争も大震災もその他の社会問題も、すべて俳句の範囲外として厳しく限定していたことには、すでにその三の〈深見けん二〉のところで概括述べた。

そして虚子は俳句界の絶対の権威として、それに異論をもつ新興俳句、人間探求派、戦後の社会性俳句などの潮流に対しては、闘志を燃やしてたたかったことは周知のことである。そうした偏狭な排他性も、共生・交流を旨とするアニミズムの文化からは、程遠い姿勢であると思う。

ここで一言ふれると、いま違いの一、二として述べている虚子の「花鳥諷詠」の問題点について、門下の「ホトトギス」同人の中でも、立場は異なるが同様な疑問の声が、しっかりした論理性をもって挙がっている。その『虚子と現代』という評論集で、山本健吉文学賞（平23）を受賞した岩岡中正（「阿蘇」主宰）は、専攻の政治思想史を生かし虚子の「花鳥諷詠」が、自我中心の近代を超える脱近代の最も現代的な思想であると、その再評価を一貫して主張している。

注目したのは、それと同時に「花鳥諷詠論にも危うい落し穴があります」と、率直に「第一にその没主観性」、次に「社会や人事をどう詠んだらいいのかという問題」などを、自らの問題として問い直している点である。「あくまで創作者としての、主体性と批判精神を失わないことが大事」という姿勢である。私はその真摯さ、誠実さに敬意を深くしている。

三つは、兜太のアニミズムが、戦時中、トラック島での生死の戦場体験に裏打ちされた、強烈な肉体感覚に発していることである。その点でも、前の大戦について、記者に答えて「俳句に限ってちっとも変化はない」と言ってのける虚子の姿勢とは、異質のものがあるようだ。

　魚雷の丸胴蜥蜴這い廻りて去りぬ　兜太
　水脈の果て炎天の墓碑を置きて去る　同

トラック島と、そこを離れ帰国する時の作であるが、この島に残してきた「非業の死者」たちへの痛恨の思いも、この兜太アニミズムの根っこにあるように思う。ものとこころが、ふれ合う原初の感覚からアニミズムを捉え、「生きもの感覚」と表現したところも、金子兜太らしい。

被災地復興をはじめ、三・一一後の国民多数が求めているものは、多様性のある共同ではないか。その点でも兜太は、小林恭二との対談（「俳句」平24・10月号）で、俳句界での新たな「融合」の方向への期待を語っていた。小論でアニミズムをめぐり、あえて虚子と兜太のどこが違うかの論点整理をしたのは、その共同の方向への小さな一石になれば、との思いからである。

（「海程多摩」第十二集・二〇一三年）

付・エッセイ
「ホトトギス」の今昔

関東大震災（大12）の際、「ホトトギス」主宰の高浜虚子は、震災について一句も詠んでいない。むしろ春夏秋冬四季の移り変わりを季語で詠み上げる俳句では、その範囲をこえる災害など詠むべきではない、という頑な信念の持ち主だった。

ところで今回の東日本大震災での「ホトトギス」の俳人を見て、「おやおや」と思うことがある。まず三代目主宰の稲畑汀子が、福島原発事故の後に発行された作家、エッセイストなど五十二氏による『いまこそ私は原発に反対します。』（日本ペンクラブ編）という分厚い本で、「直感の命ずるままに」と題して、「私達も共犯者になってしまったというおもい」を、率直に述べていた。

やや意外な感もしたが、三・一一後の「朝日俳壇」での汀子選の前向きな姿勢を知っていたので、すぐ納得できた。時代とともに「ホトトギス」も変わって来たのだ。

そんな頃、「海程」の「句集逍遥」を担当していた私は、「ホトトギス」同人の佳田翡翠句集

『木挽町』を採りあげ、そこで大震災を詠んだ鎮魂六句のうち三句を紹介した。句集には「あとがき」で、「それまで震災の俳句に真正面から向き合ったことのなかった私は、その時はじめて『震災を詠もう。この大震災を詠まなければ！』というつよい思いに衝き動かされた」と、その心情が書かれていた。同句集は「日本伝統俳句協会賞」にも選ばれている。

翡翠さんから、早々に丁寧な字でお礼の葉書が届いた。句集中の一句は「朝日俳壇」の金子兜太選になった作品で、「ホトトギスの先輩からも『兜太選おめでとう』と言って頂きました」という由である。その葉書を手に、私は、「いまもし虚子が生きていたら……」と、ふと考えたりもした。

（「海程多摩」第十二集・二〇一三年）

〈三年目〉

四　非核の俳句の新たな展開
——往還の「フクシマ」と「ヒロシマ・ナガサキ」

はしがき——問い直す「核の時代」

八月、日本人は、祈りにも似た不思議な雰囲気に包まれる。人類史上、最初の原爆が広島、長崎へ投下され、生き地獄さながらの惨禍を体験したからである。ここから核エネルギーによる人類絶滅の危機をはらむ「核の時代」が始まった。来年（平27）で七十年目となる。

ところが二〇一一年三月十一日に発生した東日本大震災で、福島第一原発が巨大事故を引き起こし、いまだに収束不能という惨状にある。これは戦争でない平時における専ら放射能による人災で、これより「核の時代」はさらに新たな段階へ入ったといえよう。

こうした原爆と原発という人間が作り出した核エネルギーの爆発、その大災害は、日本だけでなく核兵器と原子力発電があるかぎり、世界のどこででも起こりうる可能性がある。福島原発事故による、手のつけようのない「核被害」の現実を見て、いま地球上に住む無辜の人びとは、その不安感や危機意識をつのらせ共有してきている。つぎの近作三句は、俳人らしい感性と想像力をもって、そうした意識状況をリアルに表現している。

絶滅のこと伝はらず人類忌　正木ゆう子
十万年後のきれいな空気黄水仙　山下知津子
にんげんや花火のように核を持つ　岡崎正宏

ここで一言ふれると、哲学者として著名な梅原猛も、今回の大震災にあって「この書を書くことを決意した」という、『人類哲学序説』の「あとがき」で、「とすれば、原子力発電を主なエネルギー源とする現代文明のあり方そのものが問われなければならない」と述べている。至言である。同時代への厳しい警鐘といえる。

いのちと自然を詠むことを本領とする俳句が、そして俳人たちが、この「核の時代」の問いかけにどう向き合い、どう表現しようとしているのか。ヒロシマ・ナガサキの被爆から六十九年、フクシマ被爆の三・一一から三年余が経過した今日の時点で、非核の俳句の興味ある特徴について、作品に即して私なりに問い直してみたいと思う。

その一　「あやまちはくりかえします」

広島の平和記念公園にある原爆慰霊碑の碑文は、広く知られている。「安らかに眠って下さい　過ちは繰返しませぬから」。碑文の主語は、この碑の前に立つ「すべてのWe」である、ということだ。その碑文のことばをもじって、二人の俳人が三十年ほどの時間差をおいて、こんな俳句を作っている。

あやまちはくりかへします秋の暮　　三橋敏雄
過ちは繰り返しますシーベルト　　星野昌彦

人間はよく過ちを繰り返す。しかし繰り返しては絶対にならない、重大な過ちがある。それは大量のいのちを殺める、戦争、原爆、そして原発事故である。

一句目の三橋敏雄は大正九年生まれ。戦中の新興俳句運動の末尾に立つ俳人で、戦争と平和を生涯のモチーフとしていた。〈戦争と畳の上の団扇かな〉など、反戦の意思をことばに沈めた名句が多い。掲句もその流れの作品だが、広島の碑文をパロディー風に本歌取りしているところに、原爆許すまじの強烈な思いが、日常の秋の夕暮れの景と重なって、妙に心に響く。作句は一九八四（昭59）年で、米ソの核戦争によるいのちあるものの壊滅、いわゆる「核の冬」

の到来が真剣に懸念されていた時代の作である。

二句目の星野昌彦は昭和七年生まれ。句集『花神の時』で平成二十五年度の現代俳句協会賞を受賞した俳人である。その中には〈セシウムなど見えず巻き込む牛の舌〉といった、フクシマなど三・一一を詠んだ作品が確とある。あの理不尽が許せないのだ。その端的な表現が、人体が被曝した場合の放射線量を表わす用語、下五の「シーベルト」である。角川「俳句年鑑」（二〇一四年版）に載った掲句は敏雄句と同様、その本歌取りのようにも見えるが、下五の一語で、今日の原発事故と真向かう非核の新しい質をもつ作品となった。

二句とも、「核の時代」の深刻な今を捉えた作品で、その直観力と批判精神が光る。同じく俳人たちは、放射能まみれのフクシマへの疼く心情を、作品で文章で、これまでになく発信している。

たとえば宮坂静生（「岳」主宰）は、その著『昭和を詠う』の「あとがきにかえて」で、「原子力災害はいわば原爆投下と同じ災害をもたらす。広島・長崎に続く第三の原爆、原子力災害の問題がいよいよ、昭和から平成になり緊要な課題になってきた」と指摘する。寺井谷子（「自鳴鐘」主宰）は「口語俳句年鑑２０１２」の「巻頭言」で、「三・一一以後、多くの人の心を重く塞ぐのは、原爆被爆国である日本が、かくもやすやすと『原発』への不安に気付かなかったか、否、気付かぬ振りをしてきたか、という慚愧の思いであろう」と問い直す。

「ホトトギス」の稲畑汀子にも、三・一一直後の作品（「俳句」平23・8月号）だが、こんな句がある。

明るさに騙されまいぞ梅雨に入る　汀子

そして言っている。

「考えてみれば、広島や長崎に原子爆弾を落とされ、核爆発や放射能の恐ろしさを身にしみて分っていた筈なのに、原子力の平和利用だとか、絶対安全な技術だとか、脱炭素の環境にやさしいエネルギー、などという高邁《こうまい》で美しいキャンペーンにうかうか乗せられて原子力発電を容認してきたのは私達多くの国民であった。私達も共犯者になってしまったというおもいを忘れてはならない」

（『いまこそ私は原発に反対します。』日本ペンクラブ編）

全く同感である。

ところで大方の期待を集めて、高野ムツオの句集『萬の翅』が、平成二十五年度の蛇笏賞に選ばれた。この句集で、私が非核の視点からとくに注目したのは、被災地の宮城県多賀城市にあって、その直の体験にもとづく三・一一関連の名句が数多つづく中で同じ年（平23）、最初に福島原発事故を詠んだ、つぎの二句である。

ヒロシマ・ナガサキそしてフクシマ花の闇　ムツオ
春天より我らが生みし放射能　同

一句目の表現で着目したのは、被爆の「ヒロシマ・ナガサキ」と、被曝の「フクシマ」の間に置いた「そして」ということばの働きである。この一呼吸から、唯一の被爆国でありながら、どうしてフクシマの被曝にいたる事態を許してしまったのか、といった悔恨や自省の情が静かに込み上げてくる。季語「花の闇」が、日本らしい情感でその暗い心象を支えている。

二句目は「我らが生みし放射能」と把握することで、本質的に危険性を持った原子力発電の推進政策を、黙って容認してきたことへの自責の念が込められている。表現者として、真摯である。フクシマを詠んだ作品は、句集に収めた最後の年（平24）にかけて十二句を超える。詩歌の歴史に残るこの句集の評価の上でも、私はこうした非核の作品群があることを、もっと注視したいと思う。

同じく時代と向き合う姿勢をもって、フクシマを詠んだ俳句は、他にも数々ある。一例として角川「俳句年鑑」（二〇一四年版）の「諸家自選五句」の中から、その幾つかを列記しておこう。

緑陰にゐる全員が共犯者　今井　聖
被爆被曝悼みをしろばなさるすべり　鍵和田秞子
雲の峰崩壊を秘む人類よ　小檜山繁子
「再稼動反対！」口に時雨の落ちにけり　マブソン青眼

原発を持ちし過ち広島忌　吉田ひろし

四句目にもあるように、昨今、原発再稼動の動きが、いわゆる「原子力ムラ」なる政・財・官・学の一連によって、その経済性、効率性を理由に、「世界一きびしい安全規準」といった新しい「安全神話」のもとに推進されている。
「ノーモア、ヒロシマ・ナガサキ・フクシマ」は、いま「核の時代」に生きる国民多くの悲願である。今年（平26）三月の「福島県民大集会」で、ノーベル賞作家の大江健三郎は、「次にだまされてしまえば私たちの未来はない。……原発の危険を人間は克服できない」と訴えていた。今日、多くの俳人たちも同じ思いで、その表現に辛苦している。

その二　「フクシマ」から「ヒロシマ・ナガサキ」

最近読んだ二冊の句集から、このテーマを検証するのにぴったりの句群を発見した。
野﨑憲子句集『源』（平25刊）
放射能まみれの空へほうたる　憲子
ヒロシマの石に言の葉うましめよ　同
山中葛子句集『かもめ』（平26刊）

黒牛を攫ってゆきし夏の霧　葛子
眠るときヒロシマ・ナガサキ・カタツムリ　同

著者は二人とも「海程」同人で、海程賞受賞者である。二冊の句集中、とくに三・一一の年、平成二十三年の作品に目を見張った。それぞれ大震災俳句の早めに、まずフクシマの作品が数句あり、つづいてあるいは入り交じってヒロシマ・ナガサキの作品数句が収載されている。作句の経過も、おそらくそう発想しイメージし、作品化したのではないか。

まさに「フクシマ」から「ヒロシマ・ナガサキ」である。双方で連想力を広げ影響し合っているという点で、往還の「フクシマ」と「ヒロシマ・ナガサキ」と言ってよい。福島原発事故がもたらした、現代文明、ここでは日本文化への衝撃波の大きさを物語るものであろう。

さて野﨑憲子の一句目は、被曝地の「飯舘村」という前書があり、そこへ「行ったあたりから、身の内からふっと螢が飛びだしてくるような思いにとらわれること」があった、という。あらゆるいのちを蝕む「放射能まみれの空へ」、発光する小動物の螢を飛ばすことで、フクシマの惨禍への痛み、怖れ、怒りの心情を形象化した、心打つ作品である。つづく二句目は、当時を知る石にも語ってもらいたい、被爆ヒロシマへの深い思いを感じさせる。

山中葛子の一句目は、被曝フクシマの目に見える象徴ともなった放浪の黒牛が、夏霧に攫ってゆかれたと表現し、目に見えにくい放射能禍の酷さを詩的に具象化している。二句目は内面の記憶としての被爆のヒロシマ・ナガサキと、そこいらに生息する小さな蝸牛とを、同格に「眠るとき」の中・下に配した不思議な俳句である。

入眠まえに、その三つを思い浮かべたともとれるが、「カタツムリ」が唐突すぎる。しかもフクシマ被曝さなかの句である。ヒロシマ・ナガサキのモチーフを誘ったのも、フクシマではなかったか。草木の葉を食し、べったり体をつけて動く蝸牛の生態から、放射性物質を撒き散らしたフクシマとなら、「カタツムリ」が季語として哀れにも生き生きしてくる。

やはりこの作品の裏面には、フクシマが色濃く存在する。そう鑑賞することで、この作品は厚みを増し、時代性、批評性が加わる。一句それ自体が、まさしく「フクシマ」と「ヒロシマ・ナガサキ」との往還現象を、重層的に表現する作品となっている。「核の時代」の今を、主体的に捉え直した新たな俳句表現だと評したい。

こうした被爆と被曝の、俳句における往還現象は、先の二冊の句集だけの個性ではなく、福島原発事故を契機に、新たな「核の時代」に入ったわが国の文芸、なにより俳句のもつ特徴的な方向性ではないか。その問題を検証する方策として、「現代俳句年鑑」の三・一一以前の平成二十三年度版と、大災害後二年の間をおいた平成二十六年度版を取り上げ、具体的に対比分析をしてみた。

言うまでもなく現代俳句協会発行の「現代俳句年鑑」は、毎年三千名近い参加で、近詠五句あわせて一万数千句を収録している。専門俳人とともに、いわゆる衆の俳人も多く参加し、現代俳句の状況をかなり俯瞰できる特色がある。

まず被爆のヒロシマ・ナガサキ俳句、そして被曝のフクシマ俳句を丹念に探し出し、その作品内容と句数を調べた。全体の傾向性を知るため、その句数から見ると、平成二十三年度の「年鑑」でヒロシマ・ナガサキを詠んだ作品が八十六句あった。被爆六十五年にして、なお、と感激した。つづいて平成二十六年度の「年鑑」では、被爆の句が五十二、フクシマ被曝の句が百三十七、合わせて百八十九句の非核の俳句と出会った。句数で言えば平成二十三年度と比べ、二倍強に増えている。

ヒロシマ・ナガサキ詠でも、フクシマ詠でも、全国各地の俳人たちは自らの俳句をもって、よくがんばっている、というのが実感である。時の流れの中で、その句数の変化はあろうが、被爆と被曝を体験したこの国で、これからも長くつづくその痛み、不安を共有する俳人たちの表現努力は、今後も絶えることなく継承されるものと確信している。

同時にヒロシマ・ナガサキやフクシマを詠んだ、俳句の質の高さにも感動した。紙数の都合から、ここでは平成二十六年度の「現代俳句年鑑」所収の、広島と福島在住の俳人二人の二句ずつを挙げておこう。

広島

被爆樹へこの坂下る葉月かな　　石川まゆみ

空蟬の未だひろしまより去らず　亀井福恵

福島

ほうやれほう被曝の柿を啄いちゃだめ　宇川啓子

麦秋の果てや原子炉けものめく　小林えい子

被爆句、被曝句の双方が、相乗的に活性化していることは間違いない。「俳句」（平26）四月号に載った奥坂まやの「雪とどかぬ」と題する特別作品二十一句の中にも、次の二句があった。

一月や原爆の図に日の窃《ひそ》か　まや

原子炉の裡の真闇に雪とどかぬ　同

この章の締めとして、私は福島に住み旺盛にフクシマ被曝句を詠みつづけ、同時にヒロシマ・ナガサキとも向き合う俳人・中村晋の次の一句を挙げておきたい。この句は、金子兜太の「海程秀句」（平26・1月号）にも抄出されている。

流星や被曝者被爆者と握手　晋

その三　フクシマを詠む俳句力

三・一一以来、よく「俳句力」ということばが使われる。圧倒的な現実を見せ付けた東日本大震災、とくに放射能を収束し得ないまま長期化する福島原発事故を前に、それと向き合って五七五の最短定型詩形でいま何ができるか、という課題に対する前向きの姿勢と、俳句から生き甲斐を受けとる俳人それぞれの実感から発した造語だろう。

この課題を語るに相応しい代表的な俳人として、ここでは宇多喜代子、金子兜太の二人を挙げ、その作品と発言について述べたい。

まず「俳句あるふぁ」（平24・12、1月号）に載った「俳句、未来へのシナリオ」と題する「特別座談会」での、宇多喜代子（元現代俳句協会会長）と有馬朗人（国際俳句交流協会会長）との遣り取りが注目された。

宇多　今回の東日本大震災は、非常に規模が大きかったことと、福島の原発事故の問題などがあるから、今の時代に生きている以上、無関心でいられないのは当然でしょうね。

有馬　非常に難しいと思ったのは、俳句という詩形は短いから……それも見ていないものだからつくりにくかった、ということを率直に感じますね。

宇多　私は、俳句独特の方法でつくっていけると思うんですね……一見、表から見たときにはそれとわからなくても、強い主体を持ってつくれば可能だと思うのです。

そして「俳句」（平26）三月号の「特別企画――東日本大震災から三年」の、「ここからはじまる俳句」の「提言」で、宇多喜代子はこう述べる。

「福島の問題があるかぎり、いまだその只中にある感ぬぐい難しである。無念きわまる『眼前の現実』からの言葉が人間再生の力になる至難を思うばかりだ」

そこには主体の厳しさをもって、生きる時代の無念から自然に生まれることばで、俳句を詠むといったぶれない姿勢がある。その「人間再生の力」こそ、いわゆる「俳句力」であろう。「俳句」（平26）五月号には、三・一一後を背景に感じさせる特別作品五十句「花のころ」が掲載されている。私の好きなフクシマ四句を抄出しておこう。

いつの世の棄民か棄牛か斑雪　　喜代子
吹き来たるものにまみれて仔牛の黒　　同
三月を生きて遺物となる猫と　　同
並び出て毒かもしれぬ蕨の芽　　同

つぎに金子兜太の場合、まこと人間そのものが、「俳句力」のみごとな見本といえる。昨年

（平25）一月号の「俳句界」で、「五七調最短定型の力を知れ」と題し、冒頭「東日本大震災と原曝に直面して、俳句はこれに対応できるか、いや対応しなければならない、と求めている小生にとって」と書き出している。その大きく困難な課題を、自らに課してきた。九十四歳にして、である。

そうした図太い姿勢と実行力は、今日、衆目の認めるところで、一貫している。とりわけ原発事故のあった福島は、金子兜太にとって最初の転勤先で「特別な親しみ」があり、「原発事故は史上最大最悪の公害だ」（『語る　兜太――わが俳句人生』）と思っている。そのフクシマ詠には、体ごとの憤りが底流しているようだ。四句を挙げる。

放射能に追われ流浪の母子に子猫　兜太

被曝福島米一粒林檎一顆を労わり　同

セシウムのかの阿武隈《あぶくま》河の白鳥か　同

胡蝶翅ひらき閉ず被曝なき国を　同

見るように、ここ被曝の世界に母子と子猫がいる。米と林檎、白鳥や胡蝶がいる。被曝した生きものみんなが、愛おしいのだ。兜太は常々「言葉も思想も、いま生きている人間のからだ（体）から生れるもの」（「俳句」平26・2月号）と言っているが、これらの作品には、確かに兜太の「体」と「心」の温もりが、そして抑えた憤りが、ひしと伝わってくる。

こうしたフクシマ詠や広く「非核の俳句」の実作と、「朝日俳壇」その他での選句は、まったく抜群で、この分野でも引きつづき現代俳句界のリーダー的存在となっている。例えば「朝日俳壇」で、選者四人による昨年（平25）一年間のフクシマ・ヒロシマ・ナガサキ詠の選句は、三十九句であるが、うち兜太選は二十九句にのぼる。

以上、フクシマ詠を中心に宇多喜代子と金子兜太の二人の俳人を取り上げたが、書きながら二人が持っている基本的な共通項にも興味が湧いた。まとめて言うと、①五七調最短定型詩形への確信、②アニミズム（兜太は「生きもの感覚」という）、③自分という主体を持って生きる時代を詠む、の三点である。

実はこの三点こそ、「俳句力」の源泉そのものではないか。そうした俳句力を存分に感じて、今日もフクシマを詠みつづけている俳人は少なくない。一例として二〇一四年度の角川「俳句年鑑」「現代俳句年鑑」、それに一部を近刊句集から十五句だけ抄出する。作品の特徴から、次の三つに分類してコンパクトに列記しておこう。

（1）三・一一俳句の出発点である祈りと鎮魂の心をもって、生きもの感覚によるいのちの連帯を詠んだ句群。

村棄てし人ら集いて里神楽　安西　篤

なめくぢの光跡原子炉は点り　柿本多映

きりぎりすどんなに鳴いたかフクシマ　岸本マチ子
授乳の汀しずかに被曝の波寄せる　若森京子

（2）フクシマを日常のさまざまから捉え、現状への不安、不満、怒り、批判といった内面の思いや意思を詠んだ句群。これが一番増えている。

人住めぬフクシマ熟柿落ちつづく　鈴木正治
福島に生きる畦塗る祖《おや》を塗る　藤野　武
着ぶくれも省エネ原発など要らぬ　江渡嘉見
風評も呑んで味はふ新茶かな　川上修一
トップセールス原発はいかが春の闇　平岡久美子
傲りたる東電干鱈むしりゐて　大牧　広

（3）先に述べた「核の時代」のフクシマを意識し、内面の映像世界を作る、あるいは作ろうとしている句群。

黄砂降る何やらも降る中の未来　寺井谷子
フクシマと同じ銀河を見て居たり　行川行人
原爆忌反原発となぜ言はぬ　前川紅樓

八月忌フクシマ加え核重く　田中恵子
さくらんぼ青い地球が壊れそう　船矢深雪

最後になるが、こうした「非核の俳句」はヒロシマ・ナガサキ以来、すでに六十九年の歴史を持っている。被爆地をはじめ全国各地で、絶えることなく、それこそ無数の「原爆俳句」が詠まれてきた。中には「文化遺産」とも言える名句、秀句の数々がある。その多くが、原爆でもろともに被爆した俳人、あるいは被爆地を直に体感した俳人たちの心刻む作品であることは言うまでもない。

なにもかもなくした手に四まいの爆死証明　松尾あつゆき（長崎・昭20）
日の暑さ死臭に満てる百日紅　原　民喜（広島・昭20）
広島や卵食ふ時口ひらく　西東三鬼（広島・昭22）
原爆地子がかげろふに消えゆけり　石原八束（長崎・昭22）
彎曲し火傷し爆心地のマラソン　金子兜太（長崎・昭33）
壁の中に子がいる蟬の広島は　石塚真樹（広島・昭57）

このように五七五調最短定型詩形の俳句は、被爆国日本の国民文学として、その役割を担ってきた。その流れと耕された文化土壌の広がりの上に、今日のフクシマ被曝俳句が起ち上がっていることは心強い。加えて、同じ核エネルギーの爆発と言う人類的な災厄をうけたフクシマとヒロシマ・ナガサキが、俳句の上でも連動し、ともに活性化している、今日の方向性が頼もしいのである。

（「海程多摩」第十三集・二〇一四年）

付・エッセイ
「ゴジラ」の涙

一九五四年に封切られた映画「ゴジラ」を、六十年ぶりにNHK・BSで観た。「イノさん」と親しまれた本多猪四郎監督の名作で、その後二十八作に及ぶ「ゴジラ」シリーズの第一作(観客動員数961万人)である。この七月(平26)には、そのシリーズがNHKテレビで一挙放映され、月末にはハリウッド最新版の映画「GODZILLA」が公開される。いま、なぜ「ゴジラ」の再ブームなのか。

その第一作を観ながら、私は「ゴジラ」という日本映画で誕生した怪獣に、妙な親近感を感じていた。来夏のヒロシマ・ナガサキ被爆七十周年を前に、私はいま、それからフクシマにつづく「核の時代の人間と俳句」というテーマに、丸ごと取り付かれている。ところで怪獣「ゴジラ」も、丸ごと人間が作り出した核の恐怖のシンボルそのものではないか。

第一作が製作された一九五四年の三月一日には、アメリカによるビキニ環礁での水爆実験で、マグロ漁船第五福竜丸が「死の灰」を浴び、九月に無線長の久保山愛吉さんが亡くなった。

「マグロも食べられない」ということで、日本中が放射能の脅威に怯えていた。「ビキニ事件」である。映画「ゴジラ」は、それがヒントになっている。

そして今日も、三年余前の東日本大震災によるフクシマ原発事故で、一向に収束の方向さえつかめない放射能汚染の只中にある。被災地をはじめ日本人の多くが、見えない放射能の不安にさらされている。そうした見えない不安を見える恐怖にイメージ化したのが、「ゴジラ」である。真逆のようだが、「ゴジラ」は身をもって非核を訴えているのだ。

そんな気持ちで、私は素直にその「ゴジラ」と向き合った。最後のシーンで、海へ沈みゆく「ゴジラ」の目に、心なしか涙のようなものを見た気がする。

なお、画家・丸木位里、俊夫妻の共同作品「原爆の図」を常陳している丸木美術館（埼玉県東松山市）では、この秋「核を考えるゴジラ展」を企画している。同じ問題意識からだろう。


（「海程多摩」第十三集・二〇一四年）

第Ⅱ部　戦争と向き合った俳人たち――戦争と人間と俳句の視点

一　長谷川素逝・三橋敏雄・渡辺白泉のばあい

はじめに――発想をかえて

それを無言館的発想といおうか。「戦争と俳句」というとてつもなく大きく、深刻で重いテーマをひもとく一つのヒントになったのは、信州に立つ戦没画学生慰霊美術館・無言館の思想である。その館主で作家の窪島誠一郎氏は、共著『戦争と芸術』の中で、こう語っている。

「画学生たちは『反戦・平和』を目的として絵を描いていたわけじゃなくて、そのとき彼らを取り囲んでいた家族や妻や恋人、自分が生きていた証こそを描き遺したかったんですからね」

言われてみれば、その通りである。先の太平洋戦争で亡くなった若い画学生たちの絵を収集・展示している無言館には、そこに「反戦・平和」の意思をもって描いた作品は一つもないと思う。戦争の時代であった。軍国主義の教育を受け、そう信じて戦没していった画学生も多かっただろう。

しかし今日、その絵は無言のまま、見る人の心に戦争の愚かさ、いのちの尊さ、生きている喜びといった平和への想いを、ひたひたと語りかけてくれる。戦時下、いまを生きる自分を、絵に表現せずにはおれなかった、そのひたむきさが、見る人の胸をゆさぶるのである。

つまり無言館は、「戦争」にかかわる芸術作品について、その心的モチーフを、「反戦・平和」の意思という志向性《ゾルレン》の面より、いまを生きる人間の自己表現という存在性《ザイン》の面こそ価値あるものと見ているのである。この考えは、戦後六十年を経過した今日、「戦争と俳句」について評論する場合にも有効な、新しい視点ではないか。

小論はそうした見地から、戦争体験をもち「戦争」を詠みつづけた俳人、長谷川素逝、三橋敏雄、渡辺白泉、富沢赤黄男、鈴木六林男と、現に活躍中の金子兜太の作品を中心に考察を進めたい。

その一　長谷川素逝句集『砲車』を読み直す

まず、こうした無言館的発想を地でゆくというか、その見地にたってこそ、作家と作品の相克の厳しさがよく理解できる俳人として、長谷川素逝（明40〜昭21）から見ることにしよう。

素逝は日中戦争の頃、いわゆる戦争俳句の第一人者と目された俳人である。その第一句集『砲車』（昭14）は、当時、戦争を詠んだ俳句の「偉大な成果」と評判を呼び、「ホトトギス」の師・高浜虚子もその「序」で、「素逝君の句は、戦争の生んだ文芸品の上乗なるもの」と推奨している。

この句集は、素逝が昭和十二年に応召され、陸軍砲兵少尉（のちに中尉）として中国各地を転戦し、病気で帰国するまでの一年半、まさに戦争そのものを体ごと体験し、それと正面から向き合って詠んだ戦場吟である。素逝はその「後記」で、「とにかく何かにあらはして残しておきたい、何かに表現せずにはをれないといふ大きな衝動の重み」を、いつも感じながら作句したと書いている。

この素逝の言葉は、先に述べた戦没画学生たちが、戦場へ動員される前の残された時間を、ひたすら絵と向き合った、その心的モチーフと通底するものがある。いずれも戦争という異常な状況下で、自己の切羽詰まった表現欲求から生まれた作品という点である。素逝の『砲車』を、今日、その見地から読み直すと、まことに興味津々の発見がある。

端的に、この句集の変わった特徴をいえば、そこに自ら参戦した戦争を賛美・肯定する句から、逆に戦争の否定・批判ともとれる句まで、その中間をふくめ実に多様な位相の俳句群が、時系列に並んでいることである。

雪に伏し掌あはすかたきにくしと見る
雪の上にけもののごとく屠りたり
みいくさは酷寒の野をおほひ征く

これらは戦争賛美、好戦の句群に入る。侵略戦争を「みいくさ」＝「聖戦」と捉え、降伏した中国兵あるいは民衆を、「かたきにくし」と「けもののごとく屠」る残酷な光景を、あるがまま客観的、肯定的に描いている。だがよく読むと、これが「みいくさ」か、これでよいのか、といった人間的な問いかけが裏に潜んでいるようでもあり、単純ではない。

もともと素逝は、「忠君愛国」をモットーとする陸軍将校であり、イデオロギーとして軍国主義の心性があったことは事実である。その心性は『砲車』を上梓した後も、たとえば太平洋戦争の開戦（昭16）に際し、その天皇の詔勅を〈あふぎたる冬日滂沱とわれ赤子〉と感泣しているように、敗戦近くまで変わっていない。

そしてもう一方に、戦争批判、反戦・非戦とも読める句群も、あまたつづくのである。それが事実は事実として、客観写生の手法で侵略戦争の本質、恥部を赤裸に告発する結果となっているのだ。

酷寒のたうべる草のなき土民
いくさゆゑうゑたるものら枯野ゆく

そこには占領した日本軍による破壊や「徴発」で、酷寒の中で餓死か凍死に追い込まれた中国の民衆へのヒューマンな目がある。その悲惨さや虚しさは、すべて「いくさゆゑ」であるのだ。また「討伐　敗残兵多し」と前書して、捕虜を捕虜とみなさず、ほとんどその場で処刑した無法についても、目を背けていない。

かをりやんの中よりひかれ来し漢
てむかひしゆゑ炎天に撲ちたふされ
汗と泥にまみれ敵意の目を伏せず

これらの句群には、それをあえて詠む素逝の人間としての苦悶が、ありありとにじみ出ている。死を前にした中国人の抵抗と誇りの表情に、かえって畏敬の目さえ向けているのである。ここには、かつて新興俳句運動にも参加したことがあった、素逝のもう一つのヒューマンな心性を見ることができる。こうした『砲車』の代表作を挙げると、

雪の上にうつぶす敵屍銅貨散り
友をはふり涙せし目に雁たかく

戦死したのは「敵」であり「友」であるが、そこには同じ人間の「生と死」を見つめる視線がある。死体の周辺に散らばっている小銭の「銅貨」から、その中国兵の家族とのつましい生活まで見えてくる。これはもう「敵」ではなくて、同じ人間同士なのだ。そして二句目に見る繊細なリリシズムが、有季定型の伝承派である素逝の持ち味であった。

見てきたように句集『砲車』には、素逝のもつ二つの心性、つまり軍国主義イデオロギーの

心性と、人間本来のヒューマンな心性との揺れがあり、そこから好戦的とも反戦的とも読める句群を形作っている。戦時下、そうした二つの心性をもつ国民が、少なからずいたことは確かである。素逝自身、その矛盾をどれだけ意識していたかは解らないが、むしろ、あるがままの自分の止むに止まれぬ自己表現として、その「戦場の心」を俳句に表出したのではないか。

　したがって『砲車』を、俳人主体の志向性《ゾルレン》の目で見れば、好戦か、反戦か、どっちだということになるが、しかし時代に生きる人間の自己表現という存在性《ザイン》の目で見れば、句集を貫くきわめて人間的な底流が浮かび上がってくる。そう読むべきだと思う。

　素逝は戦後、〈弟を還せ天皇を月に呪ふ〉（昭21・未発表）という痛烈な批判の句を作っている。そして最後の句集となる『定本素逝集』（昭22刊）には『砲車』からは僅か三句しか収録しなかった。『砲車』は素逝にとって、痛恨の句集となったのである。だが今日、戦争の加害問題についての歴史認識が問われている中で、素逝の『砲車』は文芸が捉えた歴史の真実としても、近代俳句史上改めて光を当てるべき句集であると思う。

その二　「風化」しない秀句――三橋敏雄のこだわり

　三橋敏雄（大9〜平13）は十五歳（昭10）から俳句を志している。その八十一年に及ぶ俳句的生涯を通じて、「戦争」を詠んだ。「詠むべきテーマもないまま作っても空しい」という主題意識をもっていた。そして年齢とともに、「戦争」の俳句表現へのこだわりは、その「風化」にこだわる気持ちをかき立てたようだ。

しかし敏雄がそれほど「戦争」にこだわったのは、反戦・非戦の思想的、意思的なモチーフ（志向性《ゾルレン》）というより、むしろ戦争をくぐってきた戦中派の生活心情（存在性《ザイン》）に根ざしたものだと思う。敏雄は昭和十八年に召集され、一等水兵（のちに二等兵曹）として横須賀海兵団に入団した。そこで敗戦を迎えいわゆる戦場体験はない。昭和二十年八月の空襲で、八王子の留守宅は焼失した。何人かの肉親が戦死している。

だがそれ以上に、「戦争を憎まずにはいられない」のは、俳句を一緒にやっていた友達が、「因果なことに全部、戦死や戦病死しちゃっている」ことだ。「生き残りの私」（『証言・昭和の俳句　下』）という意識が、終生消えることはなかった。それが敏雄の俳句人生そのものとなっている。「戦争」を詠むことは、誠実で律儀な敏雄の、戦死した同世代への鎮魂でもあったのである。

敏雄はたえず意識的に、自らの作風の変化を求めて止まない俳人であったが、「戦争」を詠んだ句は、その表現様式から見て、①昭和十年代、②昭和二、三十年代、③昭和四、五十年代、④晩年の時代と、大摑みに四つの時期に分類できると思う。その①の昭和十年代は、まさに戦争の真っ只中であり、それが敏雄の俳句初学の時代と重なっていた。

射ち来る弾道見えずとも低し
夜目に燃え商館の内撃たれたり
出征ぞ子供ら犬は歓べり

敏雄は〈かもめ来よ天金の書をひらくたび〉といった、瑞々しい青春の詩情を詠いつつ、その俳句のスタートから新興俳句に共鳴し、渡辺白泉、西東三鬼に師事した。「それこそ言葉を素材とし、しかも極めて小さい姿形の中に、変幻の可能性を充分に秘めている（と錯覚させるに充分な）俳句」（「俳句研究」昭52・11月号「来し方」）に魅せられたのである。そこで当初から、無季の戦争俳句を作った。

新興俳句運動では昭和十二年辺りから、内地に在って戦場の現実をフィクションで詠む、いわゆる戦火想望俳句が流行していた。敏雄もその戦火想望俳句に没頭し、「戦争」と題する連作五十七句を同人誌「風」（昭13・4月号）に一挙に発表した。それが山口誓子に激賞され、十七歳の若さで俳壇へデビューすることになる。一、二句目がその連作の中の作品である。

敏雄にとって戦火想望俳句は、無季俳句成立の可能性を探る、「純粋に文学的な目標への挑戦」（『弾道』「後記」）であった。この時期すでに敏雄は、俳句は無季をふくむ表現のキャパシティの大きな詩形で、さまざまな可能性を秘めた文芸である、といった俳句観を自らのものとしていた。三句目には、微かな厭戦の気分がうかがえる。

ところで昭和十五年に始まる一連の俳句弾圧事件で、「京大俳句」の白泉や三鬼らは一斉に検挙されたが、未成年だった敏雄は免れた。だがその暴圧によって新興俳句運動は終息し、俳壇全体が国策の戦争翼賛の方向へ雪崩れ込んだのは言うまでもない。その中で敏雄は起訴猶予となった白泉らとともに、二、三年の間に古典俳句の研鑽に熱中していた。こうして新興俳句の時代と「著しい変貌」を示したのが、②の戦後の時代である。

いつせいに柱の燃ゆる都かな

死の国の遠き桜の爆発よ

ここで敏雄は「戦争」を個々の現象としてでなく、トータルな時空を超えた重層の詩的現実へと、表現方法を飛躍させている。そこに古典俳句の様式美がある。一句目（昭20）は戦争末期の東京大空襲の様相を、直に表現した句ではない。そこでは「都」というキーワードによって、その言葉のイメージから戦争によって焼亡した古今の都、たとえば京都、長安、ローマといった時代を超えた「都」の幻景へ、表現を移調させている。炎上する林立した柱の映像が効果的である。

同じことは、二句目（昭34）についても言える。「死の国」というイメージと、「遠き桜の爆発」というイメージの二つの言葉の衝撃によって、ヒロシマ・ナガサキの「死の国」を体験した被爆国ならではの想像力が喚起され、時空を超えた原水爆への恐れ、悲しみの情景が浮かび上がるのだ。

この時期、敏雄は「戦争」などの社会的テーマを詠む場合、特定の時や場所やその背景などを止揚して、より普遍的な映像を形象化する表現方法を確立したと言える。敏雄は「自作ノート」で、「このことは、さらに現在に至るまでの大方の私の句の成立にかかわる、殆んど不変の方法論の基盤といってよいだろう」（『現代俳句全集』立風書房刊）と言っている。

風呂敷と国旗といづれ形見かな
戦争と畳の上の団扇かな
戦争にたかる無数の蝿しづか

これら、③の昭和四、五十年代の作品を見ると、「戦争」を詠む敏雄の俳句は、豊饒自在な一つの頂点を示していると思う。それは、②の時空を超えた表現方法の上に、戦争の主体である国家と、庶民の日常レベルの些細な素材とを黙って対置、対比することによって、戦争の虚しさと身近かさを、より生活実感をもって捉えるといった、絶妙な表現に到達しているからである。二句目（昭57）がその典型であり、今日まで世評の高い「戦争」を詠んだ名句である。

一句目はその少し前の句集『鷓鴣』（昭54）所収の作品であるが、かつて戦争で翻った日の丸の「国旗」と、生活必需品だった「風呂敷」とを並べて、「生と死」にかかわる「形見」としているあたり、意外性と滑稽感があり、二句目のモチーフへ連動するものがある。

二句目の「戦争」は、抽象語だが強烈なイメージ力があり、その巨大な力とたわい無い「畳の上の団扇」とを対置することによって、戦争の虚しさとともに、「戦争」による非業な死と「畳の上」での平穏な死を、照応し連想させる仕掛けとなっている。そしてこの二つの死が意外に近い距離にあり、いつ取って代わるかわからない現代における戦争の不安、恐怖感が言い留められているのである。

三句目（昭59）も「戦争」と、どこにでもいる「蠅」を組み合わせることによって、戦場に放置された死体に「無数の蠅」がたかっている無惨な様相が見え、さらに「戦争」そのものに群がる「蠅」のような「死の商人」などの人間模様が、醜く重層に見えてくる。寓意による「戦争」批評がある。さて、こうした作品表現に打ち込みながら、敏雄は戦後二十七年間勤めてきた運輸省の練習船事務長の職を下り、④の晩年へ向けての句業に入る。

戦前の一本道が現るる
あやまちはくりかへします秋の暮
長き長き戦中戦後大桜

そこには、回想や境涯の句意だけでなく、地球上に絶えることのない戦争と、この国がふたたび「戦争する国」になりかねない動きへの危機意識が、確かに底流している。「戦争」を体験し詠んだ同時代の俳友たちが、次つぎと他界し、「戦争」が「風化」してゆくことへの憂慮が深い。「戦争」にかかわる俳句は、第五句集『畳の上』（昭63）から、最後となった第六句集『しだらでん』（平8）へかけて、とくに目立ってくる。

二句目の「あやまちはくりかへします」という措辞は、言うまでもなく広島の原爆慰霊碑の「安らかに眠って下さい　過ちは繰返しませぬから」という碑文から取った言葉である。それをパロディー風にひねったもので、それだけに新たな核戦争への懸念が、秋の夕暮れの情景とともに伝わってくる。この句を挙げながら、敏雄は『証言・昭和の俳句　下』で、こう語っていた。

「戦争は憎むべきもの、反対するべきものに決まってますけれど、……何年かたって被害をこうむった過去の体験者がいなくなれば、また始まりますね。いずれにせよ、昭和のまちがった戦争の記憶が世間的に近ごろめっきり風化してしまった観がありますが、少なくとも体験者としては生きているうちに、戦争体験の真実の一端なりとせめて俳句に言い残しておきたい。単に戦争反対という言い方じゃなく、ずしりと来るような戦争俳句をね」

「戦争」とその「風化」にこだわりつづけた三橋敏雄からは、作品表現の上でも、俳人の生き方の上でも、学び継ぐべき遺産は重いものがあると思う。

その三　批判精神の内実——渡辺白泉のばあい

「戦争と俳句」と言えば、現在でも真っ先に口誦される名句は、〈戦争が廊下の奥に立ってゐた〉である。ところが、その作者の渡辺白泉（大2～昭44）については、戦後本人が俳壇的活動を止め、生前一冊の句集も上梓しなかったこともあって、俳句史的にもまだ未解明な部分が少なくない。

文学者の佐々木幸綱は『渡邊白泉全句集』（沖積舎刊）の「栞」で、こう述べている。

「ところで、白泉の根底にあるものは何なのか。これは謎であり、謎の大きな分だけ、それが白泉の魅力になっている。いまの句（〈鶏たちにカンナは見えぬかもしれぬ〉—引用者）の鶏の出方もそうであるが、白泉には分らないところが多い」

端的に言うと、白泉は「戦争」を詠んだ新興俳句運動のチャンピオン的存在であり、「終生、社会や国家に対する鋭い批判精神を失わず」（『現代俳句・上』川名大）といった高い評価があるが、では、その批判精神の立脚点と言おうか、その「根底」にあったものは何か。

私はそれを、「反戦思想」「反戦の志」「反戦精神に立つもの」といった、つまり思想的意思的な志向性《ゾルレン》の面から見るのは単純すぎて、かえって白泉の俳句と人生の豊かな輝きを見失うことになると思う。以下、白泉の「戦争」詠について、①新興俳句運動の時代、②俳句弾圧事件後の時代、③戦後の時代の三つの時期に分けて、その特徴と内実を探ってみよう。まず①の作品から。

銃後といふ不思議な町を丘で見た
繃帯を巻かれ巨大な兵となる
支那兵が草山を抱き戦死せり
憲兵の前で滑つて転んぢやつた
戦争が廊下の奥に立つてゐた

いずれも日中戦争の只中、昭和十三、十四年の作である。新興俳句の中で白泉が、無季定型によって「戦争」を詠む表現方法を確立し、秀句佳句をつぎつぎと表出したピークの時代であった。その前、白泉は昭和八年、二十歳の頃から俳句を始め、「馬酔木」を経て「句と評論」の昭和十年一月号に発表した〈街燈は夜霧にぬれるためにある〉という、青春の憂愁を鋭敏な感性と独自の手法で詠んだ句によって、一躍注目を集めた。

昭和十一年には〈三宅坂黄套わが背より降車〉といった、二・二六事件の後、暗黒への道を加速する軍部へ、さりげなく、あえて批判の目を向けた先駆的な作品を発表する。そして昭和十三年作の一句目。「銃後」という言葉で、戦争へ、国民の生活すべてが当然のように動員される異様な時代状況を、白泉は独特のイロニーで「不思議な町」と捉えた。そこに自分が居ることへの、強い違和感、不安感が表白されている。

二、三句目は、その二で述べたいわゆる戦火想望俳句で、「支那事変群作」と題して「広場」（昭13・6月号）で一挙発表した連作百十六句の中の二句である。中国での野戦病院の光景であろうか、負傷して肢体を繃帯でぐるぐる巻きにされた兵士を、リアルに「巨大な兵」と表現した。普段は兵士をまともな人間扱いをしない軍隊への、イロニーによる痛烈な批評がこめられている。三句目には、祖国の山河を抱くように倒れた、中国兵に心を寄せる人間の目がある。

四句目も、日常語を使った、白泉にとって新しい軽みの、しかし強かな戦時の世相への批判がこめられた句である。「滑つて転んぢやつた」のは自分で、「憲兵の前」を通るとき緊張し過ぎたためだ。フィクションでよい。この句はそのことしか描いていないが、憲兵というおっかない存在に対する庶民の偽らない恐怖心が見え、その自嘲がなんとも滑稽であるのだ。

さて五句目の名句は、「京大俳句」の昭和十四年五月号に発表されたもので、今日まで多くの研究と鑑賞がある。注目したいのは、白泉の作品の中で、ここで始めて「戦争」という言葉が登場し、「戦争」を詠みつづけた白泉の句業が、表現上一つの完成を示したことである。その「戦争」は「戦場」「銃後」「兵」「憲兵」「支那兵」といった、個々の現象をすべて内包する得体のしれない「戦争」である。

その「戦争」を、ありふれた庶民の家の薄暗い「廊下の奥」に、物の怪のように佇たせたところに、この句の凄味がある。白泉はその前年に〈海坊主綿屋の奥に立つてゐた〉という、暗い世相を隠喩した俳句を作っているが、この句はそのモチーフをさらに発展させたものだ。「戦争」そのものを、現にそうであるように、庶民の生活の場へずかずかと侵入させた戦慄の実在感が、卓越している。現在にも通用する、「戦争」を詠んだ不気味な生活感の普遍性がある。

ところで白泉は、実作とともに評論の上でも新興俳句運動の新鋭であり、たえず俳句という表現形式の可能性に挑戦しつづけた俳人である。昭和十二年六月号「俳句研究」の「新興俳句の業績を省る」と題する評論で、冒頭こんな初々しい抱負を述べている。「我々は俳句に新しい価値と生命とを発現せしめようと考へました。我々は俳句の素材を詩因を広く自由な天地にもとめました。我々は俳句に於ける感覚及び情緒を生新潑溂たるものに致しました。我々は俳句と共に我々の思想を高く深い方向へ進めるべく努力致しました」そして新感覚的な「青のリアリズム」から、社会的視座をもった「赤のリアリズム」の方向へ、その進展に力を尽くすと青年らしい決意を述べている。〈戦争が廊下の奥に立つてゐた〉という名句が、作者の内面を形象化し、そうした俳句観の最初の、そして最高の到達点であったことは確かであろう。俳句なればこそ描けた表現世界である。

こうした気鋭の俳人、白泉を不意打ちしたのが、新興俳句運動などに加えられた俳句弾圧事件（昭15〜18）である。白泉は「京大俳句」のメンバーとして昭和十五年五月に検挙され、九月に起訴猶予となるが執筆禁止を言い渡された。しかし白泉は、翌十六年頃から阿部青鞋、三橋敏雄らと一緒に古典俳諧の研究に没頭し、発表のあてのない俳句を作りつづけた。その一部を翌年にかけて「石山夜鳥（夜蝶）」の変名で、石田波郷の「鶴」へ投句している。
そして昭和十九年六月に応召、横須賀海兵団へ入団した。そこでも敗色近い軍隊生活を、一水兵の目で密かにこつこつと詠みつづけている。その句が、なんともリアルでイロニッシュで面白いのだ。『全句集』にはそうした作品が「水兵紛失」と題して、敗戦までの一年二ヵ月分、八十七句収められている。

夏の海水兵ひとり紛失す
戦争はうるさし煙し叫びたし
玉音を理解せし者前に出よ
新しき猿又ほしや百日紅

分類でいうと、②俳句弾圧事件後の時代の作品である。一句目は艦艇でおきた一水兵の入水自殺か。それを物と同じく「紛失」という。軍隊はそうした非人間的な社会だった。二句目は米艦載機の攻撃で、「血の甲板」となった戦闘を詠む。冷めた目で戦争とはこんなものだと、自らの体感で表白している。三句目は敗戦を告げる天皇のラジオ放送をシニカルに見ている。軍隊では何かにつけ「前に出よ」と仕込まれたが、その言葉と天皇の放送との組み合わせが可笑しいのだ。四句目は「終戦」という前書がある。日本の敗戦を、これだけ大らかに詠い上げた文芸が他にあるだろうか。

前に書いた三橋敏雄は、師でもあった白泉について「白泉は、自己の歴史を弾圧されたことによって中断せずにいたおそらく唯一人の作家だったと思う」（「俳句研究」昭44・3月号「噫渡辺白泉」）と述べている。確かに白泉は自ら弾圧を被っても、果敢に「戦争」と「軍隊」を詠みつづけた。この面はもっと評価され、近代俳句史上に刻まれるべき句業であると思う。

①と②の時代を通じて、白泉が危険を省みず希求して止まなかったものは、現実を肯じない自己の内面の真実であり、詠まずにはおれない表現欲求であったことがわかる。それは文学をやるものの、洞察力であり批判精神であった。

その批判精神も「反戦思想」といった志向性《ゾルレン》だけであったなら、かえって硬直していたと思う。抑えきれない内なる表現欲求、つまり存在性《ザイン》が根底にあってこそ、厳しさの中にあって「戦争」を主題とする作句を大らかに貫けたのではないか。

「戦争と俳句」について見る場合、ここが白泉を知り白泉に学ぶ、いちばんのポイントだと思う。

最後に、③戦後の時代も、白泉のそうした姿勢は少しも変わっていない。思うことあって戦後俳壇を離れ、地方（岡山県・静岡県）の高校（中学）教師として地道な人生を歩みながら作句をつづけた。〈まんじゅしゃげ昔おいらん泣きました〉などの独自の風趣をもった作品がいくつもある。加齢とともに人間存在の哀しみを詠んだ句が増える。白泉自身「われから選んだ孤独の天地の輝きを体するこの作品」(『全句集』「あとがき」)を、自らよしとしていた。『全句集』には、〈マリが住む地球に原爆などあるな〉〈秋の日やまなこ閉づれば紅蓮の国〉など、時々きらりと光る「戦争」にかかわる句がある。中でも憎むべき原爆の恐れを、自虐的に屈折させた次の一句は、きわめて鮮烈である。

地平より原爆に照らされたき日

(「海程多摩」第五集・二〇〇六年)

付・エッセイ
無言館の「無言」

信州・上田のなだらかな山坂を登っていくと、その頂にヨーロッパの僧院を思わせる、ねずみ色の無言館がぽつんと建っている。先の大戦で戦没した画学生たちの遺作や遺品を収集し、展示した慰霊美術館である。私は二回訪れ、ほとんど無言のまま帰ってきた。

無言館という命名は、その館主で作家の窪島誠一郎氏である。作家・水上勉の実子であるが、ある事情から靴みがきの倅として育ち、数奇な運命をくぐってきた苦労人と聞く。一度お話をしたいと願いながら、まだその機会がなく、行くたびに何冊かの著書を買い込んでいる。ところでその本や活字となった話が、なんとも人間的で魅力的なのである。

「彼らの絵に共通して言えるのは、〝明るさ〟というか、絵を描く喜びに近いもの。ええ、いま描けるという喜び。生きている喜びでしょう。描くのは、別に反戦平和のためではないんですね」

何か、俳句を作る上で、教えられるものがある。窪島氏によると、「無言館をうたった歌は朝日歌壇などでゴマンとあるが、俳句で詠んだ人はほとんどいない」ということである。二回目にいった折、何句か作って、結局、一句だけ残った。

自画像は青き唇《くち》まげ無言館　万寿

当時、出征兵士を送る熱狂の中で、残された時間を、「あと五分、あと十分」と絵に向かいながら、戦場へたっていった戦没画学生の遺作は、無言のまま、ひたむきな人間の生きる想いを静かに深く伝えてくれる。
その無言と、見る人の無言が対話する、不思議な空間の建物は、上から見ると十字架の形をしている。

（「海程多摩」第五集・二〇〇六年）

二　富沢赤黄男・鈴木六林男のばあい

その一　名句への道程――富沢赤黄男

シュール・リアリズムの俳人といわれ、〈蝶墜ちて大音響の結氷期〉という代表的名句を残した富沢赤黄男（明35〜昭37）が、昭和十年頃、プロレタリア俳句まがいの生活俳句を書いていたことは、意外に思われる。

さぶい夕焼である金銭《かね》借りにゆく
けふも熱き味噌汁すすり職を得ず
妻よ歔《な》いて熱き味噌汁をこぼすなよ

それらは、自らの貧窮と傷心の日常を、リアルに詠んだ句で、実感がある。愛媛県西宇和郡に生まれた赤黄男（本名・正三）は、生家の没落、事業の失敗、転職、失業などで不遇な暮らしがつづいた。無二の俳友・水谷砕壺の親身の援助なしには、赤黄男の句業も生活も成り立ち得なかったと思われる。赤黄男はその砕壺の勧めで、創刊（昭10）した新興俳句系「旗艦」（日野草城主宰）の同人となり、「初めて俳句を心から始める気」（「句日記」）になったという。

また赤黄男は早稲田大学卒業の陸軍工兵少尉（予備役・のちに中尉）で、当時としては普通といえる軍国イデオロギーの持ち主であり、「句日記」によると侵略的な日・独・伊三国同盟（昭15）を「素晴しいもの」と記し、ヒトラーの『わが闘争』を読んで「強烈な意欲に打たれる」という精神構造でもあった。日中戦争が本格化した昭和十二年に動員され、華中（中国中部）を転戦した。そこで、こんな残忍な戦場俳句も詠み、「旗艦」などで発表している。

捕虜を斬るキラリキラリと水ひかる
サンサンと陽のこぼれくる捕虜を斬る

そして太平洋戦争の開戦（昭16）に際しては、〈一億起《われら》つしののめ富士のふもとより〉といった、戦時下の「一億一心」のスローガンを鵜呑みにした直情的な句も作り、日本の敗色が見え始めた昭和十八年には、「吾子に与ふ」と前書して、〈雲うつくしきとき靖国をおろがめよ〉といった「英霊」賛美の句も作った。

もちろん赤黄男は、これらの好戦的な作品は句集には入れていない。戦後の自省は深く、第一句集『天の狼』の再版（昭26）にあたっての「言葉」でも、「私の心は羞恥と後悔にふるへざるを得ない」と、書きむすんでいる。

小論で、赤黄男論の始めに、あえてこうしたマイナスともとれる作品から入ったのは、その赤黄男がほぼ時期を重ねて、一方でまるで別人の作とも見える、自己の内奥を見つめ、写実的な手法から大きく飛躍した秀句、佳句の作品の数々を詠んでいるからである。赤黄男の戦場俳句の中で、とくに私の好きな句に、「ランプ―潤子よお父さんは小さい支那のランプを拾つたよ―」という長い前書をつけた八句の連作（「旗艦」昭14・1月号）がある。うち四句を挙げると。

落日に支那のランプのホヤを拭く
やがてランプに戦場のふかい闇がくるぞ
靴音がコツリコツリとあるランプ
灯をともし潤子のやうな小さいランプ

小学一年の長女へ贈った、ヒューマンで心和む句である。幻想的でもあり、前線での兵士の寂しい孤独な心境がランプに形象化されている。先に引用した「吾子に与ふ」とは、句柄がまるで違う。

これだけ俳句の位相を異にした二つの句群を、どうして同じ俳人・赤黄男が詠めたのか。詠むことができたのか。不思議に考えられるが、私にはその理由が二つあるように思われる。

一つは、もともと赤黄男の詩人としての素質は、〈南国のこの早熟の青貝よ〉〈恋びとは土龍のやうにぬれてゐる〉といった、リリックな詩情と、内面の孤独を鋭い感性で表現する作風にあった。その面で次第に注目を集めていた。新興俳句運動の中で篠原鳳作や、とくに〈頭の中で白い夏野となつてゐる〉を詠んだ高屋窓秋らの清新なイメージによる詩法に共鳴、その影響を受けていた。

二つは、そうした赤黄男の豊かな詩情と作風が、戦場で生と死の修羅場を体験する中で、一挙に開花したことである。そこで、いま生きている自己の内面を見つめ、どうしようもない人間存在の真実を、言葉で形象化する方法へ、態度と手法を一変させた。つまり戦場が俳人・赤黄男を変えたのである。高屋窓秋も『富澤赤黄男全句集』の「栞」にこう書いている。

「彼も戦地に動員され、北支の戦野を駈けて日夜苦闘するようになってから、その内面の様相は一変してしまう。それまでの俳句的趣向を払拭して、彼本然の人間の心に発した影像を、ひたすらにまた真正直に詠うようになったのである」

（「富澤赤黄男俳句回想」）

それまで赤黄男は生活苦であれ、軍人精神であれ、その意思でまさに志向性《ゾルレン》そのものの俳句も作っていた。ところが戦場体験を転機に、自らのいのちの内面、人間存在そのものを自問しながら、存在性《ザイン》の俳句を集中して作るように変わったのである。そして、ひとたびその赤黄男本来の、人間存在から独自の戦場、戦争俳句を立ち上げるように変わると、その詩境に表層の意思や思想が入ることを厳しく拒むようになった（時局柄、一部の例外はあるが）。

赤黄男の句集『天の狼』（昭16）には、そうした戦場吟が「蒼い弾痕」と題し、六十六句収録されている。驚くことに、そこには赤黄男の一つの心性であったはずの軍人精神が、全く見られない。たとえば激戦の武漢作戦に関し、「武漢つひに陥つ」の小見出しで七句並ぶが、そこでは戦勝を喜ぶ気分の句はゼロで、かえって戦争の徒労感や虚しさを、つぎのように「赤」や「黒」で印象的に描いている。

眼底に塹壕匍へり赤く匍へり
めつむれば虚空を黒き馬をどる

ここで名句への道程として、感銘に残る戦場俳句のいくつかを列記しておこう。なおカッコ内は原句の表記で、戦時下の統制を考慮して、句集で改変されている。

困憊の日輪をころがしてゐる傾斜（戦場）
幻の砲車を曳いて馬は斃れ
一木の凄絶（絶望）の木に月あがるや
蛇よぎる戦《いくさ》にあれしわがまなこ
鶏頭のやうな手をあげ死んでゆけり

これらの作品は、まさしく赤黄男が詩人の目で捉えた、非情で凄絶な前線の内面風景である。そこには戦闘で疲れ果て、絶望し、荒れ果てた人間、赤黄男がいる。これが戦場の息づまる現実である。それを赤黄男は自らの心象世界として描き、写実による表現以上の真に迫るリアリティを獲得している。これら戦場での秀句、佳句のほとんどが、昭和十四年に爆発的に集中していることに注目したい。

翌十五年、赤黄男はマラリヤのため内地へ帰還し、召集解除となる。そして次の名句が、昭和十六年一月号「旗艦」に発表される。

蝶墜ちて大音響の結氷期

この句は「結氷期」と題する連作五句の、〈冬蝶のひそかにきいた雪崩の響〉につづく一句で、いわゆる戦争俳句とは見ない解釈もできる。だがこの句のもつ極限ともいえる緊張感は何だろうか。一匹の蝶が力尽き、極度に凍てついた無機質な氷の空間へ墜落したのだ。一瞬、硬質な大音響を発した。その映像までも超現実絵画のように見えてくる。

赤黄男は、そのシュール・リアリズムについて、戦後の詩論で「私は墜落していった。私の影だけが、絶壁の上に残つてゐた」「超現実も現実以外のものではない」（「雄鶏日記」）、「蝶はまさに〈蝶〉であるが、〈その蝶〉ではない」「現実――それは外部ではなく自己の内部である」（「クロノスの舌」）と書いている。「蝶墜ちて……」の一句こそ、その手法が最も成功した、赤黄男の句業を代表する傑作といえよう。

時代背景として太平洋戦争開戦の年、赤黄男も再度の入隊が予見された。新興俳句運動への弾圧（昭15〜18）で、赤黄男の周辺の俳人たちは、すでに完全に沈黙、転向を余儀なくされていた。その暗澹とした、時代のカタストロフを予兆する赤黄男の危機意識から、この作品が立ち上がっていることは間違いない。

こうした戦争俳句を核にした第一句集『天の狼』が上梓されたのは、昭和十六年八月。赤黄男が戦病で一時帰国した偶然が、幸いした。新興俳句の俳友たちの協力も大きかった。そして計らずも、この『天の狼』が俳句革新の松明をかかげた新興俳句運動の記念碑とも、最後の光芒となったのである。その評価は高い。

「『天の狼』は昭和十年代の新興俳句の句集のなかでも最高峰といってよい品格をもった句集」

（『百人百句』大岡信）

「これは、この非常の際における赤黄男の遺言であると同時に、新興俳句の遺言でもあったということが出来よう」

（『俳句の海で』高柳重信）

もう一つ特筆したいのは、赤黄男が戦場で死と向き合いつつ追求し、開拓した俳句表現の方法が、近代俳句の表現史上でも、戦後俳句に引き継がれる先駆的な到達点を画していたことである。金子兜太はその「造型俳句六章」において、作者の主体の表現にふれながら、赤黄男が拓いた方法の積極面について、つぎのように述べている。

「富沢赤黄男という詩人は、極端にいえば、徹底的に自己の外にある現象を拒絶して、自分の中にある事実を発掘することに努めている型ですが、戦前において、構成法をここまで徹底させた作者がいたということは、いささか驚くべきことなのです」

しかし赤黄男の句業は、この第一句集、なかでも「蝶墜ちて……」の傑作を頂点に、早くも限界を見せる。四ッ谷龍編著『富澤赤黄男』は、その「解説」で、「赤黄男が彼の本領を発揮した時期は昭和十三年から十九年にかけての七年ほどにしかすぎず」と述べているが、その時期はまさに戦争たけなわ、赤黄男は華中につづき、再度の動員で北千島の占守島の守備などに就いていた。

湖《うみ》こゆる蝶白ければ　湖に消ぬ

流木よ　せめて南をむいて流れよ

これらは「千島最北端占守島にて」と後記して、第二句集『蛇の笛』（昭27）に収められた戦場吟であるが、戦死の不安や望郷の気持ちを「蝶」や「流木」と重ねたもので、華中の激戦地で詠んだ秀句、佳句のもつ迫真力はかなり薄弱となっている。

そして戦後。赤黄男は門下の高柳重信らとともに俳壇で活躍し、第三句集『黙示』（昭36）を刊行したが、作品の手法はますます抽象化し、観念的となり、俳句性より現代短詩の傾向へ進んだ。生き方としては「純粋孤独」という人間存在《ザイン》の孤独を、徹底して虚無の世界にまで追い詰め、行き詰まり、昭和三十四年（56歳）、遂に句作を中止する。

その中でも敗戦の荒廃や、戦後の困頓たる内面を詠んだ、戦争にかかわる注目の秀句佳句もある。つぎの句などは、読みようによっては戦争に加担した自らへの反省と今後の心憂が、疼くようなメタファーとして感じられる。

あはれこの瓦礫の都　冬の虹
汚《よ》瀆《ご》れたる掌の　合掌の　月にぬれ
切株はじいんじいんと　ひびくなり
枯木の予感　どこかで大砲《ガン》がなつてをる

ある意味で赤黄男ほど、自ら体験し、その意識の底にある「戦争と死」の世界を、懸命に詠み上げ、それが句業の大方を占めるという俳人が、他にいるだろうか。

その二　「兵」と「いのち」の視座——鈴木六林男

戦争の名句集『荒天』を書いた鈴木六林男（大8〜平16）は、平成十六（二〇〇四）年十二月、八十五歳で永眠した。なんと同月の「俳句あるふぁ」には、「去年今年」と題する六林男の十句が載っている。

蜿《えん》蜒《えん》とカラオケ俳壇去年今年

憲法を変えるたくらみ歌留多でない

六林男はその『全句集』(昭53刊)「後記」で、「俳句の中で、私は立ったままで死にたい」と書いていたが、その通り「立ったまま」で、つまり現役(「花曜」主宰ほか)のままで、六十八年に及ぶ俳句人生を閉じたのである。掲句は、今日の俳壇のあり様や、憲法をめぐる状況に対して、六林男が言い残しておきたかった懸念であろうか。

戦中の新興俳句運動に始まって、「戦場俳句」「社会性俳句」をふくむ「戦後俳句」、そして今日まで、近・現代俳句史の中で、独特の鈍い輝きを見せた鈴木六林男の存在感は、貴重で大きい。「独特の作風を形成して、戦後俳句を代表する大家の風貌」(金子兜太)、「六林男の死によって、『戦後俳句』はいま完全に終焉したのではないか」(齋藤愼爾)。「俳句」(平17・3月号)追悼大特集「鈴木六林男の生涯と仕事」に載った言葉である。

大阪府泉北郡に生まれた六林男(本名・次郎)は、十七歳(昭14)の頃から俳句を始め、日中戦争の只中、こぞって「戦争」を主なテーマとしていた新興俳句に魅かれた。なかでも「京大俳句」の西東三鬼に師事(昭14〜)する。六林男自身、当時をこう語っている。

「僕と俳句のかかわりは、季の無い俳句との出会いからであった。……俳句が新興する時期に、特に戦争無季俳句の熱気の中へ自らすすんで身をのり出していった」(「短い歴史」)

入隊(昭15)前の、暗鬱な青年の心情を詠んだ、こんな作品が目をひく。

蛇を知らぬ天才とゐて風の中

失語して石階にあり鳥渡る

「蛇」はしのびよる戦争（入隊）の暗喩であろう。そんな世相に無頓着な、学究との配合で、時代の不安がより鮮明となる。二句目は、自分の言葉を失った、多くを語れない戦時の閉塞感を詠む。硬質な「石階」はその喩えである。

そして入隊。直ちに華中の戦場、漢口へ送られる。それからフィリピン戦線へ投入される昭和十七年までの約二年、六林男は中国での戦場俳句九十一句を、「大陸荒涼」と題して第一句集『荒天』（昭24）に収録している。

長短の兵の痩身秋風裡

風の中困憊の赤き河流れ

追撃兵向日葵の影を越えたふれ

ねて見るは逃亡ありし天の川

飯盒を鳴らし喰ひゐる寒き闇

ここで特徴的なことは、よく戦場俳句の素材となる中国の民衆、「敵兵」、捕虜などの句は皆無で、その目はもっぱら死と隣合わせた己をふくむ兵の困憊、戦病傷、戦死、逃亡、そして飢えに近い食欲などに向けられている。逃亡兵の身を按じる句が四つもある。どうにもならない戦場の現実の中で、表現したい、しておきたいのは、いまを生きている自分の存在《ザイン》であったことを、六林男は後でこう書いている。

「生きている時間の今がすべてであった。この時、俳句力倆二年の技術で書き残せることは、いま生きている自分が中心であった。殺《や》るか、殺《や》られるかであった」

（『俳句の本Ⅱ』安東次男等編）

六林男はさらに激戦中の激戦地、比島バターン半島コレヒドール作戦に参加。そこで負傷し、帰還（昭17・7）するまでの四ヵ月間、米軍の強烈な火器と炎熱とのたたかいの中で、作家根性と言おうか六十二句の作品を詠んでいる。それらの戦場吟は、厳しい検閲のため、繰り返し暗記し、後でメモにして持ち返った作品だという。同じく『荒天』に、「海のない地図」と題して収録されている。

交る蜥蜴弾道天に咲き匂ふ

遺品あり岩波文庫「阿部一族」

をかしいから笑ふよ風の歩兵達

夕焼へ墓標たてもう汗も出ない

水あれば飲み敵あれば射ち戦死せり

うち二句目の「遺品あり……」の句は、今日なお六林男の代表作、戦場を詠んだ名句とされている。初出は「蠍座《さそり》」（昭17・8月号）なので、間違いなく死臭の漂う戦場での作品である。死線にあって戦死した戦友の雑嚢から、一冊の岩波文庫が出てきた。大事に持っていた「遺品」である。ところがその文庫本は、森鷗外が殉死をテーマに書いた歴史小説『阿部一族』であった。作品はシンプルに、その事実だけで構成されるが、殉死をめぐる阿部一族の悲劇が、戦場で「悠久の大義」（戦陣訓）と称して、意味の無い死を選ばざるを得なかった兵士の心情と二重写しに重なって、切ない。

三句目の「をかしいから……」も、風に舞う木の葉のように殺されていく歩兵たちのいのち。そこではもう笑うしかない極限状況におかれた兵の心理が、皮肉ともユーモアとも俳諧的に表現されている。これも戦場での傑作である。

これほど戦場の過酷さ、虚しさを、兵士である人間自らの体験を通して直視し、真正面から詠み上げた俳人は、他にはないだろう。コレヒドール作戦で六林男も遂に機関銃弾で負傷し、腕の肉が抉られた。〈射たれたりおれに見られておれの骨〉。あくまで冷めた目で詠んでいる。すさまじいリアリズム精神である。

こうした戦場俳句を中心に、六林男の『荒天』は戦後昭和二十四年に上梓された。友人の佐藤鬼房は、戦場を描いたすぐれた文学作品として「戦後、小説では、いくつかの秀れた作品を見ることが出来たが、こと俳句ということになると、鈴木のものしかないことに、私は気付くのである」（「俳句研究」昭44・4月号）と、高く位置づけている。

さて戦後。戦場でこの世の地獄を見た六林男には、体に残り痛む弾片十数個とともに、戦場経験と戦友の死影が終生脳裏に焼き付き、自らの肉体そのものとなっていた。さりげ無い日常句のモチーフにも、しばしば「戦争」がぬーっと貌を出す。最後の句集となった第十一句集『一九九九年九月』（平11刊）にも、〈左義長や戦友の貌みな痩せて〉など、四十句の「戦争俳句」が載っている。

六林男は俳句をもって、「戦争」と闘うつもりであった。門下にこう語っている。

「ずーっと同じ主題を追い詰めている『過程』が大事やねん」（「花曜」昭62）

「戦争は、絶えることはない。そのことを思うと切ない。この無力感と闘うために私達は俳句を書きつづける」（「花曜」平3）

暗闇の眼玉濡さず泳ぐなり

第二句集『谷間の旗』（昭30刊）に載った、六林男の戦後のスタートとなる秀句である。戦後の混乱期、六林男は俳句に志をもって、意志的に純潔に生き抜こうとしていた。大きく見開いた「眼玉」は、時代と己を見つめ、閉ざすことはなかった。戦後のいわゆる社会性俳句運動に参加し、明確な主題意識をもって「吹田操車場」（60句）、「大王岬」（54句）、「王国」（76句）といった大群作を発表し、その一方の旗手たる存在であったが、ここではそれ以上ふれない。

むしろ小論では、敗戦に終わった戦後の時代、六林男は俳句形式をもって「戦争」をどう捉え、どう表現してきたかについて、簡潔に検証しておきたいのである。まず作品を貫く方法論は、批判的リアリズムであるが、私はあえて形容詞を付けずに、六林男独自の、幅と抱擁性のある俳句リアリズム論と見ている。六林男はこう述べている。

「文学のリアリズムと俳句のリアリズムはちょっと違いますのでね」

（『俳句の達人30人が語る「私の極意」』村上護編）

「リアリズムは文学上の方法で……なかでも主体を大切にする、言い方を変えると自分（生命）を大切にしようとする方法である」

（「頂点」昭39・5月号）

天 上 も 淋 し か ら ん に 燕 子 花

第五句集『国境』（昭52刊）収載の代表的秀句である。能村登四郎は、この句を「今までの六林男の句に見られなかった豊麗なもの」と評し、同句集や第六句集『王国』（昭53刊）あたりから「あきらかに作風の変化を見せ」「鋼のようなリアリズムが次第に影を消して来た」（第六句集『後座』「解説」）と述べている。

そうだろうか。私はこの秀句も、間違いなく六林男的リアリズムの作品だと考える。なぜならこの句の発想の核は、あくまでも紫色の雅びな気品をもつ燕子花の存在であり、その花に言われぬ淋しさを感受した自分の内面にあるからだ。後でも述べるが六林男の「戦争俳句」の特徴の一つは、戦死した大勢の戦友たちへの想いが深く、生き残った自分との哀しみを共有している。つまり生者と死者、地上と天上界との一体感が底流しているのである。

六林男の十一冊に及ぶ句集に見る「作風上の変化」は、作者の絶えざる表現上の工夫、努力であるが、その基底にある戦争経験者としての生き方と、その人間表現としてのリアリズムは不変だと思う。

紙数の都合で、そうした六林男の戦後における膨大な「戦争俳句」の特色を、概括的に検証する試みとして、モチーフによる分類で、その秀句佳句を列記してみよう。

なお自己の内面世界を主題としている六林男の「戦争俳句」には、戦後起こった現実の戦争、たとえば朝鮮戦争、ベトナム戦争、湾岸戦争などは、全くといってよいほど書かれていない。

〈分類〉

①死者（戦死）と生者（自分）との共存、一体感を詠む。

月の出や死んだ者らと汽車を待つ
緑の森洩れ陽の縞に死者生者
天上も淋しからんに燕子花

②戦争・戦傷への憤り、自省、後めたさを詠む。

ひとりの夏見えるところに双刃の剣

永遠に孤りのごとし戦傷《きず》の痕
何をしていた蛇が卵を呑み込むとき

③新しい「戦争」への恐れ、不安を詠む。
戦争が戻ってきたのか夜の雪
塞鴉戦争の向うがわ透いて
花篝戦争の闇よみがえり

④原爆・死の灰・ヒロシマを詠む。
死の灰が降る月明の葦の芽や
ヒロシマの忌や群集の泳ぎの声
夜遊びの老婆に泛び被爆の橋

⑤戦争と同じく、人間破壊の公害、エイズ、地球環境問題などの時代相を詠む。
河の汚れ肝臓に及ぶ夏は来ぬ
愛死《エイズ》より離れられずに芦の角
初景色此岸は昨日崩れ落ち

⑥最後に当然のこととして戦争回想、というより日常生活の中で、たえず貌を出す「戦争」を

詠む。

髪洗う敵のちかづく音楽して

白兵の夢のつづきを花野ゆく

戦死者の色になりつつ種茄子

見る通り六林男の「戦争俳句」は、「戦争と人間（愛）」という今日の最も肝要なテーマと誠実に向き合い、多様なモチーフと技法で、「戦争」の本質的な部分を摑み、独特の言語感覚で表現している。どの句にも、心理の翳りをもった六林男が見える。人間〈自分〉にとって戦争とは何か、今日の時代にあって俳句形式で何が詠めるかを、生涯問いつづけたその句業は、現代の俳壇と俳人が忘れがちな、ある貴重なものを、身をもって提示しているようである。

その点で、高柳重信の六林男についての次の論評は、全く同感である。

「もし久しぶりに俳壇を眺める人がいるとすれば、いちばん大きな変化として真先に気がつくのは、たぶん理想の喪失ということであろう。この俳句形式に対して理想を抱き……いつも一貫した姿勢を維持する鈴木六林男のような存在は、いま特に貴重と言うべきであろう」

（「俳句研究」昭57・7月号）

もちろん鈴木六林男の多様な全句集を、「戦争俳句」にのみ一面化することは正しくない。それは六四五頁にも及ぶ『鈴木六林男全句集』（平20）を見れば明瞭である。しかし六林男が、季語の重要性を十分に理解しながら、「俳句における僕の祖国は、季の無い俳句の世界である」（「短い歴史」）といったのと同じく、「戦争俳句」は六林男の句集の中で「僕の祖国」でありつづけたことは間違いない。晩年の句を一句。

溶けながら考えている雪達磨

（「海程多摩」第七集・二〇〇八年）

付・エッセイ
今昔の「鵲《かささぎ》の橋」

いわゆる「冬ソナ」ブーム以来、日本人の韓国ツアーが増えている。しかしそうした観光コース以外に、もう一つの韓国探訪のコースがあることは、存外知られていない。

昨秋、私たちは韓国との歴史に誠実でありたいと願って、ソウルにある三・一独立運動に因むパゴダ公園、伊藤博文を撃った義士の「安重根義士記念館」、独立を求める政治囚を弾圧・処刑した「西大門刑務所歴史館」をはじめ、天安にある韓国のジャンヌダルクといわれる「柳寛順記念館」や「日帝侵略館」をふくむ大規模な「独立記念館」を回り、そして光州事件の光州市まで足をのばした。

そこには旧日本がやった植民地支配のむごい実態と、それに肯じない朝鮮民族の誇りある抵抗の歴史が刻まれていた。心が揺さぶられた。私自身よく知らなかった、というより知ろうとしなかった不明を恥じた。

そんな旅中、かつての李王朝の居城・景福宮の林から、色鮮やかな鵲が飛びたつのを見た。

同行の妻が指さした。ほっと清しい気分となった。鵲はカラス科だが、小柄で頭・背は黒く、肩・胸は白い。飛ぶと風切の白斑が目立つ。「朝鮮烏」ともいわれ、日本には海峡を越えた私のふるさと佐賀県の平野部だけに留鳥として生息している。なぜか「勝烏《かちがらす》」と呼んでいる。歴史と向き合った今回の旅の気持ちを、私はこう詠んだ。

鵲の未明のコリアわれの巡礼　万寿

二人で鵲も見たこの旅が、妻との最後の外国旅行となろうとは思わなかった。季語の「鵲の橋」は、七夕の夜、鵲が翼を広げて天の川の橋となり、牽牛星と織女星を逢わせるという中国の伝説によるものだが、今の私には、この「鵲の橋」が、妻との想い出のかけ橋とも、日韓友好のかけ橋とも思えてならない。

（「海程多摩」第六集・二〇〇七年）

三　金子兜太における「戦争と俳句と生きざま」序説

はしがき

金子兜太は戦争と原爆を詠んだ名句として、渡辺白泉の〈戦争が廊下の奥に立つてゐた〉と、西東三鬼の〈広島や卵食ふ時口ひらく〉を挙げるが、兜太にも、戦後俳句を文字通り代表する名句がある。

彎曲し火傷し爆心地のマラソン

この俳句について、近・現代俳句史の研究で実績のある川名大は、その著『現代俳句・下』で、「造型俳句理論の具体的な裏づけとしての歴史的な意義が大きな作品である」と評している。

言うまでもなく金子兜太の句業は、昭和十二年、十八歳のとき、旧制水戸高校で一年先輩の出沢珊太郎に句会へ誘われ、初めての句〈白梅や老子無心の旅に住む〉を作って以来、今日まで七十一年。戦後俳句の流れを、実作・俳論の両面で逞しく活気づけ、牽引してきた。現在では俳壇の頂点にたつ代表的リーダーの一人である。

しかしここでは、その膨大な句業の中から、「戦争と俳句と生きざま」といった、産土の秩父の風土とともに、今日の金子兜太のすべての基底となっている、トラック島での生死の極限状況といえる戦場体験と、その延長線上にある日銀での労組活動の体験を中心に、いわば序説として問題を絞って述べることにしたい。

その一　転機のトラック島体験

金子兜太には、その人生と俳句にとって決定的とも言える転機となった、あるいは転機を詠んだ、忘れられない戦争にかかわる二つの秀句がある。

水脈《みお》の果て炎天の墓碑を置きて去る

朝はじまる海へ突込む鷗の死

一句目は昭和二十一年十一月、戦場であったトラック島から引揚げるとき、全速の駆逐艦上で作った句である。引揚げる前、島に設けた小さな戦没者合祀の墓碑に、椰子やパンの実を供えてきた。米軍の作戦で孤立状態に追いこまれたトラック島では、ひどい食糧不足で米機の爆撃や銃撃による戦死より、餓死者がほとんどだった。

島全体で四万人の兵隊や工員のうち、約八千人の死者の多くが小さく瘦せ細って枯葉のように毎日ぽろぽろ死んでいった。「非業の死」である。海軍主計中尉（のち大尉）で、その食糧確保を任務とする兜太は、よけい身を削る辛い日々だった。こんな非業の死者に報いなければならない。「この人たちのために、つまりこういう人たちが出ないような世の中にしなければいけない」（『証言・昭和の俳句　上』）ということを、ずっと考えて来た。――こんな心意が、掲句の「墓碑を置きて去る」という表現にこもっている。ここから兜太の戦後の歩みの第一歩が始まった。兜太自身、この一句を「生涯の代表句」と答えている。

二句目は昭和三十一年の夏、神戸港を散策した折の作品である。それは戦後、日銀の労働組合運動に献身してきた兜太が、運動挫折のなかで、同じ平和といのちへの確かな意志をもって、新たに俳句専念へ変わった二度目の転機を詠んだ句である。この「海へ突込む鷗の死」という表現にも、トラック島での戦争体験、つまり米機に立ち向かい、珊瑚の海へ突込んで散った、若い「零戦」搭乗員のイメージが重なっている。

金子兜太のこうした秀句に刻んだ人生と俳句の転機、それは生きざまという行動をともなう心意の転換であるが、兜太の場合、その転機が、本人もしばしば語っているように、きわめて決定的な意味をもっている。

第Ⅱ部で論じた五人の俳人の場合、戦死した仲間への鎮魂の祈りや哀しみの共有があり、それが戦争秀句・佳句を詠むモチーフとなっていたが、見るかぎり、兜太のような戦後を生きる姿勢の上で、戦争への深刻な自省と、死者に報いるための平和といのちへのアクティブな意志、行動をともなう明確な「転機」という発想はなかったと思う。私が金子兜太を論ずる場合、冒頭からその「転機」に注目する理由も、そこにある。

さて、その二つの転機、二つの秀句を経て、いやその結果、兜太の人生と俳句はその後どうなったか。今日のある慶事から話をすすめよう。

平成十七年十二月、金子兜太は平和と生命の尊厳を表現する日本の詩人に与えられる、スウェーデン・チカダ賞を受賞している。「チカダ」とはスウェーデン語で「蟬」のことで、同国の世界的詩人（ノーベル文学賞受賞者）ハリー・マッテインソンが、広島・長崎の原爆に衝撃を受けて書いた詩集「チカダ」に因んだ賞である。

マッテインソンはその詩で、チカダ、つまり蟬を被爆後に最初に甦った生命の象徴と捉えている。その精神を引き継ぐ詩人の賞を、金子兜太はスウェーデン・デジレ王女より授与された。席上、兜太はこう謝辞（「海程」平18・2、3月合併号）を述べている。

「私は今次大戦の末期、太平洋上の戦場にいました。戦争の残酷と愚劣さを、身をもって体験いたしました。帰国して、広島と長崎に投下された原爆の大量殺戮に更なる怒りを覚えました。長崎の爆心地に立ったときの、怒りと悲しみを忘れることはできません。

その体験を噛みしめつつ、戦争のない、自由で平和な社会を希求して、戦後を生きてきました。そして、その生きざまを俳句に書きつづけてまいりました」

そして、この「ささやかな表現の営み」に対して、賞をいただけた光栄に感謝しつつ、「この受賞を機に、その精神を身に体して、いのちと平和への志向を更に充実させ、こころ確かな生《せい》の営みを俳句に書きとってまいりたいと願うのであります」とつづけている。

見る通り、金子兜太の平和といのちを希求する戦後の転機、それからの生きざまは、文字通り兜太の原点として、今日まで衰えることはない。転機によって、その生死の戦争体験が、「非業の死者に報いる」という心意となり、肉体化し、生涯を貫く生きざまとなっている点は、凄いと思う。

したがって兜太にとっての転機のもつ深みを、事実によって確認する意味で、かなり長い引用となるが、データとしてつぎの三つを紹介しよう。

①ふるさと秩父のエッセイ「峠について」(「俳句」昭45・7月号)

兜太は駆逐艦で帰国の途中（昭21・11）、「吐気にたえるのが精一杯」なほど船酔いをした。一文は、こうつづく。

「しかし、翌日の昼、グァム島の碧緑の湾内に船が停ると、私の船酔いはぴたりとおさまってしまったのである。二時間ほどで出発したが、それからは、どんなに船が急いでも、がぶっても、二度と酔うことはなかった。……ああ船酔いがなくなった――一路北上の船上で、私はある感動が、体のなかにひろがってゆくのを知った」

「私の青春は、戦争という船に乗せられて、船酔いの連続だった。しかし、いま船酔いはおわった。これからは、ぜったいに、船酔いなぞしないぞ、と私はおもった」
②「『船酔い』のあと」（『わが戦後俳句史』（昭60・12月刊）
兜太は、それまでの戦中の人生を「船酔いの連続だった」と自省しているが、その内実についても、謙虚に、こう述べる。

「そのとき私は、『椰子の丘朝焼けしるき日日なりき』の句を作った敗戦直後に考えていた、死者にむくいるために自分は何かをしなければならない、そのために積極的な生き方をしなければならないという思いを、再び心の奥に嚙みしめていました。そして、現在までの自分の生き方は『船酔い』だったのだ、そう気づいたのです。

自分自身がまったくアンニュイの中で、倦怠の中で俳句をただもてあそんでいた。学友の中には反戦運動でつかまっていったり、学校をやめていった者もいたわけで、そういう人たちと私はほとんど無縁に、ただ俳句だけに頭をつっこんで、感性のばけものとして生きていたのだが、そうした自分の生き方も、また戦争を一面では帝国主義戦争と考えながら、半面では民族防衛戦争としてそれを肯定し、自分に戦争参加の口実をつくって、むしろ積極的に戦争に参加していたという、そういう曖昧《あいまい》な生きざまも、その二つとも私にとっては『船酔い』だった——そうおもえてきたのです」
③「非業の死者から出発している現在の生」（「俳句」昭49・9、10月号「熊猫荘寸景」）

戦後の兜太の俳句について、「鈴木（六林男）や三橋（敏雄）が一貫して死者への鎮魂意識を澱ませているのに対して、金子の負性意識は稀薄である」「死者たちを振り切った陽性の戦後の歩み」（川名大『現代俳句・下』）といった批評もあるが、そうだろうか。ここで、兜太の俳句表現を喚起する〈現在の生〉と、「非業の死者」とのかかわりを述べた一文「熊猫荘寸景」から、文脈をたどって、その基本心意がゆるぎなく確立していく過程を、データ的に挙げておこう。

「戦争がなくても、私は俳句を作っていたかもしれない。しかし、こういう状態で作っていたとは思われない。なんとしても、戦争と戦後という続きが、私の俳句には決定的な意味をもっている」

〈死にし骨は海に捨つべし沢庵嚙む〉の句を作った昭和二十二年の冬頃）「万事にぼう然としていた時期である。そのぼう然のなかに、ますますはっきりみえてくるのは、同じ島にいて死んだ人たち（飢餓死が多かった）――それは、まごうかたなき非業の死だ――だったが、かれらは、ときには、累々たる痩死体となってあらわれ、あるときは、一人がちゃんとした表情で立っていて、私の夢のなかに、昼間、炬燵で本を読んでいるようなときにも、あらわれた」

「その時期、非業の死者たちにうながされて、いや、励まされて、私は自分の〈生き残った生《せい》〉を生きようとしていた」

〈非業の死に〉「〈酬いる〉といったが、二度とこうした非業の死のない世界を、私なりに求めて、それにむかって能動的であろうとする気力が、私の生へのうながしであったといってもよい。それを死者のうながしとして、私は受けとっていたのである」

「死者に繋がっている生といおうか、非業の死者から出発している現在の生といおうか――とにかく、逃がれがたく非業の死者がおり、また自分も、それから逃れまいと決めていたのである」

（〈彎曲し火傷し爆心地のマラソン〉の句ができて）「死と生の存在風景を摑みえていると自負している。このあたり、死者を取り戻しつつあったのだ。……同時に、戦中体験にのみ拘泥する意味での『原体験主義』も捨てた。非業の死のなまなましい掌握（体感）が、それによって薄められることをおそれたからである。薄められるとは、下手に理屈づけられる、と言いかえてもよい。それによって、かえって観念的になってしまうことがこわい。〈死からの生〉である〈現在の生〉――の基本心意にいっそう徹しようと願っていた」

「自分の俳句をみていて、この基本心意が燃えているか否かが、表現の喚起する感動の質量に、決定的ともいえるほどの影響力をもっていることはよくわかるのである。私は、そうした事情を込めて、〈現在の生〉を俳句にぶっつけてきた」

　長い引用によって論をすすめてきたのは、それが金子兜太の「戦争と俳句と生きざま」という、三位一体とも言える関係を、最も説得力をもって証明する手懸りとなると考えたからである。

「死者たちを振り切った」戦後の歩みといった、一部の批評とは正反対に、死者たちの無念を己の生きざまと一体化した、能動的な平和といのちのための歩みと、その俳句表現こそが、戦後の兜太の人生と俳句の特質だと言えよう。約めて言えば、スウェーデン・チカダ賞を受賞した今日の金子兜太は、戦争のトラック島体験を転機として生まれた、といっても過言ではないと思う。

その二　兜太の「戦争俳句」の特質

平和といのちという、時代と向き合う金子兜太の生きざまと句業は、多分に、その並みでない持ち前、個性によるところがあると思う。

一つは、その生まれ育ちもあって、「俳句を疎《うと》んずる気分」の中にいても、本を読めば、文中の言葉に刺激されて、「本の空欄に俳句を書きつけていた」ほど、根っから俳句が体質化していたことである。二つは、実弟が「俳句よりも社会評論の方がむいていたのでは……」（金子洸三氏）と書くほど、同時代への関心と批評眼と行動力（組合専従もその一つ）を持ち、「自分の生き方を第一とする」態度に徹していたことである。

この二つの持ち前が、青年期にトラック島での特異な戦争体験を経て、綾ひものように組み合わされ、七十余年の兜太の俳句人生を色どり、強靱なものとしていると思われる。

ここでは、兜太のそうした俳句人生の出発点となり、その基底を形成した頃までを、大摑みに三つの時期に区分して、それぞれの「戦争俳句」の特質を探ってみたい。最初に、兜太自身が、「戦争という船に乗せられ」た「船酔いの連続」であったと、厳しすぎるほどの自省をしている戦中から入る。

①入隊まで（昭12～18）

金子兜太（大8生）はその青春を、まるまる十五年戦争下で過ごした戦中派である。秩父の開業医であり俳人（伊昔紅《いせきこう》）でもあった、豪快な父のもとで、ひどく人間臭い句会の熱気を見ながら、生長した。旧制水戸高校から東大の頃が俳句初学で、とくに中村草田男、加藤楸邨に学んだ。自由人の出沢珊太郎をはじめ句会はリベラルで、その中で兜太は「いつも着流しで現れ、その能弁で一座の耳目を集めていた」（原子公平）そうだ。自分で「感性のばけもの」というほど、俳句の魅力にとりつかれていた。

その頃の作品として、〈蛾のまなこ赤光なれば海を恋う〉〈富士を去る日焼けし腕の時計澄み〉などの抒情あふれる句や、〈曼珠沙華どれも腹出し秩父の子〉〈木曾のなあ木曾の炭馬並び糞《ま》る〉など、風土感、生きもの感覚の楽しい句が並ぶ。

同時に、ただならぬ戦争の時代を、日常感覚で詠んだ作品も少なくない。三句だけ挙げる。

機 銃 音 寒 天 に わ が 口 中 に

喇叭鳴るよ夏潮の紋条相重なり
霧の夜のわが身に近く馬歩む

どの句にも、身近に広がる戦争への不安、不快、反撥といった青年のもつ暗い気分が、「わが口中に」「紋条相重なり」と重ねた主観の働きで、より新鮮に表現されている。

とくに三句目は、読むほどに、これは戦争秀句だと思えてきた。当時、「馬」は農耕馬でもどしどし徴用され、軍馬となり、戦場へ送られた。兜太もまた、やがて入隊が近づいている。霧の流れるある夜、そのひんやりとした、時代状況さえ感じさせる闇の中で、兜太は「わが身に近く」歩む馬に、その蹄の音、息づかい、体臭までも感じている。そこには、同じ境遇にある生きもの同士の共感がある。そんなイメージの広がりをもった作品といえる。

兜太は先に引用した一文で、この時期の自分について、「倦怠の中で俳句をただもてあそんでいた」と述べ、「船酔い」にたとえていたが、実作を見るかぎり、時代を見る感度とその俳句表現は、確かであると思う。

②トラック島にて（昭19～21）

金子兜太の戦場は、太平洋上のトラック島だった。昭和十九年三月に赴任して以来、敗戦で米軍による「戦後捕虜」となった時期をふくめ、二年半の体験である。

そこで詠んだ作品は句集『少年』に四十四句と、未刊句集『生長』に八十句、計百二十四句ある。兜太はその作品を、復員の際の検閲を避けるため、薄紙に細かく書き込み、配給の石鹸の内に詰めて持ち帰ったという。一句一句に戦場・トラック島での思いが凝縮した、忘れられない戦争記録でもある。

魚雷の丸胴蜥蜴這い廻りて去りぬ
古手拭蟹のほとりに置きて糞る

まず小動物のいる私の好きな句から見ると、一句目は、航空基地の近くのジャングルの中で、隠し置かれた攻撃用の武器の魚雷と、そこをチョロチョロ這い廻っては草むらに消える小さないのちの蜥蜴との配合が面白い。不気味でもある。「その一瞬のなまなましい膚触感に、しーんとした緊張があった」と兜太は「自作ノート」(『現代俳句全集』立風書房刊)で書いている。二句目は、ひげ面に褌一本の兜太の島での生活風景が見える。糞ながら兜太は、這ってきたその蟹へ話しかけていたのではないか。

これが戦場俳句か、という声もある。確かに鈴木六林男の〈射たれたりおれに見られておれの骨〉や、富沢赤黄男の〈蛇よぎる戦《いくさ》にあれしわがまなこ〉などのような、射つか射たれるかの生々しい戦闘の極限状態では詠まれていない。私はそれを、兜太の陽性、楽天性といった性格的なものばかりでなく、その当時のトラック島の置かれた特殊な戦争状況とそこでの作句環境や、もう一つ、兜太の戦場での感性の高揚をおこさない「曖昧《あいまい》な」(『わが戦後俳句史』)戦争観に発しているように思う。

そのことで、兜太も多く述べている。簡単に言うと、トラック島は日本の委任統治領の大環礁で、そこに連合艦隊の司令部があり、主力部隊がいた。太平洋で反転攻勢に出た米軍は、昭和十九年二月、空母九隻を中心とする大艦隊で猛爆をかけ、日本海軍はたった二日間で、壊滅的な大打撃を受けた。その後米軍は、次の攻撃目標をマリアナ群島、サイパン島へ転じ、トラック島は毎日、米機の空襲があるだけで、放置され、孤立化された。

金子兜太が飛行艇で、トラック島の第四海軍施設部へ赴任したのは、その大空襲から約半月後の同年三月だった。したがってトラック島での兜太の戦争は、米機とたたかう武器はなく、とにかく生きのびて、島を守備する以外にはなかった。さつま芋作りに明け暮れたが、島の食糧事情は最悪で、日常が餓えとのたたかいだった。こうもりや蜥蜴も食べたが、栄養失調で餓死者が毎日増えていった。最悪の状況下での人間の生への執着を、まざまざと見た。

そんな息の詰まるような状況の中で、「士気高揚」のために上官に勧められて始めた俳句会である。毎月一回ほど、十名をこえる人たちが句会に集まり心を癒したそうだが、そこでどんな切迫感のある「戦争俳句」が生まれるだろうか。自分も「飢餓地獄」にいて、餓死した仲間を詩として詠めるだろうか。戦場俳句を単純に比較するのは、愚かだと思う。

また当時の金子兜太の太平洋戦争に対する判断は、先にもふれたが、複雑で、自分でも矛盾したものだった。「私の履歴書」でこう述べている。

「私は戦争そのものに反対だったし、この戦争は帝国主義国間の戦争であって、どちらにも正義なし、とおもっていた。しかし、祖国が敗れたときはどうなる、民族の生命は守らなければならない、とおもい返して、民族のために戦うのだ、と自分にいいきかせてもいた。反戦ではあるが戦闘やむなし、という奇妙な割切りのなかにいたといってよい」（『俳句専念』）

それで、青年の客気といおうか、「本当に血湧き血踊る気持ちでトラック島へ」いったものの、戦争といってもほとんどが飢餓とのたたかいで、毎日何人もの「非業の死者」を葬った。これでは「戦場」を詠まずにはおれない集中した気分も、内面の感の高揚も起きないのは当然である。しかしトラック島での兜太は、こうした作句環境のもとで、多くの佳吟を書き残している。よく読むと、兜太の人間味、野性味が伝わってくる新しい発見がある。好戦的な作品は、一句もない。

A　空壕の浮く夕焼へ飛機還れ
A　日盛りの墓碑やあらわに匂いもなし
B　犬は海を少年はマンゴーの森を見る
B　被弾のパンの樹島民の赤児泣くあたり
C　銃眼に母のごとくに海覗く
C　海に青雲生き死に言わず生きんとのみ

説明するまでもなく、Aは「零戦」で散った戦友や「非業の死者」への思いを詠み、Bは島民のカナカ族への人間的な視線があり、Cは自らの内面にある郷愁や生きぬく意欲をモチーフとした作品で、それぞれ鮮明な映像と感銘が浮かんでくる。

③組合専従という生きざま（昭22〜25）

金子兜太は二十七歳（昭21）でトラック島から帰国し、翌年、日銀へ復職、ほどなくその従業員組合に参加して、代表委員となり、昭和二十四年四月には組合専従の事務局長（初代）となる。本気で活躍した。その頃、俳句は止めてもよいと考えていたそうだ。

そこには、トラック島での戦場体験「非業の死者へ報いること」を、自らの生きざまとした、戦後の転機、その決意の重さがある。『二度生きる』でこう述べている。

「私はトラック島から引き揚げる駆逐艦の上で、これからは反戦平和に生きると腹を固めていました。組合活動も、それを実行に移したにすぎません。当時、反戦平和と言えば、それはさしあたり組合運動をさしました」

つまり日銀に厳然としてある身分制度、学閥人事といった、日本社会の古い遅れた体制が、誤った戦争を起こした基底にある。さしあたりの生活給の確保とあわせて、そうした日銀の近代化、言うなら、みんなが、もっと平等に明るく働ける職場づくりを目ざすもので、真剣で情熱的であった。

その頃、兜太は結婚して（昭22）、長男も生まれ（昭23）、家族をなにより大切にしていた。

そんなとき組合専従を選択することは、エリートコースの当然の出世を自ら放棄することであり、家族には辛い負担をかけることになる。他の俳人はおよそやらない、転機の誓いを誠実に実行した、「よくぞ」といえる勇気ある決断だったと思う。

ところがその間、止めたつもりの俳句が、かえって、体内から湧き立つようにとび出してきた、というから不思議である。まず家族を慈しむ明るい情感のあふれる、〈朝日煙る手中の蚕妻に示す〉〈独楽廻る青葉の地上妻は産みに〉〈舌は帆柱のけぞる吾子と夕陽をゆく〉などの秀句が、戦時中の青春の鬱屈を取り払ったように、つぎつぎと作られた。

組合運動に専心する、生気にみちた自分がいる、〈マッチの軸頭そろえて冬逞し〉〈銀行員に早春の馬唾充つ歯〉〈縄とびの純潔の額《ぬか》を組織すべし〉などの作品も、今もって清々しい。もちろん「戦争」や原爆を詠んだ、あるいは戦場体験による生きざまを句とした、作品にも注目する。

死にし骨は海に捨つべし沢庵噛む
墓地も焼跡蟬肉片のごと樹々に
霧の車窓を広島走《は》せ過ぐ女声を挙げ

一句目は、「非業の死者から出発している現在の生」のところでふれたが、帰国まもなく、まだ漠然と戦後の歩みを模索していた頃の作品である。当時はどの家でも毎日よく沢庵を食べていた。そのばりばりと食べる健康な歯音が、「死にし骨は海に捨つべし」という、再生への思い切った心意とよく響きあい、生活感のある表現となっている。

その「死にし骨は海に捨つべし」という表現は、もちろんトラック島での非業の死者に報いるため、己を投げうって、といった自分の心根を指すものである。兜太も『わが戦後俳句史』で、「がりがり嚙んでいた。そして、なすべきことのために自分を捨てなければならない、とおもいつめていたのです」と書いている。

ところで、度々で恐縮だが川名大『現代俳句・下』では、この句を挙げて「戦争の傷みを苦く反芻しながらも、死者たちを決然と振り切ることを自分に言い聞かせることで、戦後を歩き始めた。それが金子の内部での戦争処理だったのだろう」と、割り切っている。兜太の戦後の「転機」をどう受けとるかで、作品鑑賞がこんなにも違ってくるのである。

さて、兜太の組合活動は、昭和二十五年のレッドパージにひっかけた、日銀側の組合切り崩しで、完全に動きが封じ込まれ、挫折した。兜太自身、同年十二月、福島支店へ転勤となり、以後、神戸、長崎と十年間の地方勤務となる。しかし兜太はいう。

「その若気のいたりは間違っていなかったと、いまもはっきり言えます。一時まずいことをしたように思えた時期はあっても、長い人生から見れば、これで良かったのだと言えるのです。そのことに誇りさえあります」

（『二度生きる』）

その三　兜太の中の「戦争俳句」の位置

兜太の生きざまは「捨身飼虎」である。こうした日銀の理不尽な十年もの地方勤務を、反って俳句専念の契機とした。高柳重信は「金子兜太という存在は、それ自体、戦後俳壇の一つの事件であった」（『俳句の海で』）と書いているが、そうした兜太の本格的な俳句活動は、福島、とくに神戸、長崎から始まる。

初学から神戸までの作品を収めた第一句集『少年』（昭30刊）は、清潔で若々しい感性と力に満ち、昭和三十一年、現代俳句協会賞を受賞した。兜太はいよいよ俳句専念、つまり俳句に一生を賭け、日銀の勤めを従とする決意を固めることとなる。はじめに取り上げた〈朝はじまる海へ突込む鷗の死〉という名句は、その第二の転機の心意を表現したものである。

「死んで生きる」。トラック島体験で肚をきめた「非業な死者に報いたい」「戦争のない平和な社会をつくりたい」という生きざまは、すでに兜太の生き方の基底に据わり、俳句専念で揺らぐことはなかった。「私は俳句を自分の『生き方』とともに考えてきていますから、俳句専念が俳句への逃げ込みにはならないのです。以前よりも積極的に俳句を取り込んで、自分の『生き方』で鍛えることとなのです」（『わが戦後俳句史』）ときっぱりいっている。

兜太は、その多彩で挑戦的な実作と併せ、昭和二十九年、「社会性は作者の態度の問題である」といった発言（「風」11月号）をもって、社会性俳句論争に参加して以来、俳論の面でも俳壇の一面を揺るがしつづけた。「いわば、問題のあるところ常に金子兜太ありで、そのため、彼は、いつも俳壇の毀誉褒貶の渦中にいた」（『俳句の海で』）と、かさねて高柳重信はいう。

さらに兜太は、社会性論で取り上げてきた態度に、手法を総合した方法論として「造型俳句六章」（「俳句」昭36・1〜6月号）を発表（二七三頁参照）、その後も「存在性」「存在としての人間」「衆の詩」「土」「産土」「天人合一」「生きもの感覚」などと、たえず己の生きざまの深化と結んで、新たな俳句表現の世界をダイナミックに展開させてきた。

小論では、そのことを指摘するだけにとどめるが、こうした俳論の基底に、平和といのちという「自分（主体）の生き方を第一」とする、兜太の生きざま論が存在することは間違いないと思う。

なお本第Ⅱ部では、「無言館的発想」と称して、戦争秀句の多くが、反戦平和の意志という志向性《ゾルレン》で詠まれた作品より、戦争での抑えきれない内なる表現欲求からの、存在性《ザイン》で詠んだ作品であることを分析してきた。しかし、この視点は、人間・主体の存在性を基本とする兜太の場合、持ち出すまでもないことだと思う。

述べてきたように兜太のすべての句業は、産土・秩父の風土は言うまでもなく、トラック島での戦場体験をもとに、人生の二つの転機を経て、平和といのち第一の生きざまを基底としたものである。別の言い方をすれば、戦争と平和といのちといった心意に裏打ちされた作品がほとんどである。その中から、広い意味でも戦争をテーマとし、モチーフとした作品のみを取り上げ、それを兜太の「戦争俳句」だとすることには、ためらいがある。兜太と戦争との人生的、全句業的なかかわりを、表層的、個別的に捉えることになりかねないからである。

しかし、ここでは、それを承知の上で、あえて「戦争俳句」をモチーフ別に列記し、兜太の作家・作品論の中で確と位置付けをしたいと思う。

(1) 原爆を詠む、この比重は大きい

原爆許すまじ蟹かつかつと瓦礫あゆむ

彎曲し火傷し爆心地のマラソン

犬一猫二われら三人被爆せず

万緑背に被爆老女の手話了る

(2) 影ひく戦争の不安、反戦の心意を詠む

屋上に洗濯の妻空母海に

笑うときふと怖ず霧の負傷の兵

列島史線路を低く四、五人ゆく

わが戦後終らず朝日影長しよ

(3)　人権への視線

ローゼン・バーグ夫妻の死刑に人権の危機を感じつつ

夫妻の写真悲しく正しく人垣中
デモ暗く揉み合うミルクを地に散らし

(4)　ベトナム、今日のテロ

血ぬれの舟静かに曳かれくる戦争
両手挙げて人間美し野の投降
テロの世にしろじろと雨鉄線花

(5)　俳句による国際連帯を詠む

秋灯下民らは赫し夜の長江
満月の首都ベルリンの愛の時間

兜太は第十三句集『東国抄』（平13刊）の「あとがき」で、「とにかく、わたしはまだ過程にある」と書いた。九十歳のいまも、その現在進行形で、マスコミでも最も話題性と人気のある俳人の一人である。たとえば「文藝春秋」（平21）五月号での、「ともに句歴七十年余。俳句で辿る政治と戦争（傍点—引用者）と人生と」と銘打った中曽根康弘元首相（91歳）との対談で、兜太はこう結んでいる。

「百まで生きてくださいよ、そしてまた俳句の話をやりましょう（笑）」

金子兜太とともに、「戦争俳句」は、これからもさらに新たな視点と表現で、広く詠みつづけられるだろう。


（「海程多摩」第八集・二〇〇九年）

付・エッセイ

「漢俳」と日本の俳句

「漢俳」といっても、日本ではまだ知らない人が多い。それは日本の俳句から生まれた五・七・五音の中国の新しい漢詩である。たとえば、こんな漢俳がある。

今世得長生
春宵藹藹霧朦朧
冷冷潤我瞳

金子兜太の名句〈長生きの朧のなかの眼玉かな〉の漢俳訳である。一九九六年九月に北京で催された「中日俳句・漢俳交流会」で、中国の詩人・李芒があえて漢俳として詠んだものである。

漢俳が誕生したのは一九八〇年というから、漢詩二千年の歴史において、まだ若い。その頃、中国の代表的詩人の趙樸初や林林らが、日中文化交流の広がりの中で、日本の俳句に学び、その十七音の短さとリズムによる新しい漢詩の創作を志していた。

「和風、漢俳を起こさん」という有名な趙樸初の言葉は、その志の高さを表している。それは同一九八〇年（昭55）五月、日中の詩歌交流の場で彼が即興で作った漢俳の一節であるが、そこから「漢俳」という言葉が始まった。

中国の詩人たちは、時代の流れを敏感に感じ取り、難しい漢詩のルールにとらわれずに誰にも親しまれ、作れる詩の創造をめざしたのである。翌年四月に来日した林林、袁鷹は俳誌「俳句」（昭56・7月号）による山口誓子、大野林火、鷹羽狩行らとの座談会「俳句と漢詩を架橋する」の中で、漢俳の行き方を模索するあれこれの問題を、謙虚に語っている。

それから二十五年、その間、漢俳をめぐる日中の交流は活発だった。漢俳は中国各地に根を下ろし、定着し、ようやく全国組織の結成にまで発展した。漢俳学会の成立大会が北京で開かれたのは、今年（二〇〇五年）の三月二十三日である。

日本からは金子兜太を団長に、倉橋羊村、安西篤ら現代俳句協会代表団二十五名（私もその一員）と、有馬朗人その他十数名の俳人が参加し、祝賀した。「感銘ひとしお」（金子兜太祝辞）であった。大会につづく「中日詩歌交流会」も、季語に関する議論など、時間をオーバーするほど活気に充ちていた。

そこで私は話に聞き入りながら、また頻りに考えていた。日本の俳句の場合、その伝統とのかかわり方をめぐって大きく議論の分かれるところだが、漢俳の場合はどうだろうか。そこでの発言を見ると、学会会長の劉徳有は「漢俳は当面、字数とリズムを除いて、固定したルールはまだない」ことを強調した。

ところが副会長の林岫は、「なんといっても漢詩なので、詩人は結局漢語詩歌文学の創作条件（韻を踏むことや平仄と音律など）に従って漢俳を創作するしかありません」と述べる。その微妙な違いに、私はかえって今日の漢俳界の闊達さを感じた。

漢俳と日本の俳句の今後の交流、発展にとって、相互の翻訳、紹介という仕事が大きな意味をもってくる。早速、会場でいただいた『段楽三漢俳集』の中から、中国語のできる友人に頼んで一句を選び、訳してもらった。

迎妻備晩餐　　妻を迎える晩餐の用意
心事老移電話傍　　心はいつも電話のそば
糊了骨頭湯　　骨のスープはグッグッ

「いまの若い中国人の生活と、夫の心のはずみがよく出ていますね」と、彼女は付け加えた。

（「多摩のあけぼの」七十五号・二〇〇五年）

第Ⅲ部　十五年戦争をめぐる俳句のリアリズム小史

一　新興俳句運動の今日的見方

その一　近代俳句史の「青春」

反「ホトトギス」を旗印に、斬新な詩情と批評精神をもって、当時二、三十代の青年俳人たちが挙った新興俳句運動を、近代俳句史の「青春」という人がいる。

作品の上でも〈頭の中で白い夏野となつてゐる〉（高屋窓秋）、〈しんしんと肺碧きまで海のたび〉（篠原鳳作）、〈水枕ガバリと寒い海がある〉（西東三鬼）、〈戦争が廊下の奥に立つてゐた〉（渡辺白泉）、〈蝶墜ちて大音響の結氷期〉（富沢赤黄男）といった、その旗手たちの代表作がつぎつぎと想起されるほど、多彩である。

たとえば一句目の窓秋の〈頭の中で白い夏野となつてゐる〉は、昭和七（一九三二）年の作で、作者の若々しい内面の乾いたイメージの世界が、口語調で新鮮に表現されている。そこには頭の中いっぱいが、「白い夏野」となった、乾いて白らけた青年が立っているのだ。金子兜太はこの句について、「当時の時代に対する批評を含むものなのか、ただ、彼の心情の世界を感覚的に表現したものなのか」(「造型俳句六章」)、まだ不分明な点を指摘している。

俳壇史的にいうと、新興俳句運動は昭和六(一九三一)年の水原秋櫻子の「ホトトギス」離脱から始まり、次第に全国で湧き立ち、昭和十、十一(一九三五、六)年頃をピークとして、昭和十二(一九三七)年以降のいわゆる戦火想望俳句のヒューマンな広がりを最後に、昭和十五(一九四〇)年に始まる俳句弾圧事件によって終息するまでの、約十年にわたる俳句革新の運動であった。その流れにいた三橋敏雄は、戦後、新興俳句運動について、当時の閉塞的な時代状況との関連で、的確にこう述べている。

「思えばこの運動は、六年に起きた満州事変と、一二年に起きた日中戦争との谷間の年代に一気に拡大し、……太平洋戦争に突入する前夜の一五、六年にかけて弾圧されている。言わばそういう時代の推移と共に、次々に自由を圧殺していく権力体制に対する不満表明の集団的な代替現象として、この運動の異常な高まりをとらえ、そのゆえに弾圧されざるを得なかった理由を見出すこともできよう。……真に俳句革新を志した批評精神の成果であるすぐれた個々の新興俳句の実作は、後代の俳句に先駆する表現様式の多彩さをいまも窺わせている」

(『俳句用語の基礎知識』)

それでは今日、新興俳句運動をどう評価し、何を学ぶか。運動の実際は多彩で雑多で、若い華やぎとともに翳りがあり、それ自体の文化秩序を確立しないまま弾圧で拡散したが、俳壇史の上でも俳句表現史や俳論史の上でも、画すべき意義をもつものであったことは間違いない。

たとえば川名大著『現代俳句』上・下を見ると、高浜虚子をはじめ取り上げた各系譜の俳人百二十六人中、「ホトトギス」二十四人、「人間探求派」十二人、「馬酔木」六人、「天狼」十二人などに対して、新興俳句は四十四人、それに他の系譜で扱われた秋櫻子、山口誓子、平畑静塔、秋元不死男ら四人を加えると計四十八人にのぼる。それは川名の専門分野というだけではない、この俳句革新運動のもつ現代俳句への人脈的な広がりと影響力を示すものといえる。

また俳句表現の様式、文体、技法の上でも、没人間の「ホトトギス」と対置する、実にさまざまな創意が開拓された。彼らは俳句という短少な詩形をもって、いかに近代精神、つまり時代に生きる自己の内面を表出するかという問題で、旺盛な批判精神をもって、従来の発想を超え思いっ切り自由に、真摯に挑戦した。先に代表作を挙げた白泉は、昭和十二（一九三七）年六月号の「俳句研究」で、「新興俳句の業蹟を省る」と題して、その俳句運動を進展する青年俳人たちの雄々しい抱負を、つぎのように伝えている。

「我々は俳句の素材を詩因を広く自由な天地にもとめました。我々は俳句に於ける感覚及び情緒を生新潑溂たるものに致しました。我々は俳句と共に我々の思想を高く深い方向へ進めるべく努力致しました。右のやうな俳句の内容上の進拓の為に、我々は古く凝然とした俳句の形式を打ち破り、新しく自在なる形式を創造致さねばなりませんでした。我々の前には、逸早く五七五律を打捨て去った人達の悲壮にして而も惨たる死体が累々と積まれてをりました。この轍を避けるべく、我々は凡ゆる力をつくさねばなりませんでした」

云う通り新興俳句運動は、新しい素材や感覚、生活や思想を俳句に取り込もうとした点では、河東碧梧桐らの新傾向俳句運動（明治末期から大正初頭）とほぼ共通の志向をもっている。だが新傾向俳句が定型無視の自由律俳句へと進み、ついに自壊していった経過から、それを他山の石として、俳句の本質である五七五律だけは基本的に守り深めるよう、渾身の努力を重ねたのである。正岡子規につづく第二と第三の俳句革新の運動であるが、その相違点は大きかった。

そして、その定型の上に、一つのテーマで数句を並列する連作俳句が、水原秋櫻子、山口誓子の試みに刺激され、この運動の前半、盛んに流行する。それは「ホトトギス」の「花鳥諷詠」という題材の狭さを乗りこえ、一句では表現できない内容を詠もうとする実験であったが、一句の独立性が弱まったり、季語が単調な繰り返しになることから批判と反省を呼んだ。

だがそこから、必然的に季語をもたない無季俳句が登場する。その実作と論議が活発となり、昭和十（一九三五）年頃から、それが新興俳句運動の特徴の一つとなってくる。先に代表作を挙げた鳳作は、昭和九（一九三四）年九月号の「天の川」で、「自分は一歩進んで、季なき世界こそ新興俳句の開拓すべき沃野ではないかと思ふ」と書いているが、自然より社会や生活に眼をむける厳しい時代背景もあった。

新興俳句運動の当初のリーダーであった水原秋櫻子と山口誓子は、この無季俳句の潮流に反対し、批判し、昭和十一（一九三六）年には運動から離れるにいたった。

その二　作品に見る「青」と「赤」のリアリズム

この俳句近代化をめざす新興俳句は、一般にはモダニズム（近代主義）の運動だと見られている。広い意味で異論はない。モダニズムというと、新しがりの風俗的頽廃的な負の意味にもとられがちだが、新興俳句の「当時のモダニズム俳句には一種の進歩的なロマンチズムがつきまとっていた」（赤城さかえ「俳句人」一九五〇年五月号）といわれる健康な内実があった。

しかし同時に、新興俳句運動が戦争に突き進む暗い現実と生活を反映して、作者の内面でその存在感が問われる中で、リアリズムによる作品と評論が多様に展開されたことも見落としてはならない。

その旗手の一人、白泉は前掲の論文で、新興俳句が目ざした主として、青と白の詩情の新感覚的傾向を「青のリアリズム」といい、時代の現実を見つめた社会性の傾向を「赤のリアリズム」と捉えていたが、炯眼である。一般には、それをⒶモダニズム・芸術派と、Ⓑリアリズム・社会（生活）派の二つに分けて、新興俳句運動の流れを説明しているが、実際には同じ作者の作品で、この二つの傾向がオーバーラップしている場合が少なくない。やはり時代の緊迫感が、作者の内心を深いところで揺さぶっていたためだろう。

ここで冒頭で挙げた新興俳句運動の新鋭たちの作品について、そのⒶとⒷの面から、端的に見ることにする。

〈高屋窓秋〉

Ⓐちるさくら海あをければ海へちる

Ⓑ河ほとり荒涼と飢ゆ日のながれ

Ⓐは昭和八（一九三三）年の作で、桜の花びらが紺碧の海へひらひら散っていく景だけが示されている。「ちる」と「海」が二度ずつ使われ、「あをければ」という理由づけが、自らの意思で花びらが海へ散るかのような、諦めにも似た空しさを伝える。作者のこころの比喩か。Ⓑは昭和十二（一九三七）年の作で、荒涼とした河の流れと何かに飢えた日々の流れを重ねて、重苦しい濁った世相と作者の心情が表出されている。ⒶⒷとも、やはり生きている現実に根ざした作品といえる。

〈篠原鳳作〉

Ⓐしんしんと肺碧きまで海のたび

Ⓑ一塊の光線《ひかり》となりて働けり

Ⓐは昭和九（一九三四）年の作で、沖縄への船旅の実感にもとづくもの。「しんしん」と沁み入る感覚と、肺の中まで碧く染まるような「肺碧きまで」の鮮やかな色感とが融合して、爽

快なイメージの世界へ飛躍した。Ⓑは「高層建設のうた」と題した連作の一句で昭和十（一九三五）年の作。高い鉄骨で働く労働者の姿が、強い陽射しの中で視線には「一塊の光線」とも見えるのだ。いずれもリアリズムの方法が働いている。

〈西東三鬼〉

Ⓐ水 枕 ガ バ リ と 寒 い 海 が あ る

Ⓑ兵 隊 が ゆ く ま つ 黒 い 汽 車 に 乗 り

Ⓐは昭和十一（一九三六）年の作。高熱の病臥の中で、水枕の「ガバリ」という擬声音が、作者の内面にある「寒い海」の「ガバリ」という音に変容し、死の影におびえる病者の心象風景となった。金子兜太は、その「孤独な傷んだ作者のこころ」と同時に、「個人の傷みというより、その個人を取りまき、支えている存在の傷みとでもいうべきもの」（「造型俳句六章」）があると受取っている。Ⓑは昭和十三（一九三八）年の作で、日中戦争を背景に銃後の内地で、「まつ黒い」列車に乗せられ戦場へ運ばれる兵隊たちを詠んでいる。「黒」は死の色でもある。一句に静かな戦争への批評が見える。ⒶⒷの三鬼の句にあるものは、モダニズムだけではない。

〈渡辺白泉〉

Ⓐ街 燈 は 夜 霧 に ぬ れ る た め に あ る

Ⓑ戦争が廊下の奥に立つてゐた

Ⓐは昭和九（一九三四）年の作。白く冷えびえと夜霧の中に立っている街燈、「ぬれるためにある」という見立てで、作者の心象に通じる「街燈」の存在感が、より新鮮に浮かび上がって来る。Ⓑは昭和十四（一九三九）年の作でわが家の薄暗い廊下の奥に、突如、「戦争」が立っていたというのだ。ささやかな日常生活に黙って侵入してくる、戦争の不安と恐怖。その戦争の本質を、鋭い批判精神でブラック・ユーモア風にみごと言いとめている。まさに「虚のリアリズム」である。

〈富沢赤黄男〉

Ⓐ蝶墜ちて大音響の結氷期

Ⓑ落日をゆく落日をゆく真赤《あか》い中隊

Ⓐは日米開戦の昭和十六（一九四一）年の作。眼前に、「蝶」の墜ちた微細な音でさえも、硬質な「大音響」を発する「結氷期」があるというのだ。むろん現実ではない。だが極度に緊張した作者の内面には、こうした一触即発の凍りついた、こころの現実がある。赤黄男自身、「超現実も現実以外のものではない」といっている。何か厳しい時代の現実を黙示するものがある。Ⓑは昭和十三（一九三八）年、従軍した中国大陸での作である。「落日をゆく」という

言葉の繰り返しで、日本の軍隊の姿を冷めた眼で主観的に表現する。

以上、新興俳句運動の旗手たちの作品には、新感覚的なⒶ、社会性をもつⒷ、いずれも同時代の現実を色濃く反映したリアリズムが底流していることは確かである。

その三　批判的リアリズム論の新展開

私が新興俳句運動におけるリアリズムを強調するのは、正岡子規以来の俳句革新の歴史を見ると、その本流に、必ずリアリズム精神の高揚を見るからである。それは俳論の分野でも、とくに新興俳句運動の中期、昭和九（一九三四）年から十三（一九三八）年にかけて、活気ある論議が展開された。

新興俳句の俳人たちは、戦争への出口のない時代相と自己の内面を見つめる中で、俳句で「何を詠うか」という主題の自覚が深まり、それを「どう詠うか」という単に手法だけでない方法論の模索へと進んだ。時代と生活にリアルな眼を向けた作品と同時に、俳句のリアリズムをめぐる評論が目立ったのは、そういう背景があった。

リアリズム論は、主に俳誌「土上」（嶋田青峰）、「句と評論」（松原地蔵尊）、「天の川」（吉岡禅寺洞）などで真剣に論じられ、秋元不死男（当時は東京三）、古家榧夫（当時は榧子）、細谷源二（当時は碧葉）らが健筆をふるった。ここでは、その中心的存在であった不死男のリアリズム論の特徴について、簡潔に見ることにする。

取り上げる俳論は、昭和十二（一九三七）年二月号「土上」掲載の「リアリズムに於ける俳句」である。それは当時のリアリズム論の中で比較的まとまった俳論であるが、しかし私は、その前で何回も首を傾けた。非常に重要で新鮮な問題提起がある反面、幾つもの秀句佳句を生みだした新興俳句運動の実作とくらべ、質的なかなりの落差を感じるからである。

では新鮮な問題提起とは何か。一つは俳句のリアリズムの問題を、現実に対する作者の態度、生き方が「出発点」だと捉え、その上で「リアリズムは、単に作者の態度ばかりにあるのではなく、その態度と表現の仕方が統一されているところにある」と指摘している点である。これは態度と手法を結んだ真っ当な現代俳句の方法論への接近である。

二つは俳句のリアリズムが、「窮極において作家の生活態度とか、作者の思惟内容などと不可分の関係」にあることを強調している点である。「思惟内容」とは広い意味での作者の生活の思想（不死男の場合はやや社会主義的な世界観）と言えるものである。この提起は、戦後、金子兜太が「リアリズムの根本は感性と思想の結合に連なる作者の思想的な生活の問題」（「風」昭30・11月号）と断じている点と通底するものである。

新興俳句運動で、不死男らが俳句における思想性の問題を初めて取り上げたことに対して、俳文学者の松井利彦はその著『近代俳論史』で、こう積極的に評価している。

「その点からいえば、子規以後の俳壇が見落としていた、或いは強いて問題化しなかった課題を大胆に論議し、一般化したものといえるのであり、その内容が、公式的、初歩的なものであったということとは別に、大きな意義をもつものといってよいであろう」

これを批判的リアリズムといおうか、真のリアリズムへの新たな展開であったことは間違いない。

次は、どこに質的な問題点があったのか。一つは不死男が高唱する現実とは、あくまで自己の外側にある社会、生活、風景など素材としての現実であって、自己の内面というもう一つの重要な現実が欠落している点である。これは新興俳句が実作面で盛んに追求した方法とも違うし、俳句のリアリズム論として致命的ともいえる弱点である。

二つは、「現実の本質」を捉えるリアリズムの眼を重視するのは当然としても、そのために「最も進歩的な世界観の上に立たなくてはならない」と強要するのは適切でないし、俳壇に広がる「花鳥諷詠、風流主義、抒情謳歌、超現実主義、感覚俳句」など、すべてを単調に「反リアリズム」と決めつけ、批判している点である。後述するプロレタリア・リアリズムの一面的な影響であろうが、そうした単純で狭量な考えからは、さまざまな手法を包容する旺盛な真のリアリズムの姿は見えてこないのである。

プロレタリア俳句運動の横山林二（二九八頁参照）は、同時代の同伴者としての新興俳句運動の発展に期待を寄せ、昭和十（一九三五）年三月号の「俳句研究」で「新興俳句批判」と題して、「定型陣より」の加藤楸邨と並んで「非定型陣より」発言し、こう呼びかけていた。

「新興俳句は、形式や伝統としての俳句をわれわれの生きる現実の外で追究することによってでなく、現実の深酷な意識の中に俳句をとらへて問題とし、吟味し、創作することによって、近代主義《モダニズム》から現実主義《レアリズム》への、近代詩としての昂揚を実現し得る、可能なそれ自身のポエヂー、形態を究めるであろう」

（「つぐみ」二〇〇三年七月号）

二　人間探求派はいかに

その一　新興精神の架橋

人間探求派という風変わりな名称が一般に広がり定着したのは、昭和十四（一九三九）年の「俳句研究」八月号の座談会「新しい俳句の課題」からである。その座談会には当時それぞれ、ヒューマニズムを基調とする人生派ともいえる俳句の新風を巻き起こしていた中村草田男、加藤楸邨、石田波郷、篠原梵らが参加した。ところが後半で、司会（記者）の山本健吉によって次の会話が誘い出された。

記者　貴方がたの試みは結局人間の探究といふことになりますね。
加藤　新しいか否かは人の見るところによってちがいませうが、四人共通の傾向をいへば「俳句に於ける人間の探究」といふことになりませうか。

これが人間探求派という名称の由来である。そこには「俳句研究」編集長である山本健吉の、ある意図があったようだ。戦後に出版した『昭和俳句回想』の中で、山本自身こう正直に語っている。

「だけど新興俳句というのは、みんな新しがってばっかりいてね、……私は、もっとちゃんとした、文学論の根に発して、新興俳句批判、人間探求への肩入れ、ということをやったわけだけれどもね」

つまり人間探求派は、同じ昭和初期、多彩かつ乱脈に展開していた新興俳句運動に対するアンチテーゼとして、山本によってその名称とともに俳壇へ押し出された面が多分にある。そんな経過もあって、一般にはその後、人間探求派として一括して扱われるようになった草田男、楸邨、波郷らが、新興俳句の否定者であるかのように理解されがちだが、それは事実とも違う。先の座談会を見ても、彼らは新興俳句について、同時代を反映した清新な気運の存在を認め、本質的な部分でむしろ共感さえもっていた。

中村　新興俳句運動が、本質的なもの丶上に樹てられつ丶活動してゐないことを私は批難し続けてきてゐたやうなものですが、たゞ基底にひそむ時代的要求の芽だけは私は唯一無二のものであると信ずる程に信じてゐたのに、現在のありさまではいかにも残念です。

加藤　今後ゆくべき新興精神の問題に還って生かして行かなければならないやうに考へる

のです。つまり今までの限定された所謂新興俳句グループではなく俳句そのものの新興精神は如何にあるべきかといふところへ立つのです。

ここでいう新興精神とは、新興俳句運動が拓こうとした人間中心の新しい時代感覚をもった俳句精神のことであろう。「人間不在」といえる「花鳥諷詠」の伝承派を批判し、時代に生きる人間とその内面や生活や社会を俳句表現の正面に据える点では、人間探求派と新興俳句には共通項があった。だからこそ草田男、楸邨、波郷らには、新興俳句の安易な都会的時局的な素材主義や、人間の内面を見ない身辺生活のリアリズム、そして季語や切字などの俳句性に対する自覚の希薄化について、黙っておれない不満や苛立ちがあったのである。

私は人間探求派と新興俳句運動を、その対立者としての面より、あえて同時代の俳句精神を共有する批判的同行者としての面を強調した。それは両者が追求し近接した俳句の地平が、実作、俳論、人脈のあらゆる点で、戦後の現代俳句の流れを準備するものとなったからである。なかでも人間探求派の自己の生き方を凝視する内面のリアリズムと、新興俳句の斬新な技法のリアリズムが、現代俳句の方法、その真のリアリズムへの土壌となったことは重要である。

それではまず、人間探求派の実作から見ることにしよう。

万緑の中や吾子の歯生え初むる　草田男

勇気こそ地の塩なれや梅真白　同

草田男は人生的思想的欲求が著しい、生命讃歌の俳人である。一句目（昭和十四年）は満目の緑の中で生え初めた吾子の皓歯、いずれも萌え出づる生命への歓喜と祝福がある。二句目（昭和十九年）は、戦争末期、学徒出陣の教え子たちへ「無言裡に書き示した」句である。マタイ伝にある人の世の腐敗、堕落を防ぐ「地の塩」を、人間の勇気に求めている。凜と咲く白梅が、その感慨をみごとに象徴している。

蟇《ひきがえる》誰かものいへ声かぎり　楸邨

火の奥に牡丹崩るるさまを見つ　同

楸邨は厳しい内面凝視の作風で、人間そのものの真実を求めた俳人である。一句目（昭和十四年）は鈍重で忍耐強い蟇の姿に、戦時下、ものをいえぬ国民の姿を見た。誰でもよい、声限りものをいえ、といっているのは、作者自身の絶望に似た心境であろう。二句目（昭和二十年）は空襲で自宅が燃え落ちるさまを、大輪の牡丹の崩れるさまに喩えている。現実の牡丹より、作者の内面で崩れる幻想の牡丹のほうがより強烈である。

朝寒の市電兵馬と別れたり　波郷

雁《かりがね》や残るものみな美しき　同

波郷は時代と人間の哀歓を、病弱な自分の境涯と重ねて格調高く詠んだ俳人である。一句目（昭和十五年）は市電と軍隊の行進とが擦れ違った市井の風景だが、その配合が「朝寒」によって、ただそれだけでない肌寒い時代相を見せる。「兵馬」はその先の血腥い戦場とつながる。二句目（昭和十八年）は「留別」の前書があり、出征する作者の情念を「雁」に託している。残していく山河は、雁も夕映えも人も街も、すべて悲しいほど美しいのだ。

こうした人間探求派の作品は、十五年戦争の真っ只中という時代背景を抜きには語ることはできない。戦争の不安、生活の息苦しさが、好むと好まざるとにかかわらず「生きること」「生きていること」の真実を考え、苦悶し、俳句に反映せざるを得なかったのである。それだけ俳句と人生に真摯だった。その時代に人間探求派が、社会の中の人間の生き方を、俳句という文芸に問うた志は、近代俳句史上大いなるものがあった。

その二　思想的抒情詩《ゲダンケン・リリク》の開拓

大野林火はその著『近代俳句の鑑賞と批評』の中で、人間探求派にふれ「若し秋桜子、誓子のあと、草田男、波郷、楸邨が出現しなかったならば俳句はどうなっていたであろうかということを考える」と述べているが、確かにその感がある。では人間探求派は、近代俳句史上どんな存在感を持っているのか、私は大要つぎの三点を挙げたいと思う。

第一は、俳句の表現対象をはっきり人間の内面へ向け、「求心的」に自らの生き方に即して人間と社会の真実を追求したことである。こうした態度は近代俳句史上、あまり見られなかったものである。なかでも楸邨が提唱した「真実感合」という作句理念は、芭蕉に学び、子規以来の俳句の課題である写生の真のあり様を追求し、内面のリアリズムにまで深めようとしたもので注目したい。少し難しいが、主宰する「寒雷」で楸邨はこう述べている。

「(日常の目には、覆ひかくされてゐる)真実相に浸透することによって、単なる客観の描写や、単なる主観の詠嘆を超えた主客滲透・真実感合の境に入る門が開かれる、……真の把握は主客滲透に於てある。真の写生、真の抒情は、この中にのみある」 (昭16・7月号)

そして、その「真実感合」の具体的な秀句として、子規の〈鶏頭の十四五本もありぬべし〉と、芭蕉の〈荒海や佐渡に横たふ天の川〉を挙げ、次のように解説している。

「客観写生の限界から……飛躍しているのである。ここに至って、鶏頭の存在の真実の中に子規の存在の真実が滲透している」「あの荒海の上に横たわる天の川の悠久なる寂しさを、見て見ぬいての飛躍である。……描写には限界がある。この限界を飛躍して、描写からこの天地寂寥の感合に入りえて始めてこの句をなしうるのである」 (同・8月号)

つまり楸邨は、素朴リアリズムの皮相な描写でなく、そこから飛躍して、作者のいのちにふれた対象(客観)の真実と、作者自身(主観)の真実とが一体化(感合)した境地にこそ、

「真の写生、真の抒情」があるというのである。この主張には、草田男などから「自意識の気分だけ」「余りに目出度すぎ」といった異論もあったが、俳句という最短詩形に生きた人間（主観）を投影しようとする、人間探求派の貴重な営為として評価したいのである。

第二は、近代人としての自己の生き方と俳句を密着させ、作者の内面に宿す心理や思想のさまざまな態様を、作品に表現したことである。人間探求派が人間の生き方を俳句の根本におき、主観を深め、それを思想性ともいいうるものにまで探求した意義は、俳句史の上でも画期的といえる。

その面では草田男が、最も新しい欲求をもっていた。その著『俳句入門』は、次の言葉で結んでいる。

「時代の生活者としての切実な内的生活の要素を以て裏打ちしようとすれば、どうしても心理的、思想的なものが、そこにはいってきます。そういう理知的な要素は、本来、抒情を主として活かさるべく育てられてきた『韻文の一種』である俳句とは、なかなか調和させ難いのです。……しかし、この困難な道を歩み、この困難な事業を成就すること以外に、明日の俳句課題があろうとは思えません」

この場合、思想といっても体系的なイデオロギーのそれというより、生活の中の思想、作者の肉体化し感情もともなった思想状態であり、たとえば草田男の作品で見ると、〈蟾蜍《ひきがえる》長子家去る由もなし〉（昭和七年）、〈横顔を炬燵にのせて日本の母〉（昭和十六年）、〈焼跡に遺る三和土《たたき》や手毬つく〉（昭和二十年）など、いくつもその思想性を暗示させる俳句がある。

新興俳句の秋元不死男らも、こうした俳句における思想性を追求した俳論や実作があり、俳文学者の松井利彦がそれを高く評価していたことは先に取り上げたが、人間探求派の場合はそれを超えて、思想的なものの内面的な掘り下げが深く、やはり質的な前進が見られる。

兜太は人間探求派のこうした到達を、「造型俳句六章」において俳句史的に興味深い考察をしている。

「しかし、何はともあれ、ゲダンケン・リリク（思想的抒情詩＝思想詩）の貧困をいわれつづけてきた日本の詩歌の風土に、俳句のなかでも、この課題が正面から問題意識されたという事実を重くみておきたいと思うのです」

草田男や兜太が強調する俳句の思想性の問題は、人間の生きた心を表現する、まさに内面のリアリズムそのものであり、文学としての俳句の避けることのできない課題であるが、子規以来の近代俳句はその自覚がきわめて稀薄なままだった。日本において、たとえばドイツのハイネやフランスのアラゴンのような思想的抒情詩人が生まれないのは、明治の自由民権運動の挫折と密接な関係があるという説もあるが、最短詩である俳句では、歴史的にも、また作句上、表現技法に偏りがちなその構造の上からも、思想の自覚はなおさら等閑に付されていた。

草田男をはじめとする人間探求派は、そこへ一石を投じたのである。

その三　『惜命』と真のリアリズム

その存在感の第三は、人間探求派が自分自身の、内面の世界を直詠する内的リアリズムを追求しつつ、それに裏打ちされた真のリアリズムの方向を示したことである。かつて兜太は、「リアリズム対談考」（「俳句」昭35・2月号）という評論で、「寺田（透）がバルザックに触れて、『内的リアリズム』を語ったとき、僕はこれこそ一さいのリアリズム論の基礎だと賛同した」と書いたが、近代俳句の流れは子規から秋櫻子、誓子にいたるまで、技法上のリアリズムが中心で、内的リアリズムへの眼は乏しかった。

その中で人間探求派が、その内的リアリズムを表現の正面に据えたことはきわめて重要であり、それによって真のリアリズムの方向がいっそう明瞭となったのである。草田男は「俳句の二重性」という持説をもって、それを説明している。

「（従来の）写生俳句は単なる具体的な世界（「第一の世界」）だけを表面に描くだけであって、背後に暗示として備わっていなければならないはずの、作者の内面界（「第二の世界」）を失ってしまったともいえる程だった」「永らく現代の俳句は、写生に努めつづけながらも、真のリアリズムにまで、なかなか徹底できなかった」（前掲『俳句入門』）

それは言い換えると、「『第一の世界』『具体的な世界』へリアリズムで滲透してゆくことが、同時に、『第二の世界』『作者の内面界』へ滲透してゆくところへまで徹底できなかった」ということである。この作法は、自己と対象との一体化を追求した楸邨の「真実感合」とも相通じるものがあるようだ。人間探求派のこの内的リアリズムの追求は、戦後、波郷の結核療養句集である『惜命』をもって、その秀れた典型を見せた。

霜の墓抱き起されしとき見たり　波郷
白き手の病者ばかりの落葉焚　同
雪はしづかにゆたかにはやし屍室　同

一句目。波郷は当時焼け野原であった江東・北砂町の寓居で、病床から妻に抱き起こされたとき、窓から見えた隣の寺の霜をかぶった墓群に、強烈な感動をおぼえた。満面の霜で白く輝く墓は、孤独で、病軀の波郷には見てはならない、自らの死のイメージと重なるものを見たのだ。この句について、山本健吉は「徹底したリアリズムが、見えないものまで、見なくてもいいものまで、見てはならないものまで、透視させてしまう」(『現代俳句・下』)と鑑賞している。

二句目。療養所の木々の中での落葉焚だが、差し出した療友の何本かの「白い手」が、弱々しく無気味である。すでに亡くなった友の手も混じっている。ここでも波郷は、内的リアリズムで見てはならないものまで見ている。

三句目。雪の降りしきる霊安所の内にいるのか(山本健吉説)、あるいは病室のベッドから窓越しにそれを見ているのか（自句自解）、どちらでもよい。寂寥の霊安所を包んで、静かに、豊かに、しかも迅く降りしきる雪は、白く暗く美しく無常で、まさに生死の世界である。波郷の内面に疼く、自分の行く末への感慨がみごとに浸透した、真のリアリズムの名句ではないか。

赤城さかえもこの句集『惜命』を、「波郷俳句の最もリアリズムの高まった」句集として、そこに波郷の生きる態度、その凄まじい闘病精神が隅々にまで息づいていることを評価している。

「しかも、それは療友と愛憐のこころでつながり合った——つまり社会性ゆたかな姿勢で——それを詠っている。この開放的な、強烈な闘病の精神が、『惜命』リアリズムの根源だったと思う」（「馬酔木」昭31・2月号）

戦後、この人間探求派の門流（草田男「万緑」、楸邨「寒雷」、波郷「鶴」）から、数多の俳人たちが輩出し、現代俳句を豊かにリードしたことは言うまでもない。

しかし、歴史の眼で見れば、人間探求派にも「功罪」があり、これまで幾つも論じられている。その主たる限界をいうなら、個々にはそれぞれ違いはあるが、探求する人間、つまり自分自身の意識がまだ個我の状態どまりで、社会的存在としての主体の自覚が稀薄だった点である。時代や社会へ向かって展いた主体ではなく、ひたすら内へ、生きる個としての自己の内面が表現されている。

だから、その時代の最も切実で重大問題であった日本の侵略戦争に対して、松井利彦がいうように「この三人に共通にいえることは、戦争というものに対しての本質的な抵抗はなく、等しく、肯定した上で人間の生き方を求めていた」（『昭和俳句の研究』）と非難される面があったと思う。戦争と治安維持法下の閉塞した時代状況を考えると、そこで「本質的な抵抗」を求めるのは一般に無理だったとしても、たとえば楸邨の場合、つぎの論述と個我的な実作との間で、明らかに矛盾したものを感じる。

「今の社会をそのままで肯定出来る人はまずないでしょう。……あるべき社会を希う以上、今あるもろもろの社会悪、人間存在にまつわる人間悪との相剋が生まれ、摩擦が生まれ、たたかいが生まれて来ない訳にはゆかないのです」

「そういう社会観、人間観を持ち、そこから生きつらぬき、そこから句を生むのが、近代の句のありかたといわねばなりません」（『俳句表現の道』）

その言や良しだが、それを貫くにはやはり社会的存在としての主体の確立が不可欠ではないか。人間の心理にはさまざまな側面があり、したがって実作上、多様な対象と主題があるのは当然だが、しかし根本には、その主体の時代批評の精神が息づいていなければならないと思う。その視座から見て、太平洋戦争の開戦日を詠んだ楸邨の次の一句は、開戦への微かな批評と詠むべきか、肯定と詠むべきか。

十二月八日の霜の屋根幾万　楸邨

金子兜太は「これはもう、うーむやったな、という気持の気負い、意欲の句です。また、それだけの句です」(『わが戦後俳句史』)と読んでいる。

(「つぐみ」二〇〇三年九月号)

三　プロレタリア俳句運動の新検証

その一　「層雲」の自由律俳句から

大正末（一九二一年）から昭和初期（一九三四年）にかけて、小林多喜二、宮本百合子、蔵原惟人など多彩な作家、評論家によるプロレタリア文学運動が、閉塞の時代に挑む一種のブームのように発展したことは、当時、国際的にも注目され、今日では『日本プロレタリア文学集』全四十巻に収録されている。俳句の分野でも、その一翼としてやや遅れてプロレタリア俳句運動の興味ある展開があった。まず、その運動の推進者であった栗林一石路、橋本夢道、横山林二（二九八頁参照）の作品から見ることにしよう。

シャツ雑草にぶっかけておく　　一石路
大戦起るこの日のために獄をたまわる　　夢道
働きつづけの母のこんな一生が焼かれてゐる音か　　林二

一句目はプロレタリア俳句の最初の句集ともいうべき一石路の『シャツと雑草』所収で、昭和元（一九二六）年の作である。共著『短歌と俳句』での自句自解もあるが、炎天の川原で、生い茂った雑草に、汗のしみとおったシャツが無造作に「ぶっかけて」ある。その荒っぽい言葉のひびきが、近くで砂利を掘る汗みどろの労働現場の景をありありと形象化している。短律の、緊張したリズム感のある名句である。

二句目は昭和十六（一九四一）年の作で、その年の二月、夢道らは俳句弾圧事件で逮捕され、その十二月に太平洋戦争が始まった。なるほど反戦志向の俳句運動を弾圧したのは、この戦争のためだったのか。「獄をたまわる」という敬語の反語によって、天皇の命による開戦とその前に行われた抑圧の関係を痛快に告発している。この句を挙げて高柳重信は、「あの一連の俳句事件と称するものを、これほど的確に言いとめた作品は、おそらく他には見当たらないであろう」（『橋本夢道全句集』）と述べている。

三句目は昭和十（一九三五）年七・八月合併号の俳誌「俳句生活」に掲載、「母死す」と添書がある。苦労しぬいた母の一生への想いを、火葬の際のかすかな「音」へ凝縮した。「こんな一生」とあえて表現する林二には、極貧だった幼少のころの母を詠んだ〈乳房ヨイトマケへ出て行ってしまう〉〈ペンペンぐさよ母に叱られた遠い日のペンペンぐさよ〉などの句がある。

以上はそれぞれ労働現場、戦争と弾圧、母と貧困をテーマとした作品である。こうした題材の俳句は、新興俳句運動の作品にも散見される。それでは、プロレタリア俳句とは何だろうか。

一石路はその運動の狼煙ともいえる評論「俳句は生きてる！」の中で、「それはプロレタリアの生活感情の俳句表現である」（「層雲」昭5・4月号）と書いているが、その定義は今日でも適切だと思う。

いうまでもなくプロレタリアとは、賃金で生活する労働者階級のことで、いまでいえば働く勤労者層のことである。その勤労者の目をもって対象を捉え、その生活感情を、――そこには貧困や階級対立、専制や戦争などへの社会的な批判とたたかいの意思もふくまれるが、それを俳句という文芸によって自己表現するものである。こうした階級性をもった新しい文化、文学が、各ジャンルで旺盛に作品化されたのは、それを必然とする当時の時代背景があった。

娘を身売りするほどの農村の窮乏、深刻な金融恐慌、各地で頻発する小作争議や労働争議。それに対する治安維持法の改悪と大弾圧（ちなみにそれによる送検者七万五千人）、昭和八（一九三三）年二月二十日には小林多喜二が特高警察の拷問で虐殺（二十九歳）された。そしてひしひしと迫る十五年戦争の不安と痛みがあった。

一石路の句に〈とろけた鉄のようにメーデーの列が流れ出て若葉〉という作品があるが、こうしたプロレタリア文学が生まれるのは当然であり、一般の国民、知識人の間でかなりの共感が広がったのは事実である。プロレタリア文芸誌「戦旗」は、当局の監視にもかかわらず二万六千部も読まれていた。

面白いことに、プロレタリア俳句運動の旗頭となった一石路、夢道、林二、そして神代藤平らは、すべて自由律俳句の荻原井泉水が主宰する結社「層雲」の出身であった。彼らは井泉水の瑞々しいポエジーの俳句、とくにその明解で新鮮な俳話に魅せられていた。井泉水はその著『新俳句入門』で述べている。

「だが、人間には自由に物を見、自由に書きたいという気持がある。それを俳諧、俳句というもので生かそうとしたのが芭蕉である。この『自由なる気持で』ということこそ俳句の根本的な精神だと、私は信ずる」

ここにも明治末の河東碧梧桐の新傾向俳句以来の、俳句革新のひとつの流れがあった。プロレタリア俳句はその相応しい土壌に芽ばえ、台頭したものである。井泉水のその自由で、「自分のために句作する」という俳句理念や、自らの「命と光」をぶち込める口語自由律俳句の形式のもとで、プロレタリア俳句は昭和三（一九二八）年以降、「層雲」の中で急速にその存在感を強めたのである。興味あることに、同じ井泉水の門下に漂泊の境涯を詠った尾崎放哉や種田山頭火がいた。

しかし、その運動の増大を懸念した井泉水は、昭和五（一九三〇）年、プロレタリア俳句の「作者の青春的な熱情には敬愛をもち」つつも、これ以上「層雲」とは相容れぬものとして、「是れを誌上より清掃し去」ることを表明した（『層雲第九句集』「あとがき」）。激情のプロレタリア俳句運動の側にも問題があったろうが、井泉水自身、関東大震災以降に家族の不幸が相次ぎ、俳句の姿勢が宗教的求心的に変化してきた事情もあったと思う。

その二 「訴える俳句」の吟味

ここで今日、改めてプロレタリア俳句運動の注目すべき三つの特色について、突っこんだ検証をしておきたい。

その一つは、プロレタリア俳句運動が先に述べたように時代と向き合い、時代と立ち向かう、まさに「訴える俳句」の運動であったことである。それはプロレタリア文化、文学運動全体が戦争とファッショ化の流れに抗し、働く者の解放運動とむすんで発展したことと、深く連係するものであった。プロレタリア俳句運動のリーダーたちは、みんなプロレタリア文芸誌「戦旗」を読み、その作品や評論の影響を受け入れつつ、批判精神をたぎらせ独自の俳句運動を展開したのである。

大砲が巨きな口あけて俺に向いている初刷　一石路
渡満部隊をぶち込んでぐっとのめり出した動輪　夢道
鉄が人を殺すものの形に冷却されてゆく深夜　林二

三句とも日中戦争前夜に詠まれた作品である。元日付の新聞に載った大砲の写真は、実は俺たち国民にも向けられているのではないかという恐れ、中国東北部へ侵攻する日本軍とともにのめり出す戦時体制、兵器工場の不気味さといった、侵略戦争の危険な本質をダイナミックに把握し、告発し、訴えた作品である。長律のことばの粘着力で、たっぷりと重厚に力をこめて詠み上げている。

民主主義が圧殺されてゆく時代、したがってその運動は困難と苦渋をきわめた。『俳文学大辞典』などによって、簡単にその流れをたどろう。①「俳句前衛」、昭和五（一九三〇）年五月に林二ら青年グループによって創刊、三号で終刊。全号発売禁止となる。②「旗」、同年七月に一石路、夢道らが創刊、四号で休刊。③「プロレタリア俳句」、昭和六（一九三一）年一月、「旗」と「俳句前衛」が合併して創刊したが、発禁で一号で終刊。④「Ｌａ俳句」、同年九月、後継誌として創刊したが発禁により一号で終刊。⑤「俳句の友」、昭和七（一九三二）年一月に定型の早大俳句会と共同して創刊、二号以降はすべて発禁、九月で終刊。⑥「俳句生活」、昭和九（一九三四）年一月に一石路、夢道、林二、藤平らによってプロレタリア俳句の再起と芸術性の回復をめざして創刊、昭和十五（一九四〇）年一月まで六年間、生活俳句を正面にかかげ注意深く継続してきたが、通巻二十八号で活動を閉じた。こうして俳誌を発行して十年、まことに目まぐるしい運動の展開であり、そのひるまない意志と情熱は「訴える俳句」に相応しいものであった。

しかし作品として秀句佳句はごく少なかった。『日本プロレタリア文学集・40　プロレタリア短歌・俳句・川柳集』に収録された百六十九名の俳人の千三百五十五句を見ても、たとえば

〈用意しろ！　とべったり貼りつけた壁新聞だ〉（神代藤平）、〈煙突が黒い血を吹きどうしだ〉（小沢武二）といった、むきだしの理屈と報告と叫びそのものの作品が多い。

こうした「訴える俳句」について、金子兜太は「二つの言葉」という「海程」（昭48・4月号）の座談で、ロシア革命のときのマヤコフスキーの詩や、第二次大戦時のフランスのレジスタンス運動の中でのソネット形式の詩の広がりを例に挙げて、こう述べている。

「これはもう民衆に向って訴えているわけですね。革命の意義ないし革命の興奮っていうようなものを、……やはり訴える詩としてあるわけだ」「なにかあるこう非常な高揚した時期です。高揚期に訴える詩型としてですねえ、意味を持つ場合があるんじゃないでしょうか」

もちろんプロレタリア俳句運動のリーダーたちも、とくに「俳句生活」の時代にはリアリズムの創作方法を深め、作品の芸術性の向上に努力したようだが、あまり実を結んでいない。戦後その反省を、一石路は『俳諧大辞典』で「伝統文学としての俳句が階級文学として現われた歴史的意義は大きかったが、激化する反動の中で運動は困難をきわめ、かつ作品も焦燥的イデオロギーの露出となり、散文化の傾向が甚だし」かったと、謙虚に総括している。

その三　俳句のリアリズム論の開拓

プロレタリア俳句運動の二つ目の特色は、俳論の上でリアリズムの問題を最も旺盛に、なにより独自に追求し、その面では俳壇、とくに新興俳句運動に一定の影響を及ぼしていたことである。もともと「俳句生活」は理論ではリアリズムを、実作では生活を詠うことを標榜した同人誌であったが、同時に創刊以来リアリズムの問題を軸にして、当時、全国的に高揚していた新興俳句運動との接触、交流、共同に力を傾けていた。

評論の分野では一石路や林二が、意気壮んに総合誌「俳句研究」や「俳句生活」で論陣をはり、リアリズム論は主として林二が論及をすすめた。戦後、その林二のリアリズム論について、金子兜太は「道標」（昭36・56号）掲載の林二との「対話」の中で、こう語っている。「ところであんたの昭和十年ごろの『俳句生活』に書いた、『俳句とレアリズム』。あれは新興俳句運動に与えた影響大なるものがあるとぼくは見て、造型俳句論にもしばしば文章を引用した」

その評論「俳句とレアリズム」は、戦争へと突きすすむ時代を反映し、それに対して俳句のリアリズムは、刻下の現実の矛盾を詠うこと、矛盾の摘剔に俳句詩形は最適であると述べたものである。それにふれて林二は、戦後に書いた「プロレタリア俳句運動の展開と『俳句生活』

（『自由律俳句文学史』）という評論で、彼らが「俳句生活」で主張し実践したリアリズムの特徴として、イ、問題意識の把握（対象を時代や歴史に向ける）、ロ、矛盾所在の剔抉、ハ、生活現象の直視の三点を挙げている。

少し解りづらい要約だが、たとえば先の夢道の句〈大戦起るこの日のために獄をたまわる〉などは、まさに時代の現実がはらむ矛盾の中心点を捉え、剔ったリアリズムの抜きんでた作品であると思う。そうしたプロレタリア俳句運動の、科学の目による、問題のポイントを摑んだ抵抗のリアリズムについて、俳文学者の松井利彦は「俳句上のみのりの薄さとは別に」といいつつも、近代俳句史の流れの中でつぎのように評価している。

「プロ俳句にあっては、直接社会現象に対することを前提とした点、特に、社会機構の矛盾に特に目を注いでゆこうとしている点、……（俳句の）近代化の道筋に大きな意義をもつものであったといってよい」（『近代俳論史』）

刮目したいことは、この林二のリアリズム論が、昭和初期のプロレタリア文学運動の中でスローガン化された面のある「プロレタリア・リアリズム」や「社会主義リアリズム」といった創作方法の引き写しではなく、独自の判断による真っ当な主張であったことである。もちろん、その過程にはじぐざぐはあったろうが、林二は先に挙げた戦後の評論で、自信をこめて、プロレタリア俳句運動が到達したリアリズムの性格を、こうまとめている。

「『俳句生活』の創作方法――それはレアリズムである。唯物弁証法とか、マルクス・レーニン的とか、あるいは戦斗的、とかいう名称がかぶさらない、生活の中に詩を、現実の中に詩を、というレアリズムである」

その態度は新興俳句運動との共同をすすめる上でも、また当局の発禁処分を避けるためにも賢明であった。しかし林二らのリアリズム論の基底に、あくまで現実から出発し、複雑な社会現象のなかの本質を捉え、それを発展的な展望で形象化するという「プロレタリア・リアリズム」の真髄が、しっかり据わっていたことも見落としてはならない。

とはいっても林二らのリアリズム論の内実には、たんに時代的制約とだけはいい切れない重大な弱点や欠陥があった。端的にいうと、その一つは、たとえば〈煙突の林立静かに煙をあげて戦争の起りそうな朝です〉（夢道）といった句のように、外の現実に対しては、世相を素材として捉え、それによって多弁に暗黒を訴え、批評の論理を示そうとしているが、もう一つの現実である自らの内面の世界が、ほとんど詠まれていないことである。したがって、その表現のための、虚構や暗喩や風刺などの技法の開拓、練磨が弱かった。その点で、今日でも詠みつがれる渡辺白泉の句〈戦争が廊下の奥に立つてゐた〉などとの違いは明瞭である。

その二つは、林二らのリアリズム論が、五・七・五の定型や季語・季題を封建時代を反映する「俳句の封建性」と見て、「即ち、われわれはレアリズムを指導的方法としてのみ、俳句の有する封建的『現実』をぶちこはすことが可能である」（「俳句生活」昭11・5月号）と認識していたことである。最短詩形としての定型を、俳句の近代化＝リアリズムの最大の桎梏と受けとっている。師であった井泉水も、無季自由律俳句こそ、その「封建思想」の枠を破った新しい俳句だと教えていたが、林二らの当時のこうした主張が、機械的で、日本語の韻律のもつ歴史的な深みを見ようとしない誤った議論であったことはいうまでもない。

その四　新興俳句運動との共同

三つ目のプロレタリア俳句運動の特色として、忘れてならないことは、あの戦時下、それこそ俳句弾圧事件で二つの俳句運動が沈黙に追い込まれるまで、新興俳句運動との共同に熱意を燃やし、論争しながら友誼を深め、諸活動の上で着実に成果を積み重ねてきたことである。それは定型、非定型の相違をこえた俳句革新への共同であるとともに、戦争の暗い時代、現実を見つめた細やかでも批判と抵抗の共同であった。

その点で、戦後、新興俳句運動のリーダーの一人、平畑静塔は座談で、プロレタリア俳句運動を名指して「一石路系。この人たちは全然別でしょう。しかし一致しているところは何か。それは批判精神でしょう」(「俳句」昭55・5月号)と語っている。まさに至言で、この批判精神こそ両者を結ぶ確かな共通項であり、とりわけリアリズムの傾向を次第に強めてきた新興俳句の「土上」(秋元不死男、古家榧夫)、「広場」(細谷源二、中台春嶺)などの俳人たちとは、相互に共感を寄せつつ、とくに昭和十(一九三五)年以降、その共同を急速に多面的に広げた。

林二はその共同の発展こそが、俳句革新の事業にかかわる中心問題であると捉えていた。「この二つの俳句、新への激しい潮流は、その面貌を一は近代主義的傾向、一は現実主義的傾向に分ってはゐるが、現代の特徴的な現実から誕生し、生活尊重の意義を持ってゐるという点に於いて共通の精神があるのであって、俳句革新の事業は、この二つの潮流の接蝕――相互批判と協力に待たねばならないものである」

（「俳句研究」昭10・3月号「新興俳句批判――非定型陣より――」）

句集などの出版記念会、祝賀会では、当然、両運動の顔ぶれが集まり、昭和十五（一九四〇）年四月、弾圧事件の直前、新興俳句運動の総力結集をめざして創刊された総合誌「天香」には、一石路、夢道、林二ら自由律の作品も並んだ。また昭和十六（一九四一）年二月には、不死男、一石路、安住敦、小沢武二らが発起人となって、自由律、定型を問わず商業的にも成り立つ共同の俳誌「俳句文化」の発行を計画したが、趣意書の段階で、それも第二次俳句弾圧事件で潰えた。

そして昭和十五（一九四〇）年一月号の「俳句生活」は「新興俳句特集」を企画し、不死男、榧夫、三谷昭、石橋辰之助、島田洋一など第一線の主だった俳人十数名の作品を一挙掲載し、俳句における共同のエポックをつくった。残念ながら、事情でそれが最終号となったのである。

立ち入っていえば、一石路、夢道、林二らが強くその影響を受けてきたプロレタリア文化、文学運動は、時代の厳しさや方針の偏りもあって、新しい文化創造、反戦、自由擁護などで幅広く人びとを結集し、共同（統一戦線）を発展させるという面で、大きな弱点をもっていた。しかも相次ぐ弾圧の中で、昭和九（一九三四）年二月には日本プロレタリア作家同盟（ナルプ）、四月には日本プロレタリア文化連盟（コップ）が解散を余儀なくされている。

そうした当時の運動の背景を考えると、プロレタリア俳句運動が力をこめて前進させた新興俳句運動との共同の事業は、まったく独自の知恵と判断による先見的な行動であり、細流でも歴史的であったといえると思う。

戦後、横山林二はプロレタリア俳句運動を大きくこう位置づけている。

「プロ俳句は、狭い意味では昭和俳句史の局地的な運動ではあったが、……微かながら灯を掲げつづけたという点では、階級文化運動の底辺的一翼として、没することのできない史的意義をもっている」

（『現代新俳句の焦点』「プロ俳句時代の人々」）

（「つぐみ」二〇〇三年十一・十二月号）

四　戦争俳句と俳句弾圧事件の態

その一　戦争俳句の時代を考える

太平洋戦争の末期、山口誓子は〈海に出て木枯帰るところなし〉という名句を詠んでいる。征って還らない特攻機を念頭に詠んだ句というが、私には暗黒の時代に翻弄される、一俳人の孤独で絶望的な心境が垣間見えてならない。

昭和十二（一九三七）年七月七日の盧溝橋事件は、日本軍の中国に対する全面侵略戦争の火ぶただった。以来、昭和十六（一九四一）年の太平洋戦争の開戦を経て、昭和二十（一九四五）年の敗戦にいたる八年間が、文字通り戦争俳句時代である。五百年余の俳句史の中で、俳句という文芸が、この時期ほど時代の負の影響を決定的に被ったことはなかった。

始めにアウト・ライン的にいえば、その一つは、俳句界あげての戦争俳句（ほとんどが戦争讃歌）の氾濫であり、二つは多少とも厭戦、反戦の気分をもっていた新興俳句とプロレタリア俳句運動を圧殺した俳句弾圧事件である。そして三つは、そうした結果、俳句界全体が自らの文芸性を惨めなほど衰弱させ、俳人それぞれの生き方が問われる精神的空白をまねいたことである。戦後の俳句界は、この悲劇的な体験と歴史から、どれだけ深刻に学んでいるのだろうか。

戦争俳句の氾濫は、まず「花鳥諷詠」をモットーとしたはずの俳句界の主流「ホトトギス」から始まっている。同誌昭和十三（一九三八）年一月号の高浜虚子選の雑詠欄は、巻頭の長谷川素逝をはじめ上位三位を、「〇〇部隊」「〇〇運送船」といった肩書付きで、戦地から送られてきた応召俳人の投句で占めている。「ホトトギス」を先頭に、各俳誌はこぞって戦時色をあらわにした編集に変わった。

俳句総合誌「俳句研究」は同年十一月号、翌十四年四月号と相次いで「支那事変三千句」を特集する。そこには「戦線篇」として〈雲の峯追撃戦となりて昏れぬ〉（石村王禪）、〈敵の屍まだ痙攣す霧濃かり〉（熊谷茂茅）など。「銃後篇」として〈大江は凍り南京陥落す〉（高濱虚子）、〈千人針秋燕しげく行く日なり〉（水原秋櫻子）などといった、有名無名の俳人たちの戦争賛美・協調の俳句が並び、「真に壮観を極めてゐる」（山口誓子）と称賛された。

そうした戦争俳句の大流行は、いうまでもなく「挙国一致」をかかげた「国民精神総動員運動」が広がり、言論統制の元締め内閣情報局（部）が発足するといった戦争推進の国策に順応したものである。戦争の真実を捉える目も、文学のもつ批判精神もほとんど皆無に近く、千篇一律の時局便乗俳句の類であった。

一方、「ホトトギス」の批判者である新興俳句運動、とくにその無季俳句の側も、別の理由から戦争俳句にひときわ熱心であった。それには誓子が、「戦争と俳句」と題して「俳句研究」（昭12・12月号）に載せた評論の、つぎの箇所に触発された面が多分にあった。

「新興無季俳句はその有利な地歩を利用して、千載一遇の試練に堪えて見るがよからう。銃後に於てよりも、むしろ前線に於て、本来の面目を発揮するがよからう。括目してそれを待たう。もし新興無季俳句が、こんどの戦争をとりあげ得なかつたら、それはつひに神から見放されるときだ」

つまり誓子は、自ら戦争俳句を積極的に試みるのではなく、強烈なインパクトをもつ戦場、戦争俳句を詠むには、季語に拘束されない無季俳句こそ相応しい、そのチャンスに挑戦すべきだと呼びかけたのである。当時、すでにマンネリ的な停滞感を抱いていた新興俳句の俳人たちは、その提言をそのまま受け入れ、新興俳句運動の新たな突破口にしようと戦争を対象とする俳句表現にすべてを傾けた。

そこでは人間の血を流す戦争は、単なる目新しい作句の素材であり、あたかも無季俳句を作る演習場の感さえあった。こうして俳句界は守旧派、新興俳句を問わず、戦争一色へ塗りつぶされていったのである。しかしこの現象は、俳句界に限ったことではない。当時、軍国化された世相のもとで、火野葦平の『麦と兵隊』などの戦争文学が流行し、文学全体が「空前の非文学的時代」（平野謙）といわれる状況であったことも、合わせて見ておく必要があろう。

だから私は、この戦争俳句時代にあって、細やかでも積極的なもの、文芸的なもの、人間的なものの内実を見出し、評価しておきたいのである。

その一は、「戦火想望俳句」といわれるフィクションによって戦場を詠む、新しい俳句様式の開拓である。一般に戦争俳句は、戦場（前線）俳句と銃後俳句に大別されるが、「戦火想望俳句」は内地にあって、ニュース映画や報道写真などをモチーフとして、戦場の過酷な現実を想像力で主知的に構成し、戦争のリアリティを表現しようとした俳句である。新興無季俳句の俳人たちがそれに取りくみ、数多くの作品が作られた。なかでも西東三鬼は、最も情熱的に、そこで無季俳句本来の面目を輝かせようとした。

しかし厳しい戦場での実体験もなく、いわば机上で題材本意に作られる「戦火想望俳句」に対しては、「愚の極み」（加藤楸邨）などといった多くの非難もあった。それに対して渡辺白泉は「俳句研究」（昭13・4月号）で、「出征作家に実感の天地があれば、銃後の作家には想像の世界があり、此方に写実の精確に恃み得るの利があれば、彼方に自由奔放の構想を肆にし得るの長がある」と反論している。その通り、「戦火想望俳句」は実作の上でも従軍体験による写実的諷詠的な作品に勝る、リアリティに富む秀れた作品を生んだ。

繃帯を巻かれ巨大な兵となる　渡辺白泉
墓標立ち戦場つかのまに移る　石橋辰之助
逆襲ノ女兵士ヲ狙ヒ撃テ！　西東三鬼

いずれも「戦火想望俳句」の作品だが、そこには人間的な、戦争に対する皮肉があり、戦友愛のヒューマニティがあり、カリカチュア（戯画化）する態度があって、作者の微妙な批評意識が感じられる。これらの表現を、私は「虚のリアリズム」といいたい。

その二　リアリズム俳句への弾圧

評価に加えたいその二は、戦争という巨大な現実の中に、伝統的美意識をもつ季語に変わる新しいキー・ワード（詩語）を発見し、その言葉のもつ力によって、戦線・銃後をふくめ迫真力のある普遍的な表現を獲得したことである。成功した作品もかなりある。

銃後といふ不思議な町を丘で見た　渡辺白泉
幻の砲車を曳いて馬は斃れ　富沢赤黄男
遺品あり岩波文庫「阿部一族」　鈴木六林男

ここでは出征兵士を送り出す不思議な「銃後」、戦場でむなしく斃れた「馬」、戦死した戦友が持っていた小説『阿部一族』（森鷗外）の文庫本という「遺品」が、それぞれイメージ力のある詩語となって、奥行きのある秀句を立ち上げている。以上、簡単に紹介したその一、その二は、戦争俳句の中で拓かれた新味の表現様式・技法であり、俳句表現史に記録される積極的な成果といってよいと思う。

そして刮目したいその三は、あの戦争と俳句弾圧という激浪の中にあって、ごく少数ではあっても、生き方として時代への批評精神を持ちつづけ、批判的リアリズムを内包した詩的密度のある作品を詠んだ俳人がいたことである。もちろん個々にはいろいろな曲折があり、内部葛藤もあったようだが、その文芸の孤塁を守った俳人として渡辺白泉、富沢赤黄男、石橋辰之助、鈴木六林男、三橋敏雄、細谷源二、佐藤鬼房、橋本夢道、横山林二ら、そして人間探求派から中村草田男らを挙げることができる。

なかでも渡辺白泉と富沢赤黄男は、銃後あるいは戦線にあって、戦争という現実をトータルに抽象化し、虚のリアリズムによって現実以上に戦争のもつ非情さ、むなしさ、恐ろしさや兵士の孤独感を詠い上げた。戦争を洞察する目をもち、軍国イデオロギーに媚びなかった。この時代、生きる態度と戦争を表現する技法の練磨を統一させた、数少ない俳人である。しばしば引用する白泉の〈戦争が廊下の奥に立つてゐた〉や、赤黄男の〈蝶墜ちて大音響の結氷期〉は、戦争という時代のもつ本質と人間心理をみごとに表現した傑作である。

ここでもう一人、見落としてはならない俳人に「ホトトギス」の長谷川素逝がいる。素逝は砲兵将校として大陸を転戦し、そこから送る戦場吟がしばしば「ホトトギス」の巻頭・上位を飾った。それらをまとめた句集『砲車』は評判を呼び、一躍、戦争俳句の第一人者と目された。だが素逝の戦争俳句には、どこか醒めた目と人間味があり、次第に批判的リアリズムに到達している。

雪の上にうつぶす敵屍銅貨散り　長谷川素逝

汗と泥にまみれ敵意の目を伏せず　同

侵略された中国の民衆・兵士の生活と抵抗心が見えるようだ。そこには生きた人間の視線がある。素逝はほどなく病を得て内地送還され昭和二十一（一九四六）年に病没している。未発表の句に〈弟を還せ天皇を月に呪ふ〉があるが、素逝の批判精神はそこまで到達していたと見てよいか。

ここから俳句弾圧事件に移ろう。

それはこれまで述べてきたリアリズムの志向をもつ新興俳句とプロレタリア俳句運動に加えられた暴圧であるとともに、俳句界全体を怯えさせ、国策に恭順させる決定的な契機となった事件である。まず弾圧は京大俳句事件から始まった。昭和十五（一九四〇）年二月である。それから八月にかけて、三次にわたって平畑静塔、井上白文地、仁智栄坊、波止影夫、渡辺白泉、石橋辰之助、西東三鬼ら十五名が検挙され、うち静塔、影夫、栄坊の三名を起訴、それぞれ懲役二年執行猶予三年の判決を受ける。

つづいて翌十六（一九四一）年二月には、「土上」の嶋田青峰、秋元不死男、古家榧夫、「広場」の藤田初巳、中台春嶺、細谷源二ら五名、「日本俳句」一名、プロレタリア俳句の「俳句生活」からは栗林一石路、橋本夢道、横山林二、神代藤平、合わせて十三名が一斉に検挙され、うち不死男、榧夫、源二、一石路、夢道、林二、藤平の七名を起訴、それぞれ京大事件と一律な懲役二年執行猶予三年の刑を受けた。その後も弾圧は同年十月に「山脈」（宇部市）、さらに昭和十八（一九四三）年十二月には「蠍座」（秋田県）、「きりしま」（鹿児島県）など地方俳誌にも及び、「特高月報」によると検挙者数は九誌計四十四名という大がかりな事件となった。

なぜ、それほどの大弾圧が俳誌に加えられたのか。検挙された俳人たちは、こもごも証言している。理由として西東三鬼は、その標榜したリアリズム論を挙げる。

「結論的にどこが悪かったかといふと新興俳句はリアリズムを称へた。……ところが何年か前のコミンテルン（共産主義インターナショナルのこと―引用者）のワルシャワ会議で人民戦線の文芸テーゼに『文芸家はリアリズムに拠るべし』という記録があるわけなんだ。我々そんなことは知らんワナ……そこで彼等曰く『リアリズムといふのを称へるのは千九百何年のワルシャワ会議の決定に従ってゐるんである』かういふわけだ。これだけが中心です。これが検挙の理由なんだ」

（「俳句」昭27・2月号）

これに対し平畑静塔は反戦の作品が忌諱にふれたのだと強調する。

「三鬼は、弾圧の原因はリアリズムだ、つまりコミンテルンの狙ったところで、それを俳句に乗せて堂々と展開した、われわれが叱られるのは当然だというんです。三鬼はリアリズムがわれわれの責任だというんです。私にいわせると反戦俳句だということで、なぜそれを治安維持法に引っかけたか……」

（『平畑静塔対談俳句史』）

しかし体制側の弾圧の口実を、そのようにリアリズム論とか反戦俳句とか一方に絞るは当を得ていないと思う。当時、国際的に反ファシズムの人民戦線運動が活発となり、日本にもそれに呼応する運動が若干あったが、体制側はその人民戦線の結成をくわだてたという理由で、たとえば戸坂潤らの唯物論研究会事件のように自由主義的な学者、文化人、宗教者をつぎつぎに弾圧していた。「自由主義は共産主義の温床」というのである。

俳句弾圧事件もあきらかにその延長線上のもので、新興俳句運動などを「人民戦線的イデオロギーに基づく広汎な活動」とみなし、その文芸上の理論にすぎないリアリズムをもって、リアリズム＝プロレタリア・リアリズム＝コミンテルン・テーゼ＝非合法の日本共産党といった強引な論法で結びつけ、治安維持法違反の大罪にでっち上げたのである。

その限りでは、リアリズム論を検挙・起訴の理由にするのは、全く欺瞞的だが、大戦への国家総動員をはかる体制派にとって、たとえば〈熱い味噌汁をすすりあなたゐない〉（波止影夫）、〈憲兵の前で滑つて転んぢやつた〉（渡辺白泉）といった批判的リアリズムによる厭戦、反戦の俳句の広がりは、なんとしても押し潰したかったに違いない。ここではリアリズム論も、それにもとづく反戦俳句も、そのまま一体のものとして弾圧の対象となったのである。

その三　颪にそよぐ葦

こうして検挙された全員が、特高室で、自分のやってきた俳句活動は共産主義運動に同調するものであったという、身に覚えのない虚偽の手記を書かされた。早くわが家へ戻りたいためだ。愚かしくナンセンスな事件であったが、検挙者は釈放された後も句作を禁じられ、ほとんどが職を失い悲惨な生活に立たされた。なかでも「土上」主宰の嶋田青峰は病臥中に拘引され、留置所内で喀血し重患のまま釈放されたが、遂にそれが原因で昭和十九年五月に逝去した。俳句弾圧事件の悲しい犠牲者である。

水洟や貧につながる手記一綴《ひととじ》　秋元不死男
子よ父の肋《あばら》搏ちし男を胸にきざめ　横山林二
面会の妻帰るわたしは編笠をかむる　橋本夢道

獄中の句を句集にしたのは、秋元不死男の『瘤』と橋本夢道の『無礼なる妻』だけである。そして新興俳句で弾圧を免れた「旗艦」（日野草城）と「天の川」（吉岡禅寺洞）は、いち早く転向を表明し、華々しかった新興俳句運動はこうして強権によってその歴史を閉じたのである。
俳句弾圧事件で見落としてならないことは、公然と逮捕拘禁された俳人だけでなく、体制側の意にそわない中村草田男、加藤楸邨、石田波郷、山口誓子などに対しても、当局と結んだ小野蕪子（「鶏頭陣」主宰）らが高浜虚子や水原秋櫻子にも働きかけ、逮捕者リストをほのめかし、直接間接に陰険な圧力をかけていたことである。「俳句研究」（昭29・1月号）での座談会「俳句事件――新興俳句弾圧事件の思ひ出」の中で、当の中村草田男が生々しくその事実を語っている。

事件は太平洋戦争の開戦と重なっていた。俳句界をめぐる事態はさらに急転した。昭和十七（一九四二）年五月には日本俳句作家協会が日本文学報国会俳句部会（会長・高浜虚子）へ発展し、俳句界はそのまま「大政翼賛」の一翼に組み込まれた。いよいよ「聖戦俳句」といわれる惨憺たる作品が世にあふれた。

かしこみて布子の膝に涙しぬ　　富安風生
うてとのらすみことに冬日凜々たり　　臼田亞浪

ここで、戦後、この時代の俳句をめぐる問題を論じた二人の俳人・俳句評論家の真摯で真っ当な発言に注目したい。

「その間における恐るべき芸術的空白と作家精神の欠如は、これだけは何としても後代の批判に曝らされねばなるまい」　（『一筋の道は尽きず――昭和俳壇史』楠本憲吉）

「私共あゝいふ目に遇ったたですからね。誰でも今度こそと抵抗といふことをほんたうに考へるだろうね。だから俳句の上でね。やっぱりさういふ抵抗の線が出てきてもいいよ。戦争や原爆を『雲煙視』しないでね」
（「俳句」昭27・2月号「座談会」山本健吉）

いずれも戦後間もなくの発言であるが、この想いはその後どう生かされたであろうか。

付言として、私は本稿を準備中に高崎隆治著『戦時下俳句の証言』（平4・8月刊）を読んで、俳句評論に、もう一つ、草の根の庶民の俳句にも視点を広げる必要を感じた。とくに俳壇総くずれの戦争俳句時代において、そうだ。本書は約千二百冊の俳誌から「嵐の時代に、自身を見失うことなく真実を求め真実に生きようとした人びと」の百二十九句が挙げられている。

たたかいは蠅と屍をのこしすすむ　属朔夏
売り切れに散る行列へみぞれ来ぬ　星華

ほとんどが無名の俳人の句であるが、そこには健康な生活者の目、つまり庶民のリアリズムが光っているではないか。

（「つぐみ」二〇〇四年一月号）

五　戦後俳句の原点を探る

その一　焦土俳句と草田男・楸邨の論争

八月十五日は敗戦の日である。昭和二十（一九四五）年のこの日、ポツダム宣言の受諾を告げる天皇の「玉音放送」があった。十五年にわたる、おびただしい惨禍と犠牲の上に、日本は侵略戦争に敗北したのである。新興俳句の渡辺白泉はこの時、海軍の函館分遣隊にいた。

玉音を理解せし者前に出よ　渡辺白泉
新しき猿又ほしや百日紅　同

天皇のラジオ放送は雑音がひどく、ほとんど聴き取れなかった。だから逆に「理解せし者前に出よ」である。旧軍隊ではいつも「前に出よ」といって教育され、ビンタをくらっていた。この句には旧軍隊と天皇の放送に対する、痛烈なアイロニーがこめられている。二句目の「新しき猿又」には「終戦」という前書がある。早くも新しい時代への生きる意欲を、生活のユーモアたっぷり明るく詠っている。ここに、弾圧事件で閉塞させられていた新興俳句運動のヒューマンな批判精神が、戦後に受け継がれ、その一頁を飾っているのである。

しかし多くの俳人は、焦土の中で虚脱と混迷に襲われていた。八月十五日の慟哭を詠んだ俳人もいる。高浜虚子〈秋蟬も泣き蓑虫も泣くのみぞ〉、山口誓子〈いくたびか哭きて炎天さめゆけり〉、中村草田男〈切株に据し蘖《ひこばえ》に涙濺《そそ》ぐ〉。この三人の代表的な俳人が流した涙は、それぞれの戦争とのかかわりから、三人三様の内容であったろう。ただいずれも、戦争で惨めなほど主体を衰弱させたままの句であることは、間違いない。

ここから、戦後俳句は再出発したのである。敗戦であらゆる旧秩序と価値観が一変し、戦後の民主化で雨戸を開けたような解放感と自由な空気はあったが、ともかく国民は貧しく飢えていた。空襲で都市の多くは廃墟と化し、浮浪者があふれていた。リュックを背負って買出しに出かけ、日々の生活に追われた。したがって俳人たちの眼は、いきおい生活の現実へ向けられた。それを正面から受けとめ、生活に即したリアリズムの俳句が、戦後一時期の俳句界の活気を呼び起こしたのである。この「焦土俳句」といわれる、戦後間もない頃の作品を、幾つか挙げてみよう。

焼跡に遺る三和土《たたき》や手毬つく　中村草田男

闇売のこゑのやさしや雪卍　加藤楸邨

風の日や風吹きすさぶ秋刀魚の値　石田波郷
みな大き袋を負へり雁渡る　西東三鬼
短か夜の飢ゑそのままに寝てしまふ　沢木欣一
鰯汲む夜は妻子も脛ぬらす　佐藤鬼房

一句一句に実感があり平明である。戦争の時代に失われていた俳句の文芸性が、戦後、生きることと結んだ生活の詩として復活してきた歩みは重要である。赤城さかえはこの戦後俳句の動向について希望をこめて、こう書いている。

「戦後俳句の再建が、リアリズムの成長を基調として行われたということは、つまりは、このような俳人達の立ち直りの姿の単的な反映でもあった。従って、そのリアリズムは文学論以前の『生き方』に発したものであり、自然、思想的であるよりは、本能的、生活的であり、方法的であるよりは体験的であり、……いわば生き方の現実主義を基調としたものであった」

（「俳句研究」昭31・9月号）

ここで、この時期に展開された中村草田男と加藤楸邨の論争について、問題を絞って取り上げることにしたい。この論争は草田男の「芸と文学――楸邨氏への手紙」（「俳句研究」昭21・7、8月号）から始まり、それに対し楸邨は「俳句と人間に就いて――草田男氏への返事」（「現代俳句」昭22・1、2月号）で応酬している。二人は人間探求派といわれた俳人同士であるが、ここではきわめて率直に、清冽に、誠実に、ときの戦争責任の問題や俳句の文芸性をめぐって論じ合っているのである。

論点ごとに二人の論旨を挙げると、まず戦争責任の問題で、草田男は、戦争後半に楸邨が軍部の一部と結び時局に便乗して、その主宰誌「寒雷」の維持拡大につとめたとして、それは「人間としての世俗的汚穢」ではなかったかと非難する。そして戦後の再出発にあたって「反省という払拭の必要なし」と言い切れるのか、と厳しく指摘している。

それに対して楸邨は、「『寒雷』には戦争末期には目立つ軍人がいたので、傍目には或いはそういう非難もあろうかと思われるが」、だが楸邨の「権力には頭を下げたくない性質」や事情を「わかっていてくれると信じていた貴兄から言われたのは、正直のところ、私には全く意外であり、残念であった」と、事実の評価については、否定している。

しかし、戦争中の自らの態度を省みて、ためらいつつも「勝てないまでも敗れないでほしい、そう祈りつづけ、そうあるように自分もつとめたいと念じていた。これは戦の実相を見ぬけなかった上の努力だったという点で、私の不明」であった、「終戦以来日に深くなってくる自分の精神的な傷痕に、この際出来るだけ正しい鞭を入れ、鞭を入れることによって、たしかな生き方をしなくてはならないと思った」と、きわめて真摯である。ここで注目したいのは俳人の生き方の問題を、戦後の再出発の前提として、相互に、あるいは自分に深く問い直そうとしている点である。

二つ目の論点は、俳句の文芸性に関する問題である。先ず草田男は、楸邨の主張する「真実感合」という俳句観について、それは「ただ其『真実』を信じる自意識の気分だけを勝手に対象の中へ、投影さし、注入さす放埒さ」があり、生きた現実性の地盤である「写生」の「眼」がないと批判する。

それに答えて楸邨は、近代俳句にとって写生の業績を認めるが、複雑な現代の人間としての要請を生かすには、その描写の限界に立ってもう一歩飛躍が必要である。「それはもっと直接的な感動、対象を眺めて描くのではなくもっと全人的な把握から出発しそこに描写が力を発揮してくる態度がほしい」、芭蕉が求めたものもそこにある、と言うのである。これはまさに、現代俳句のリアリズムの方法にかかわる、今日的な議論の中味ではないか。

見る通り戦後俳句の模索時代に交わされた草田男・楸邨論争は、その再出発に相応しい「もっとも記念すべき応酬」（鈴木六林男）であった。しかし残念ながら、その後の進展はなく、後で述べる「第二芸術」論争に、そのバトンをタッチすることとなる。

その二　俳句界再生への新風

戦後俳句は動き始めた。その状況を金子兜太は、「今次大戦の直後の解放感と可能性への期待のなかで、俳句世界にも新しい波（ヌーベル・バーグ）がひたひたと押し寄せていた。……

『戦後俳句』が求めていたものは、自由な自己表現にあった」(『今日の俳句』)と現場の体感で述べている。

その新しい波の担い手は、いうまでもなく暗黒時代の苦悩をくぐってきた中堅俳人と、新世代の青年俳人たちであった。ちなみに敗戦の年、栗林一石路(51歳)、日野草城・西東三鬼(45歳)、中村草田男・山口誓子・秋元不死男(44歳)、加藤楸邨(40歳)、赤城さかえ(37歳)、石田波郷・渡辺白泉・古沢太穂(32歳)、金子兜太・沢木欣一(26歳)、高柳重信(22歳)といった若さである。組織的には昭和二十一(一九四六)年半ば頃から、つぎつぎと俳誌が誕生・復刊し、俳句集団が結成され、俳句界に新しい胎動が見え始める。

なかでも「風」(沢木欣一)、「青天」(鈴木六林男)、「群」(高柳重信)などの同人誌に幅広く青年俳人らが糾合し、活気のある俳句活動を展開した。とくに「風」は昭和二十一(一九四六)年五月、金沢の沢木欣一を中心に創刊され、原子公平、安東次男ら同人十八名、のちに佐藤鬼房、金子兜太、鈴木六林男、飴山實らの新鋭も参加する。

創刊にあたっての「声明」には、「われわれは何よりも第一に俳句における文芸性の確立を念願して居ります。生きた人間性の回復、新しい抒情の解放、直面する時代、生活感情のいつはらぬ表現。この三つがわれわれ発足するものの作句上の道標であります」と、戦後俳句に求められる新しい共同目標をかかげた。

興味をひくのは、その第二号の「選後雑感」で沢木欣一が、「われわれは第一に、欺らない感動、実感の上に俳句を打立てたい。そして技巧の問題は、その感動を如何に自分流に正確に具象化するのかといふことにある。……如何に正確に自分のものを表現するか、そこにレアリズムの問題があり、又レアリズムよりの飛躍がある」と書いていることだ。「風」の基調には、リアリズム精神が新風のように流れていたのである。

また新しい波の全国的な結集をめざし、同年五月十二日、東京・小石川で新俳句人連盟の創立大会が開かれた。それは戦争による俳句弾圧の犠牲を集中的に被った、新興俳句運動とプロレタリア俳句運動の俳人たちによる、沈黙からの立ち上がりであり、戦後における俳句革新の潮流の重要な一翼となるべきものであった。当日の参加者は秋元不死男、富沢赤黄男、三谷昭、栗林一石路、橋本夢道、横山林二ら十六名で、幹事長に栗林一石路が選ばれた。

発表された結成についての「声明」は、秋元不死男の草案によるものだが、そこでは、①俳句が民衆の詩として生まれ発達してきたことに深い意義を感じていること、②われわれの運動は永きにわたって低下していた俳句の詩的位置を現代詩の水準に高めることにあること、③俳句は常に時代や社会の進展とともに進展しなければならぬこと、④本連盟は、俳句本質の究明、現代俳句の確立、封建的結社制度と意識の排除、進歩的俳句作家の提携、新人の育成などを当面の活動の基調とすることを強調している。

そして機関誌「俳句人」創刊号には、日野草城〈暑き子ら足らはぬ飯《いひ》をいそぎ食《た》ぶ〉、西東三鬼〈中年や遠くみのれる夜の桃〉、石田波郷〈日々名曲南瓜も飽くことなけれども〉、橋本多佳子〈枇杷買うて船梯のぼる夜の雨〉など、俳人二十六名の百三十句が新鮮に並んでいる。それは新しい時代へ向けた新俳句人連盟の意欲と広がりを示すものであった。

しかし、残念なことに連盟は、翌年六月の第二回総会で「分裂」し、脱会した新興俳句関係の俳人たちは、ほどなく現代俳句協会を結成（一九四七年九月）することとなる。

——とは言え戦後俳句の出発点でかかげた、この新俳句人連盟の方向、その時代に生きる俳人たちの創造的な志は、現代俳句史にしっかり記録されるものであると思う。

その三　「第二芸術」論争の収穫

見てきたように戦後俳句は、あの無残な焦土の現実から出発した。それは、敗戦と焦土という現実から、戦時に見失っていた俳句の文芸としてのあり方や、それと不可分の俳人それぞれの生き方、主体としての人間のあり方を、重く厳しく反芻するものでなければならなかった。俳壇の大勢は依然として、隠然たる「ホトトギス」王国の微温の中にあったものの、心ある中堅・青年俳人たちによって、そうした戦後らしい新風がようやく吹き上がろうとしていた。

フランス文学者・桑原武夫の評論「第二芸術——現代俳句について——」が、雑誌「世界」昭和二十一（一九四六）年十一月号に発表されたのは、そうした胎動する俳句界の状況のもとであった。この評論は、これからの日本文化を考える一環として、現代俳句の諸問題を取り上げたものだが、桑原自身が「軽い気持で書いた」と言っているように、西洋の近代芸術と日本独自の俳句とを安直に対比させ、散文と韻文の違いを混同した上で、つまり俳句についての認識が不十分なままで、文芸としての俳句をオール否定するものであった。俳句に強いて「芸術」の名を用いたければ、「第二芸術」とでも呼ぶべきだろうと言うのである。

しかし同時に、この桑原評論＝「第二芸術」論は、戦後の再出発にあって現代俳句と俳壇がかかえる、つぎの根本的な三つの問題点を、なかなか切れ味よく指摘していた。その一つは、俳句という最短詩形が近代社会の思想、感情、人生を盛り込みうる容器ではなく、「人生そのものが近代化しつつある以上、いまの現実的人生は俳句には入りえない」といった一面的な断定である。二つは俳句結社のもつ前近代的な俗物性、その個の自覚が稀薄な「中世職人組合《コンパニオナージュ》的」なあり方についての批判である。

そして三つは、戦時において「小説家にも便乗や迎合はあったが、そうした作家は今日すぐれた作品を書けなくなっている。……ところが俳壇においては、たとえば銀供出《きょうしゅつ》運動に実にあざやかな宣伝句をたちどころに供出しえた大家たちが、いまもやはり第一流の大家なのである。芸術家が社会的には何をしようとも、それが作品そのものに何の痕跡をのこさぬ、俳句とはそういうジャンルなのである」といった、無反省な戦争協力に対する俳句ジャンルそのものへの強烈なパンチである。

したがってその「第二芸術」論は、俳句界に想像をこえる衝撃を与え、異常なほどの活気ある反響を呼び起こした。それが「第二芸術」論争である。その理論的な総括は赤城さかえの『戦後俳句論争史』で詳述されているが、この論争には批判者として、さらに文芸評論家の小田切秀雄、臼井吉見などが加わり、俳句界からは山口誓子、中村草田男、日野草城、加藤楸邨、西東三鬼、秋元不死男、栗林一石路などが力をこめて反論している。

反論といっても、先に挙げた「第二芸術」論のもつ文学論としての弱点を衝くのは、さほど困難ではない。草田男は、桑原の「一種の優越感に根ざし」た所説をあえて「教授病」と命名し、最も徹底して根本的な反批判を展開している。しかし「俳句世界全体の不備と欠陥と病所」に対する真っ当な指摘については、つぎのように謙虚である。

「桑原氏の所説を要約すれば（A）近代的生活者としての俳人の精神的及生活的内容の貧困（B）近代文学の表現器官としての十七音及季題の不適合（C）俳壇に於ける運営様式即結社制の固陋――ということに帰する。そして此三点に触れての氏の所説は、可成り其真相を突いていながら……遂に全体としては単に傲慢なる一家言に陥ってしまっているものである。それにしても其氏の論に於てさえ、よく観察すればすべては（A）の、俳人としての『人間』の問題に帰しているのである」 （俳誌「かすみ」昭22・7月号）

加藤楸邨にいたっては、反論を通じて、さらにこの俳句と人間の生き方の問題を内省的に深めている（「現代俳句」昭22・4月号）。まとめると、つぎの三点になる。

①「局外から俳句は第二芸術であるといわれ、今日以後存在の理由を失うものだといわれる点

を、俳句の中で反省してゆけば結局俳句は人間を喪失していたという点にあるのだ。……明治以来の俳句には生きた人間の息づく場は俳句の中にはなかったのである」

②「俳句が何故人間を喪失したか。……純粋俳句ともいうべき世界……の方向ではどうしても俳句の形式美が主になって、人間的要請は従であるか、或いは無視せられるかである。そこに生ずるものは、形式的な偏向から来る技巧ばかりの競いがある」

③「俳句が人間としての要請に立ち、それを生かしぬこうと試みるのが、近代文学として存在しうるかどうかの分岐点であってみれば、どうしても人間的要請は生かされなくてはならない。……社会と人間との関係の仕方も問題になってくる。すなわち俳句に立ちむかう新しき主体として、改めて人間のありかたがとりあげられなくてはならない」

「第二芸術」論がまき起こした嵐から、戦後俳句が、この「俳句に立ちむかう新しき主体」を自覚したことは、論争の何よりの収穫といえる。現代俳句のリアリズムの発展から見ても、この時代に生きる主体が、俳人の心構えにきちっと据わっていることが、最も肝要だからである。

しかし「第二芸術」論争はそうした積極面の陰に、桑原が挙げた三つの問題点のうち、二の結社制度の問題と三の戦争責任の問題については、ほとんど論じられていない。金子兜太は復員後に読んだ「第二芸術」論から、むしろ「ただちに、結社組織をおもい、このなかで育まれている俳句作品の低俗さが、逆にその人間関係を温存させる因ともなっている。……だからこそ〈人間〉を叩き込め」(「俳句」昭45・8月号)と思ったそうだが、この論争の欠落点にも俳句界のもつ根深い病弊が反映していたのである。

（「つぐみ」二〇〇四年三月号）

六 「根源俳句」と「草田男の犬」論争のなぜ

その一 「第二芸術」論を越えて

確かに桑原武夫の「第二芸術」論（「世界」一九四六年十一月号）が、戦後の俳句界に与えた影響は尽大なものがあった。その評価はいろいろあるが、私は俳句史的に見て衝撃的であり、かつ持続的であったと思う。詩人の大岡信は、「『第二芸術論』五十年」（「國文學」平8・2月臨時増刊号）という一文で、その今日的意義をこう述べている。

「とりわけ、俳人の『安易な創作態度』と『作家の思想的無自覚』を、二にして一である問題として指摘している点は、俳句という短詩型文学の『形式』とも深く結びついた問題だけに、時代を越えて、鋭い切尖を俳句の心臓部に突きつけ続けていると思う」

この「第二芸術」論の突きつけた問題から、戦後の俳句界は大別して、つぎに述べる二つの志向が際立ち、その流れを分けた。一つは、「人生いかに生きるか」という人間の生《せい》のあり様を、最短詩形でどう表現するか、つまり俳句の文学性をあくまで追求しようとする流れである。

二つは、「俳句とは何か」という他のジャンルにない、伝統的な俳句固有の性格と方法（俳句性）を追求し、もっぱらそれに執着する流れである。

やや大摑みにいうと、その第一の流れから、ほどなく社会性俳句運動が勃興し、リアリズムの方法をさらに深めることになる。第二の流れはあえて俳句の社会性を拒否し、あるいは距離をおき、アンチ・リアリズムの見地から「俳志向」に沈潜して、その後「軽み」俳句の流行へ向かうこととなる。

まず、第一の流れから見ることにしよう。加藤楸邨は、この論争を通じて「俳句批判につい て反省してゆけば、それは結局、現代俳句が人間を喪失していたという点にある」と、自ら厳しく受けとめているが、この流れの目指すものは、端的にいうとその近代俳句が失っていた人間の回復ということである。したがって意思的であり、思想性、社会性をもつ主体としての自覚があった。戦後派といわれる多くの気鋭の青年俳人たちが、この流れを広げた。

戦後の空へ青蔦死木の丈に充つ　原子公平
暗闇の眼玉濡さず泳ぐなり　鈴木六林男
船焼き捨てし／船長は／泳ぐかな　高柳重信
暗闇の下山くちびるをぶ厚くし　金子兜太

一句目は、戦後の瓦礫の中で青々と生き抜く生命力を、作者の心意と重ねて捉えている。二句目は、闇の中を眼玉だけを大きく見開き、力いっぱい明日へ泳ぐ青年がいる。三句目の船長は、自らの意思で船を焼き捨て、敢然と沖へ泳いでいくのだ。そして四句目は、真っ暗な山道を一人で下りる作者の張りつめた意思を、肉体感覚で捉え表現している。

いずれも純潔で、不逞で、エネルギッシュで、鬱然とした不満をもつ青年がいる。敗戦直後のリュックを背負ったような生活俳句のリアリズムとくらべ、作者の内面がより自由に、斬新に詠まれている。つまり戦後俳句がもとめている自己表現であるのだ。この流れを推進した金子兜太は、「土がたわれは」(「俳句」昭45・8月号)という評論で、振り返ってこう書いている。

「『俳句は人間不在である』、あるいは『現代俳句にいたって、ようやく人間が所在するようになった』――という言葉をよくきくが、この奇妙な断定が、私には最大の関心事なのである。私は、この『人間』にとりつかれて俳句を作るようになり、戦後は、ムキになって、とりついてきた。そして、今後も、この『人間』から離れることは絶対にできない」

この人間にとりつかれた俳人たちの中で、私は能村登四郎にひどく興味を抱いている。彼は丸ごと正直に、人間を詠んだ。

長靴に腰埋め野分の老教師　登四郎

梅漬けてあかき妻の手夜は愛す　同

一句目は、台風の時でもゴム長で例のごとく出勤する、実直な先輩教師の姿態が見える。二句目は、貧しい生活を支える妻の指先に、健康でしかも官能的な美しささえ感じるのだ。いずれも第一句集の『咀嚼音』所収。その「後記」には、「私がここ数年来、俳句作家として一途に志して来たことは、人間表現の一事であった。有季十七音という限られた約束の中でいかに人間が描き出し得るかという事を、実作上で表現したかった」と書き記している。

ここで私が注目したのは、登四郎がこの「後記」を書いたその翌日から、旅へ出て、米軍基地化される内灘や、ダム開発で湖底に没する飛驒白川村、干拓化される八郎潟などを回り、第一句集に見られる「私小説的な人間表現」から、社会的存在である真の人間表現へ飛躍するため、そのすべてを賭けたことである。まことに誠実であり、意欲的である。その努力は、二年半後、第二句集『合掌部落』として結実する。その「後記」が、また感動的である。

「この句集でぼくの試みたものは『咀嚼音』で終始した人間個の問題を、どこまでも自己を起点として社会的な広い視野の中に発展させることが、本当の意味での人間個の展開だと思った。自分と同じように貧しさや苦しみと闘いながら世の中を生き抜く人の姿を、日本の風土の中からさぐり出して行きたいと思った」

その二　山本健吉と「天狼」が求めたもの

では「俳句とは何か」を追求した、第二の流れはどうだったのか。それは山本健吉の「挨拶と滑稽」(「批評」昭21・12月〜22・4月号)という評論から始まり、つづいて山口誓子を中心とする「天狼」(昭23・1月創刊号)の「根源俳句」運動として、意識的な展開を見せた。

山本健吉は昭和十年代、「俳句研究」(改造社)の編集長をやり、中村草田男、加藤楸邨、石田波郷ら人間探求派を世に押し出した新進の俳句評論家である。評論「挨拶と滑稽」は「第二芸術」論への直接の反論ではないが、明らかにそれを意識して、俳句固有の性格と方法を深めることによって、俳句の存在理由を裏づけようと意図した力編である。

これら戦後初期の俳句評論を収めた著書『純粋俳句』(昭27刊)は、ユニークで、一部を除き「手にしなかった俳人はいなかったであろう」(川崎展宏)といわれるほど読まれた。大岡信は、本書を挙げて「第二芸術論の問題をずっと深部でとらえ……すぐれた反対提案の書だが、同時に現代の俳人に投げかけられた刺激的な現代俳句批判の書ともなっている」(前掲「國文學」)と述べている。

なるほど、いま読んでも面白い。俳句の本質に対する興味ある追跡とともに、「芭蕉のリアリズム」についての意外な論述に、頷くものがあった。そこでは「芭蕉の徹底したレアリスムの精神」を説き、その「内面的リアリズムをわが物」とすること、「もう一度生活のレアリスムを取戻すこと」を強調しているのである。

また芭蕉の〈曙や白魚白きこと一寸〉や、子規の〈鶏頭の十四五本もありぬべし〉などの句を挙げ、「作品の中で、白魚や鶏頭が事実におけるよりもいっそう生き生きとした甦りを具現している……なまの事実を拒否することによって、否虚構の上にでなければ捕えることの出来ないような真実が、作品のレアリテイであります」と、それこそが真の写生であると書いている。まさしく現代俳句のリアリズム論である。

いうまでもなく健吉は、第二の流れを代表した一人だが、同時に評論家らしく、第一の流れについての視座も、当時は真っ当であった。後述する「根源俳句」を批判して、こう論じるのである。

「他の何物をも顧慮することなく、俳句とは何ぞや、俳句固有の方法と目的とは何か、を追求した結果、人生とは何か、如何に生きるべきか（この二つは別の問いではない）という問いの場から遊離した地点に、純粋な俳句理論を打ちたててしまった」　（「俳句」昭28・7月号）

いささか健吉とその俳論の紹介が長くなったが、いよいよ彼の「俳句とは何か」の検討に入る。健吉が、芭蕉をはじめ古典俳諧からひもといた俳句固有の方法とは、よく知られる「俳句は滑稽なり、俳句は挨拶なり、俳句は即興なり」といった、三つの命題である。ここでいう挨拶や滑稽は、常識的な言葉の意味よりも、俳諧史的に、もっと深みをもった表現であることはいうまでもない。

それは俳句が、もともと「座の文芸」である俳諧（連句）の発句《ほっく》が独立したものであることから、発句のもつ性格が、色濃く俳句特有の性格となっていることに由来する。発句は一面ではそれ自体として完結したものでありながら、もう一面では脇句を誘い出すため、無限のつながりを求めようとする非完結性が、同時に要求される。つまり本質的に、二律背反的な特性をもっているのである。健吉はこの二律背反性を、「時間性の抹殺」（「批評」昭21・12月号）という視点で捉え、こう主張している。少々難しいが、味読してほしい。

「極言すれば、俳句は音数の長さを持たぬ詩なのだ。三十一音（短歌―引用者）が十七音となるまでの間に、時間性の抹殺という暴力的飛躍が遂行されたのだ」

「詩的な言語としての時間的法則と、五七五形式の非時間的性格とが、対立し矛盾し葛藤しあうところに、俳句の本質が発生するのである」

つまり、短歌と詩との差異はまだ量的なものだが、短歌と俳句の間には明らかに質的な飛躍がある。言葉の時間性が中断されたのである。しかし言葉は連続を求める。この俳句形式のもつ矛盾が、あたかも振子の振動のようにディアローグ（問答・対話）をつくり出すというのである。健吉は、この俳句の本質に照らして、切字の再確認や、季題の本意・本情を問い直す。そして芭蕉の〈古池や蛙飛び込む水の音〉を例に、その無心の味わいの中に、一座の「会得の微笑」「談笑の場」が開かれ、俳句形式のもつ問答性、対話性から、俳句固有の挨拶と滑稽が生み出されると論じるのである。
すなわち俳句は、本質的に連衆の芸術であり、談笑の芸術であり、挨拶と滑稽の芸術である。これが他の文芸ジャンルにない俳句の特性であることは、もはや明白であろう。従来、「俳句とは何か」つまり俳句性について論じる場合、単に定型や季語という外律的な形式に求めることがほとんどだったが、健吉はそれを俳句自体の内部構造に求めた。そこに戦後の俳論が切り開いた、新鮮さがあったと評価される。この影響は、「根源俳句」へとつづく。

ところで健吉の俳句観は、こうした積極面をもちながらやはり第二の流れの「俳句性」固執から脱していなかった。そしてその一面性は次第に強まった。後で健吉と論争することになる金子兜太は、そんな健吉を「『実行』は、俳句の固有性にかたむきすぎ（現代詩のなかの俳句の位置付けをあまりに頑《かたく》なに気にしすぎ）て、〈現在唯今の生き方〉を先ず求めるところから俳句に関わろうとするものに対して、神経質といえるほどに拒否的だったことが惜しまれてなりません」（『わが戦後俳句史』）と、批評している。

ここで、第二の流れの俳句運動であった「天狼」の「根源俳句」について、簡潔にふれておきたい。この「根源俳句」をめぐる論争については、赤城さかえが、『戦後俳句論争史』の中で、丹念に整理し、分析している。そこでさかえは「戦後に行われた多くの俳句論争のなかで、この根源俳句論争ほど重要な意義をもった論争は無かった」と書いているが、そうだろうか。

「根源俳句」の運動は、昭和二十三（一九四八）年一月の「天狼」創刊号で、山口誓子が呼びかけた「出発の言葉」に始まる。そこで誓子は「酷烈なる俳句精神」をいい、「俳句のきびしさ、俳句の深まりが、何を根源とし、如何にして現る丶か」を問いかけた。そこへ結集したのが、誓子門流と、かつて新興俳句運動で名の知れた旧「京大俳句」を中心とする面々である。誓子をはじめ西東三鬼、平畑静塔、秋元不死男、橋本多佳子、三谷昭、孝橋謙二ら同人十三人。少し遅れて永田耕衣らも参加する。俳句界が「第二芸術」論の衝動で、それをどう克服するかで真剣な時だっただけに、その新風への期待は大きかった。創刊号は一万部近く売り切れた。

しかし結論的にいうと、「俳句とは何か」の課題を、その根源へ根源へと求心的内面的に追求したこの運動からは、実作、俳論とも、大方の期待に応えられるものは生まれなかったようだ。

藁塚に一つの強き棒挿さる　静塔

夏蜜柑いづこも遠く思はるる　耕衣

一句目は「根源俳句」を代表する作といわれ、藁塚の永遠のあり様を一本の強い棒の支柱から捉えようとしている。二句目は夏蜜柑という一個の完結した確かな存在を前にして、さまざまに馳せる己の心を見ている。驚くことに「天狼」では、〈新日記三百六十五日の白〉（堀内小花）といった、およそ詩精神の感じられない作品が「天狼賞」（昭27）に選ばれている。彼らが追求した「根源俳句」のなんたるかが見えるようだ。

俳論での根源探求も、「根源とは何か」をめぐって、「生命」(誓子)、「東洋的無」(耕衣)、「俳人格」(静塔)、「物自体」(不死男)、「内心のメカニズム」(謙二)といった各人各様の諸説が、収拾されることなく展開された。あくまで俳句様式の観点からの定義づけである。その中で静塔の「俳人格」説だけは主体を重んじ、一種の態度論を内包していた。

それに対して草田男、健吉などからの批判があり、その応酬は昭和二十年代末までつづいた。「根源俳句」の弱点は、文芸というものの根源にある人間の、その生き方や態度、つまり先に述べた第一の流れがめざしたものが、意識的に閑却されていたことである。したがって時代状況との相剋が忘れられ、社会性が欠如し、論そのものが観念主義に偏していた。

「根源俳句」運動を回顧して、総じていえることは、論争の盛り上がりは良しとしても、「人間いかに生きるか」という文芸の根本に背を向ける俳句志向からは、生き生きとした俳句も俳論も発展しにくいということである。それが教訓だと思う。

その三　「草田男の犬」のリアリズム観

もう一つ、戦後の俳句界で見落とせない論争があった。いわゆる「草田男の犬」論争である。

壮行や深雪に犬のみ腰をおとし　草田男

論争は、この句を「近代リアリズムの一つの頂点」と、積極的に評価した赤城さかえの評論「草田男の犬」(「俳句人」昭22・10、11月合併号)に対して、それを否定する芝子丁種との間で、約二年間、激しくつづいた。対象は昭和十五(一九四〇)年に詠んだ草田男の一句、当事者は主としてさかえと丁種、舞台も主として新俳句人連盟というところに、この論争の変わった特徴があった。

そこでさかえは、颯爽と勝気に、徹底して新しいリアリズム論を展開し、評論家としての名を高めた。やや泥仕合の様相もあったが、山下一海『俳句の歴史』は、「俳句の世界が政治の思想や情況と、はげしく切り結ぶ趣を呈しているところにも、この論争の時代的な意義があり、戦後俳句の出発時の一つの空気を象徴する出来事であった」と評している。

論争はもちろん、さかえが完全にリードした。兜太が「いまもって名著である」と推すさかえ著『戦後俳句論争史』には、自ら一方の当事者であった論争を、客観的に、しかも自信をこめて叙述している。さかえは「第二芸術」論を意中において、リアリズムの手法をもって俳句表現の可能性を追求し、明示しようとしたのである。今日の眼で、さかえのそれらの評論を再吟味してみても、つぎの三点で、なお深く関心を呼ぶものがある。

その一は、当時、丁種ら新俳句人連盟の大勢であった「現実ベタ追いのリアリズム」や、スローガン化した訴える俳句に対し、率直に、新しく、リアリズムの手法を詩的に深め、表現の形象化をはかり「写実の果の象徴」といえるレベルにまで、作品を煮つめ高めることを提唱したことである。「草田男の犬」の句が、その好例とされた。

この句のモチーフは、日中戦争の最中、駅頭などでよく見られた出征兵士を見送る壮行風景である。これを取り上げたさかえは、「この句の功績は、何と言っても、人々が熱狂してゐる喧騒の中から、深雪に腰をおろしてゐる哲学者『一匹の犬』を見出した作者の批評精神である。この一匹の『草田男の犬』によって、そこに画かれた群集図は単なる写実を遥かに越えた詩の世界を展開する」と解し、これが「現実以上の真実」、つまり「写実の果の象徴」の世界だというのである。

こうした作品が生まれるまでには、「何度も出征風景に接し、何度も考へさせられ、何度も煩悶し、何度も思想する」その思想の蓄積があった。この思想的、人間的な批評精神こそ、リアリズムの精神であるのだ。

その二は、戦争中、積極的に戦争協力した面のある草田男の作品を、評価するとは何ごとか、その作品自体「戦争謳歌」の句とも読める、という丁種らの意見に対し、そういう言動があろうと、作家、作品の評価、鑑賞は「歴史的、社会的観点」からしなければならないこと、その「人間的矛盾の中を貫く進歩性こそ大切にし合わねばならぬ」ことを、勇気をもって主張したことである。

そして「あの長い戦争の時代にこの草田男の十七音詩に匹敵出来る渾然たる文学的表現を剋ち得たものがどれ程あったであろうか。否、広くこれを美術の世界にまで拡げて見ても、これだけの『犬』を画き得た作家はいたであらうか」と、明らかに「第二芸術」論とその追従者に向かって、俳句文芸の存在感を誇示するのである。そうした評価はリアリズムを、「もっと幅広い、もっと強大な文芸の方法」として把握する、さかえの俳句観によるものである。

その三は、この句はまた「単なる壮行スケッチ」とも解釈されるし、「従来俳句にはどちらにもとれる全く相反する鑑賞が出来るもの」だとみなす丁種らに対し、そういう相違を放恣せずに、「どれが正しい鑑賞のしかたかを追究する批評活動が鑑賞行為と表裏の関係において進められねばならぬのだ」と、作品鑑賞と批評とのあるべき関係を論じていることである。

そこでさかえは、「壮行や」の句が、栄転した人を送る場合の壮行でなく、悲壮な出征風景であると断定するのは、中・下の表現に「暗い韻律」を感じるからだと、こう分析する。「陽気此の上ない感激の表現としては、下十四音の斡旋が無謀というほど重すぎる。重いばかりでなく暗過ぎる……明るい抒情に禁物の〇音による字余り。こんな馬鹿げた不注意が一音もゆるがせにしない短詩型詩人のすることか。草田男氏とはそれほど初心な俳人なのか」

つまり、韻の面では十九音中九音までが〇音、音数律からは五・八・六という定数律より重い調べ、どうみても「単なる壮行」でないことは明瞭である。鑑賞という「パトスの翼」も、「批評というロゴスの支え無しには普遍性を得られない」。鑑賞といえども、それぞれ勝手な

「永遠の不可知論」では、「芸術的真」を求めて論じようもないと説くのである。

さて、ここから、さかえのリアリズム論が旺盛に展開されることとなる。だが残念なことにさかえ自身、病弱で、昭和四十二（一九六七）年に五十八歳で他界したこともあって、その俳論の到達点はいまだ手法論にとどまり、主体の生き方、態度と結んだ方法論的発想は稀薄だったと言えよう。

（「つぐみ」二〇〇四年五・六月号）

七　開拓した社会性俳句の地平

その一　社会性俳句のあり様

いわゆる社会性俳句といい、それにつづく前衛俳句といい、戦後の俳句史で驚くことは、その盛衰の振幅の大きさである。今日では考えられないことだが、桂信子が最近の「朝日新聞」の文化欄で、こんな回顧をしていた。

「〈ゆるやかに着てひとと逢ふ蛍の夜〉〈ふところに乳房ある憂さ梅雨ながき〉など、色っぽい句と言われても意識していなかったです。社会性俳句隆盛の頃は沈没していましたね。社会性俳句でなくては俳句ではないという勢いでしたからね」　（平16・6・12付夕刊）

確かに昭和三十（一九五五）年前後の数年間、俳句で時代を詠み社会的人間を表現しようという社会性俳句が、一つの運動の流れとなって実作・評論の両面で、「俳壇を席巻し」ていた。そして「急速に衰退した」（大野林火）。それは何故だろうか。その運動が俳句の地平をどれほど耕し、今日に影響を遺しているのか。結論的にいうと、私は高野ムツオが『現代俳句ハンドブック』で書いた、次のまとめに同感である。

「社会性俳句論議は、数年で消えてしまい一時期の流行であったと捉えられがちだが、俳句における詩精神の自覚の必要性を多くの俳人にもたらし、その後の俳句に及ぼした影響は決して小さなものではない」

その詩精神を自覚しつつ、当時どんな社会性俳句が詠まれたのか。その好個の資料として、戦後九年にわたる社会性俳句を集大成した「揺れる日本――戦後俳句二千句集――」(「俳句」昭29・11月号)がある。編者は楠本憲吉、松崎鉄之介、森澄雄。全編二千句が五十三頁をとって、四百三十三項目に分類して収録されている。

その特徴の一つは、当時の俳人たちが詠んだ社会的テーマの多様さである。

軍歌鳴る赤線地区の夜の落葉　石原八束
春光の髪毛混血一年生　伊丹三樹彦
白い石ごろごろニコヨンの子が凍え　金子兜太
浮浪児昼寝す「なんでもいいやい知らねえやい」　中村草田男
尻軽ジープ去りぬ展墓の夕ながめ　香西照雄

ここで煩雑さをいとわず、同「二千句集」で挙げている「社会」の柱の三十三項目を紹介してみよう。そこには今日すでに廃れた言葉も多いが、こうしたもろもろの時代相が、生活者の目で意欲的に詠われたのである。
〈赤線区域〉〈アルバイト〉〈移民〉〈会議〉〈開墾〉〈寡婦〉〈孤児〉〈混血児〉〈産児制限〉〈傷兵〉〈女性解放〉〈失業保険〉〈職業安定所〉〈植民地〉〈生活苦〉〈戦争花嫁〉〈託児所〉〈堕胎医〉〈尋ね人〉〈男女共学〉〈血を売る〉〈停電〉〈ニコヨン〉〈入植〉〈廃兵〉〈母子寮〉〈ボス〉〈日雇〉〈浮浪児〉〈浮浪〉〈闇屋〉〈かつぎ屋〉〈汚濁の世〉

二つ目の特徴は、その社会性俳句に登場する俳人たちの顔ぶれの多彩さである。もともとその方向性をもっていた新興俳句運動や人間探求派の系譜はいうまでもなく、「ホトトギス」の流れをくむ「雲母」「石楠」などの系譜の俳人もかなり見られる。同「二千句集」の中で、たとえば「基地」の諸項目に並ぶ著名な俳人名を挙げてみよう。

西東三鬼、伊丹三樹彦、大野林火、秋元不死男、田川飛旅子、赤城さかえ、加藤楸邨、古沢太穂、栗林一石路、佐藤鬼房、香西照雄、中島斌雄、松崎鉄之介、横山白虹、臼田亞浪、中村草田男、沢木欣一、日野草城、林田紀音夫、鈴木六林男、石塚友二、石原沙人、宮津昭彦、寺山修司、飯田蛇笏、田原千暉、加藤知世子、森澄雄、和知喜八、能村登四郎。

これは花鳥諷詠が大勢を占める俳句風土の中で、それへの批判もこめて、社会性俳句がもはや動かしがたい一つの俳句の流れとなっていたことを示すものである。敗戦、焦土、生活難につづく、当時「逆コース」といわれたレッドパージ、朝鮮動乱と再軍備、基地問題の激化、ビキニ水爆実験とその被害など、時代状況の厳しさ、不安も反映している。

戦あるかと幼な言葉の息白し　佐藤鬼房

原爆図絵吾子には見せず蟬遠し　能村登四郎

爆音や乾きて剛き麦の禾《のぎ》　中島斌雄

そして特徴の三つ目は、全体としてそこに時代に生きる人間の目があり、息遣いがあり、健康なリアリズム精神が貫かれているものの、俳句表現としては、ほとんどの句が題材として社会事象を詠んだ域を出ていないことである。金子兜太は、その状況を「素材偏向の一般化」と捉えて、こう批判する。

「『揺れる日本』二千句をみてもそうですが、ほうはいと現われた俳句のおおかたは、社会の事象を題材として採用しているもので、外に向かっては新しいが、内に向かっては依然として陳套であったといえます」（「俳句研究」昭44・9月号）

ここに社会性俳句のもつ、古くて新しい問題点があるようだ。つまり花鳥諷詠に代わる、素材主義という意味ではそれと同じ平面の、社会諷詠的な素朴リアリズムではなく、あわせて時代を反映する作者のこころ（内面）の世界の社会性をどう捉え、表現するか、という問題である。そこでは、いささかの安易さも許されない。それは作句上も、また作品の解釈・鑑賞上も同様である。そこで一例として、先の斌雄の「爆音や」句の解釈・鑑賞をめぐる論議について、若干の吟味をしておこう。

この句には、「日本の空を、思うがままに截り裂いてゆく、戦闘機の爆音にたいして、この〝乾きて剛き麦の禾〟はそれに抵抗する民衆の意思のごとく、鋭く天にむけているように思われる」といった、作者の自句自解がある。その作者の真意をめぐって、古沢太穂（『現代俳句講座Ⅴ』河出書房刊）や秋元不死男（『俳句講座6』明治書院刊）は大方、賛同している。

しかし石田波郷（『俳句鑑賞三六五日』）は、この句をそう解するのは無理がある、そうなるとかえって類型的なわくを感じさせる、と批判する。それを受けて大野林火も、「私は波郷説に賛する。むしろ、そのような固定観念を負う解釈の甘やかしが、社会性俳句をいい気にして育たしめぬ原因でもあるのだ」（『戦後秀句Ⅰ』）と厳しく、率直である。そして、こう結んでいる。

「波郷はこの禾の群立に生命の集団意志表示を見ているが、それでとどめてよいのだ。限り知られぬ麦の粒のみのりの充実が、この空からの威圧者に応えているのだ。それだけで生命感の漲る立派な詩ではないか。作者の真意とそれてもそう解すべき句である」

私自身、爆音＝戦闘機（米軍機）＝戦争といった先入観と結びつけたがる、安易さへの自戒をこめて、この社会性俳句のあり様について、ここで突っ込んだ検討を深めたいのである。

その二　暗転する時代状況の中で

一時期、俳壇を風靡する感のあった俳句の社会性論議の引き金となったのは、いうまでもなく「俳句」昭和二十八（一九五三）年十一月号の特集「俳句と社会性の吟味」である。そして、その第二弾となったのが、金沢市に発行所をおく同人誌「風」のアンケート「俳句と社会性」に対する、同人二十四人の回答の特集（昭29・11月号）である。

それらの特集と、それをめぐる論議については後で詳述するが、ここでは何故、二つの俳誌などが導火線となって、あれほどの論議の高揚をもたらしたのか、という出発点の分析から始めよう。私はそこに三つのエネルギーが底流し、新たな俳句運動のうねりを作り出す要因となった、と見ている。

一つは、敗戦後のいわゆる焦土俳句からひろがった、庶民の暮らしに即したリアリズムの生活俳句の盛り上がりである。職場俳句や農漁村俳句の発展もあった。その暮らしと平和の生活心情が、暗転する時代状況の中で、いちだんと危機感をつのらせていたのである。先に紹介した「戦後俳句二千句集」は、その貴重な結実といえる。

二つは、青春期に戦争体験をもち、時代の動きに敏感な三十代の青年俳人、――沢木欣一、金子兜太、原子公平、佐藤鬼房、鈴木六林男、香西照雄、古沢太穂、田川飛旅子らのめざましい台頭である。彼らの多くは結社を超えて、俳誌「風」のグループに属していた。金子兜太は当時の青年俳人の気持ちを、こう語っている。

「はじめは社会性とか何とか、これが時代のみんなの要求だと思うから、自分がそれにぴったり合っていると思うから、張り切ってがんばっていったわけだ」（『証言・昭和の俳句　上』）

三十代の青年俳人たちが、こうした情熱を傾け社会性俳句の推進者となったところに、この運動の若々しさがあったのである。

そして三つは、個我に拠りながら俳句に人間の回復を求め、したがって戦後社会への関心を開いていた人間探求派の影響、とくに中村草田男の第五句集『銀河依然』（昭28・2月刊）とその「跋文」の与えた新鮮な刺激である。

いくさよあるな麦生《むぎふ》に金貨天降《あまふ》るとも　　草田男

韓半島を思ふ

炎天悲報同じく瞳《め》黒き戦禍の民　　同

毛糸編む気力なし「原爆展見た」とのみ　　同

これらの作品には、それまでの草田男の句集ではあまり見られなかった社会的視角、つまり社会性がかなり明瞭に読み取れる。さらにその「跋」では、「社会人として、この眼前の歴史的現実に密接して行かうといふ要求」と、「詩人として、人間の内的生命の深さを全的な永遠相の下に把握しようとする念願」とが、つまり「社会人の要求」と「詩人の念願」とが、相互に一元化しようとうずまき始めていると、真摯に自らの心境を述べ、次の有名な一文をつづけている。

「『思想性』『社会性』とでも命名すべき、本来散文的な性質の要素と純粋な詩的要素とが、第三存在の誕生の方向にむかつて、あひもつれつつも、此処に激しく流動してゐるに相違ないのである。すべては途上にある」

草田男もいうように思想や社会の問題は、もともと複雑で散文表現に適している。それを最短の詩形でどう関わりどう詠み上げるかは、近・現代俳句の容易に越えがたい課題であった。草田男は「けれども、現在の世紀の現実の激しさ」にあって、自らの内なる生命の欲求として、それに挑戦しようというのである。それが俳壇で大きな波紋を呼んだのは当然である。

こうした背景の中で、いよいよ社会性俳句運動が勃興し、先に述べた「俳句」の特集号となるのである。その特集は、新しく編集長となった大野林火の企画によるもの。筆者は沢木欣一、能村登四郎、原子公平、田川飛旅子、細谷源二の五氏である。

各評論はそれぞれ個性的であるが、ほぼ一様に話題の草田男の『銀河依然』とその「跋文」を取り上げ、その社会性追求の意欲に注目している。もちろん草田男のそうした実作が、詩として不熟と思われたことへの注文もある。しかし濃淡はあっても、現代俳句の中で社会性俳句の流れが強まり、「俳壇を質的に更新する推進力」（欣一）となること、「沈滞した俳壇にある種の活気を与えている事」（登四郎）への期待と共感が示されている。

いま、その五十年前の特集を読んで、私はそこに先達たちが述べている社会性俳句への志と、俳人の姿勢について、それはなお今日的問題であることにひどく興味をおぼえた。

まず志について。登四郎は、俳句の社会性は当然思想性をともない、それが俳句の詩性と衝突する。その意味では「俳句のもつ非社会性は否定する事は出来ない」と、正直にその限界を見ている。それでも言う。

「俳壇はあまり小悧口過ぎる。……明日への期待がなさすぎる」

「われわれはもう一度『銀河依然』の跋文にある草田男の言葉を真剣に考へてみる必要がないだろうか」

次に俳人の姿勢について。飛旅子は実作を中心に、同じテーマで詠んだ〈いくさなきをねがひつかえす夜の餅〉（林火）と、〈いくさよあるな麦生に金貨天降るとも〉（草田男）の二句を並べて批評している。一句目については「力弱い一市井人の願いとしては正にこの程度の弱さが正直の処であろう」という。二句目については作者の強い決意が胸にひびくが、「少し下句の誇張が童話的な美しい仮定に過ぎて、句が明るくみじんも懐疑のない表白になっている処が問題であろう」と指摘している。

そこから「主体が素材を得て夫々独自の表現を生んでゆく経過と、主体というものが何といっても俳句の根幹であることがよく窺われる」と、俳句が作者主体の自己表現であることを確認しつつ、こう結んでいる。
「俳句に於ける社会性というのも、作者の生活の中で作者が真実に肉身に感ずる社会性でなくては到底句に生きないものである」

さて、その主体の自覚とはなにか。作者が「肉身に感ずる社会性」とはどういうものか。それらの論点の整理は、第二弾の「風」のアンケート特集とそれをめぐる論議で、旺盛に展開されることとなる。

その三　社会性論議で明らかになったこと

その「風」誌の同人アンケート特集について、赤城さかえは『戦後俳句論争史』の第二部「社会性論議の実態」の中で、「これはなかなかの壮挙であった」と、たんねんな引用をしている。うち金子兜太、沢木欣一、香西照雄、佐藤鬼房、鈴木六林男らの意見が注目された。

ここでは、その兜太と欣一の意見のポイントを紹介しよう。

兜太　社会性は作者の態度の問題である。創作において作者は絶えず自分の生き方に対決しているが、この対決の仕方が作者の態度を決定する。社会性があるという場合、自分を社会的関連のなかで考え解決しようとする「社会的な姿勢」が意識的にとられている態度を指している。

欣一　社会性のある俳句とは、社会主義的イデオロギーを根底に持った生き方、態度、意識、感覚から産まれる俳句を指す。

見る通り兜太と欣一の意見は、かなり対照的である。兜太は社会へ向かって自覚的な、俳人の生き方、態度を社会性と捉えている。普通のイデオロギー以前の、あるがままの、つまり存在《ザイン》の社会性を大きく包容する内容である。思想は生きざまに溶け込み、態度として日常化している。実作を挙げると、こんな句がそれに入るだろう。

妻 が 病 む 夏 俎 板 に 微 塵 の 疵　　成田千空
内 職 の 家 夕 焼 は 突 き 抜 け る　　田川飛旅子

これに対し欣一の意見は、イデオロギーが根底にある社会性である。幅のある表現で言っているがやはり傾向性をもった、つまり当為《ゾルレン》の社会性といえる。その代表作として、次の名句がある。

白蓮《しらはす》白シャツ彼我ひるがえり内灘へ　　古沢太穂
塩 田 に 百 日 筋 目 つ け 通 し　　沢木欣一

太穂の句には内灘基地反対闘争のはずんだ、感動のきらめきがある。欣一の句には灼けつく能登の塩田で、黙々と塩作りに励む労働への讃歌がある。いずれも能動的で、イデオロギーは生《なま》でなく根っこに据わっている。私はもともと社会性俳句は、その日常のあるがままの社会性を基底に多様に広がり、その上にさまざまな傾向性をもった社会性の俳句が、重層的に連なることが望ましいと考える。

ただ欣一の言う傾向性のある社会性俳句は、従来その多くが素材主義の偏向をもち、とくに政治的なイズムべた付きの、いわゆるスローガン俳句となる弊風があった。しかも欣一説は「社会主義的イデオロギー」と言う、特定の思想を生《なま》のままに出した意見であった。論争で山本健吉はそこを突き、兜太はそうした思想を日常の態度化し得ない意見とは一線を画しておきたかったのである。

社会性論議を通じて、たえずその推進者としての金子兜太の存在感は高まった。私はここで、俳論の上で俳句における社会性の地平を開拓した兜太の役割を、二つに絞って簡潔に検討しておきたい。

一つは俳句と思想性・社会性の問題について、それは「作者の態度の問題である」と明解に、実作に即してその一歩を進めたことである。その問題は草田男が『銀河依然』の「跋」で、激しく自らに課したテーマでもあった。兜太は俳句の社会性をいうとき、そこには広い意味での思想（したがって批評）が入っている、思想性を失った社会性は暮らしの哀歓は詠んでも、それだけでは世間性にすぎない、その思想性を俳句で詠むには「思想が生きざまのなかに溶け込み態度といえる状態になったときに書ける」(『わが戦後俳句史』)というのである。

二つは俳句における社会性の世界を、外の素材的な社会事象だけでなく、自己のこころに反映した内なる社会性、言い換えると「存在意識としてある社会性」(あるがままの社会性)にまで広げたことである。こうして素材偏向への自省から出発して俳句の社会性論は、より内面化の方向を辿ることになる。

果樹園がシャツ一枚の俺の孤島　金子兜太
怒らぬから青野でしめる友の首　島津　亮

一句目、青年は自分のしたたかな孤独を謳歌したい気持ちである。それは連帯への呼びかけでもある。二句目、同性愛ともとれる退廃の美しさ、これも現代人のもつ一つの内面か。このように現代に生きるものには誰しも孤独感、退廃感、愛のメタフィジック、哀しみ、軋み、不安、絶望、恐怖などといった抜きさしならぬ心情の内なる世界があるのである。

社会性とはまさに俳人が、その時代をどう生きるかという時代性のことでもあるのだ。その点で皮相に流れがちないわゆる「時事俳句」とは違う。赤城さかえは『戦後俳句論争史』で、俳句の社会性について「その作品が現代という社会の性格を、何等かの形で反映」していれば、「自然を対象としても、生活を対象としても、社会事象を対象としても、そのことに区別はない」といっているが、至言だと思う。

ここまで来ると、主体の概念がくっきりしてくる。実は時代に生きる主体の表現こそ、俳句の社会性に他ならない。主体は外なる現実と内なる現実を、同時に抱懐している。したがって社会性論議はその内実、俳句のリアリズム論そのものでもあったのである。

以上述べてきた社会性俳句とその論議は、現代俳句の発展にとって当然経過すべき一頁であったと思う。今日なお評価の高い秀句を除き、俳句表現の上での実りは多かったとはいえないが、解明された俳論上の到達点、なかでも主体の捉え方は、その後に灯を点すものであったことは間違いない。私は佐藤鬼房もいっているように、「『社会性俳句』が行方不明になったとは露ほども思っていない」（「俳句研究」昭43・7月号）。その流れは、戦後俳句の土壌となり、今日の俳句に生きていると確信している。

（「つぐみ」二〇〇四年七月号）

八　むすびにかえて
金子兜太　造型（映像）俳句論の今日性

異色の俳人・阿部完市は、「戦後俳句五十年を振り返る」という現代俳句協会創立五十周年の座談会で、自らその一人であった戦後俳句の体感を、こう語っている。

「僕は、時代の必然は社会性俳句、文学の必然は前衛俳句、というように出てきたと思うんです。……抵抗が、戦後に盛り上って、それまた社会性という姿から、文学の姿へと変えて来た。それを僕は前衛俳句だと思っています」

まさに、戦後の時代を反映して、昭和二十年代の社会性俳句（二五九頁参照）につづき、あるいは混在して、昭和三十年代にはいわゆる前衛俳句が、短期間であるが俳壇を風靡した。そこでは、時代に生きる自己の内面を、方法論的に掘り起こしイメージ化し、先駆的に表現する、完市の言う「文学の姿」が追求された。そして、その方向が「手法」面で過度に進行し、「難解俳句」とも呼ばれた。

そうした社会性俳句と前衛俳句の二つの俳句運動が、戦後俳句の主な内実であったことは間違いない。戦後の自由な自己表現の気運の中で、秀句、名句は少なかったものの、熱気と意欲があった。いずれも若き金子兜太のリーダー性が、実作・俳論両面で顕著に見られる。

しかし、そのいわゆる前衛俳句自体は、小論のテーマである十五年戦争をめぐる俳句のリアリズム史の範囲を超えるので、ここではそこに流れた前衛精神や戦後俳句の志の継承が、今日の時代、改めて重要であることを指摘するにとどめたい。

その一　時代の求める俳句の方法論

「むすび」であるので、ここでは前章との流れで、金子兜太の造型俳句論の今日的な位置づけと評価について、その特徴を四つに整理して述べることにする。

第一は兜太の造型俳句論が、戦後俳句の時代に、その緊要に応えて創られ、広く影響力を見せた「古典」的方法論であるだけでなく、今日の時代にも新たに求められている俳句の方法論であることだ。「俳句界」掲載の特別インタビュー「兜太　大いに語る！」（平23・9月号）で、聞き手の対馬康子（「天為」編集長）との遣り取りに注目した。

対馬　でも、今「造型俳句論」が、金子兜太の生き方も含めて、再び求められている時代かなというのを感じています。

金子　おっしゃるように、「造型俳句論」を読んでみようかという雰囲気が出てきたというのは面白いね。

このインタビューは、三・一一の東日本大震災の後、同年六月に行われたもので、そこで兜太は「今こそ主体というものを大事にすべきときで、個我に閉じこもるときではない。今度の大震災に対する反応も、俳句が積極的に生まれるようでなければいかんと思っています」と、強調している。

これにつづいて兜太の造型俳句論への反響は、新たな広がりを見せつつある。たとえば昨年（平26）十一月号の「俳句界」は、「俳句評論復活へ！」を特集し、その特別インタビューで国文学者の堀切実が、兜太の造型俳句を「戦後の俳論で大きな意味を持つものとして」取り上げ、「今は兜太の『造型俳句論』を重視しています」と述べている。

また今年（平27）一月に出版された、筑紫磐井（評論家・「豈」発行人）著『戦後俳句の探求―兜太・龍太・狩行の彼方へ』でも、兜太の造型俳句論を全面的に分析しつつ、「その上で新しい俳句を提案しようという、極めて合理的かつ壮大な構想である」と評価している。この堀切、筑紫の論評については、文脈上、後でまた詳述することにしたい。

では戦後俳句の展開の中で、その造型俳句論がなぜ書かれ、どんな中味であるのか、具体的に振り返っておこう。

兜太が、社会性俳句の作品や論議を出発点として、本格的に俳句方法論を意識し、取り組んだのは昭和三十一年頃からで、翌年二、三月号の「俳句」で「俳句の造型について」を発表する。つづいて昭和三十六年に有名な「造型俳句六章」を、「俳句」一月号から六回連載。そして昭和三十八年に、それらを煮詰めた『短詩型文学論』（岡井隆と共著）を出版する。なんと八年もの歳月をかけて、造型俳句論が練り上げられていることに留意したい。

それは戦後俳句の流れが、社会性俳句から前衛俳句へと変転する時期と重なる。兜太は、社会性俳句論議の契機となった「風」のアンケート（二六八頁参照）で、「社会性は作者の態度の問題である」と答えた当時から、現代という複雑な社会と人間の内面を詠む、自らの俳句とその「方法」を求めつづけていた。同時に社会性俳句の停滞状況についても、鋭く見ていた。こう書いている。

「それは当時の政治情勢とも絡んで、……ふたたび素材的リアリズムの風潮が闊歩しはじめていた」「〈社会性は態度の問題である〉――と書いたとき、社会性を社会的素材への関心というかたちで表面化する素材的リアリズムの思考に、ぼくはまっこうから反対していた。社会性はそうした作者の外部関心の問題ではなく作者の内部状況にたいする関心の問題である、ということであった」（『短詩型文学論』）

当時は、基地問題、ビキニ水爆実験、六〇年安保闘争などなど、それ自体きわめて重大な社会的テーマ、題材であるが、それを俳句という最短定型詩形で表現する場合、安易に五七五にするだけの素材的リアリズムや、イデオロギー露出のスローガン風観念句が横行していた。「外なる現実」を描くだけで、それを反映したより豊かな内実、つまり作者の体感、心意、心象、記憶をヤマと内包する「内なる現実」を詠もうとしない、マンネリ状況があった。

兜太は、その低迷を打開したかった。新たな現代に相応しい戦後俳句の方法論を構築し、俳句表現の深化、革新を図りたかったのである。「従来みられたリアリズム論の不毛を断ち切りたい意味もある」（前掲書）、と書いている。

そうして書いた造型俳句論の内実を、兜太自身、『わが戦後俳句史』の中で簡潔に、つぎのように紹介している。

「要するに、従来の句作りは『対象と自己との直接結合』だったから、『諷詠』と『観念投影』がせいぜいだった、その直接結合を切り離して、そのあいだに『創る自分』を置いて、想像力を逞しくし、感覚を意識的に吟味しつつ、映像《イメージ》を獲得せよ、というものだった」

「軸は『主体の表現』ということで、俳句と暗喩（メタファー）にまで論及しております」

ここでは「造型」「創る自分」「主体」「暗喩」といった用語が、難解にもとれる。そこで兜太は、その表現に工夫を重ね、最近では「造型」を「映像」と呼んで、より一般的な解明とその活用に力をそそいでいる。そうした一例が、「海程」創刊五〇〇号記念企画「金子兜太主宰に聞く」（平26・2、3月合併号）での、兜太の発言である。「造型俳句論　ふたたび」の中見出しで、こう語っている。

「造型俳句論では、映像が大事だということを私は盛んに言ったんですね。これはそんなに難しいことを言っているわけではないんです」

「映像とは自分の中のすべて、客観も主観もない、自分という主体の中にできあがってくる映像世界というものを書けばいい。……客観とか主観とかいう写生ではなくて、映像で書くということをもっと一般的にもわかるようにこれからときほぐしていって、造型俳句ということをみんながわかってくれればいいんじゃないかと思っています」

造型俳句論と取り組んで五十九年。時代に生きる俳句の方法論にかける、執念とも言える金子兜太の詩的情熱を、改めて見る思いである。

その二　芭蕉と兜太の造型俳句論

特徴の第二は、金子兜太の造型俳句論が、国文学者・栗山理一が言うように芭蕉の俳諧論を現代俳句の作法に具体化し、さらに一歩深めた、本格、正統の俳句方法論であるということだ。注目したいのは、そうした芭蕉俳諧論の流れの中で、兜太の俳論に着目し評価する発言が、最近、目立ってきていることである。

まず栗山理一の『俳諧史』（昭38刊）から検討してみよう。名著の風格をもつこの本は、その冒頭の「総序」で自らの俳諧史の構想を「あくまで『俳諧』そのものの自己運動としての独自な機構を歴史的社会との相対関係において捉えるほかはあるまい」という見地を明確にしている。その上で、和歌時代に始まり、芭蕉、蕪村、一茶から子規、近代俳句にいたる俳諧史を緻密に論考し、その最後を兜太の造型俳句論で締めている。そこでは兜太の造型俳句論の嚆矢である「俳句の造型について」を取り上げ、そこに芭蕉の俳論の詩的構造が、「変革」といえる新たな展開を見せていることに、鋭く刮目しているのである。

「これに対して兜太の造型説は、対象と自己との直接結合を切り離し、その中間に『創る自分』を定着することにより、対象と自己との関係は間接的になる。『物の微』に即しながら『情の誠』を追尋してきた芭蕉以来の俳諧（俳句）の詩的構造は、ここにおいて変革の時に際会しているといってよかろう」

その論旨の由来は、『俳諧史』の「『物の微』と『情の誠』」の中で述べた、芭蕉の弟子・土芳が『三冊子』で師の言葉として書き記している、次の一文にある。

「習へといふは、物に入ってその微の顕れて情感ずるや、句と成る所也。たとへば、ものあらはにいひ出でても、そのものより自然に出づる情にあらざれば、物我二つに成りて、その情誠に至らず」（『あかさうし』）

これについて栗山理一は解りやすく、「内部と外部という二つの世界がその障壁を突き破って融け合い、物が情によって完全に消化された世界を現出しようとしているといってもよい。

つまり、対象である物と主体である情とが二つに分離し対立する関係にあるのではなく、外部世界としての物が内部世界の情にまで変質したとき、詩的表現は完結したことになる」と、説明を加えている。

見る通り、この芭蕉の言葉は、兜太の造型俳句論とほとんど共通した発想、論述である。造型論で新たに具体化されたのは、そうした創作行為を行う主体としての「創る自分」の設定である。外部の対象と自分との中間に、物と我を融け合わせ一元化させる、そして自分をも発掘し表現する、俳句作りの「もう一人の自分」を想定すれば納得できよう。

造型俳句論のすべての創作工房は、この「創る自分」がやる。この「創る自分」による映像・イメージの創作過程が、すなわち造型であるのだ。兜太の造型俳句論は、この「創る自分」の着想と設定の上に構築された、現代俳句の方法論であることが明瞭となった。『俳諧史』では、それを芭蕉以来の「変革」だと、大胆に評価するのである。

栗山理一は、この著書の末尾で、兜太の造型論について、「これは一つの危うい冒険であり、なおその実作の証明に俟つほかはないが、現代俳句の波の穂先が蛇行するめざましい風景として、これをなおざりに看過することはできないであろう」と、結んでいる。

その通り、その後、兜太はつづいて自らの造型論による実作として、〈彎曲し火傷し爆心地のマラソン〉〈華麗な墓原女陰あらわに村眠り〉〈わが湖《うみ》あり日蔭真暗な虎があり〉といった造型性、暗喩性の高い名句の数々を発表している。俳論でも、先に述べたように「造型俳句六章」など、より練磨した俳人の生きた力となる方法論を展開するなど、今日なお俳人・兜太は、進化の途上にあることは言うまでもない。

冒頭でも書いたように、そうした兜太の俳論への関心はなお広がっている。その一で登場した対馬康子は『金子兜太の俳句入門』の「解説——原郷へのあこがれ」で、「造型俳句論で解放した『創る自分』とは、つまり、芭蕉ですら為し得なかった心と情の二元論を超えたところにあるアミニズムの、自然で自由な境地に至るための具体的提言であったのです」と、さらに共鳴の翼を広げている。

また同じく、その一でふれた、芭蕉研究で知られる堀切実は、さきに挙げた「俳句界」(平26・11月号)のインタビューで、兜太の近著『語る 兜太——わが俳句人生』にふれ、その発想が芭蕉の俳論と相重なることを、次のように話している

「そして造型は『ものの姿』を見なくてはいけない。だから基本は写生の目なんです。そこから写生を超越してゆく。兜太は子規の写生論を否定していますが、私なりに解釈すれば、兜太も自分の眼で見ることを基本にしつつ、そこから写生を越えた心象風景を詠んでゆくんです。その発想法は芭蕉の俳論と通じていますよ」

さらに「俳句界」同号の特集「俳句評論論客に問う!」で、国文学者・復本一郎(「鬼」代表)は、「今後何をテーマに書きたいか」の設問に答え、「私淑する現存俳人金子兜太も、是非体当りしてみたい存在」といっている。復本一郎は『芭蕉俳句16のキーワード』につづく『芭

蕉の読み方』の中で、「芭蕉が五十一年の生涯で為《な》し得たこと、それは一口で言うならば、〈俳句革命〉であった」と書いていた。

さて、復本一郎がどんな問題意識で兜太と「体当り」をし、どんな評論が生まれるのか、興味あるところである。

その三　俳句表現史の上で

第三は、兜太の造型俳句論が、近・現代俳句史を表現論の視角から具体的な分析、分類、検証の上に構築された、現代俳句の方法論としての俳句史的な到達点を示していることである。まず、この小史の流れで見れば、兜太の意図は、あくまで水原秋櫻子、山口誓子に始まる新興俳句（一八三頁参照）の手法と、中村草田男、加藤楸邨、石田波郷ら人間探求派（一九五頁参照）を受け継ぐ戦後の社会性俳句（二五九頁参照）の態度を、総合する方法論であったのである。

さらに着目したいのは兜太自身、この造型俳句論が、なにより主体の表現という見地で書き上げたものであると、こう述べている点である。

「社会という現実が絡み合っている状態が『主体』。そこに立って近代俳句から現代俳句史を私なりに整理したんです。単純に言えば、〝諷詠から表現へ〞と」（「俳句界」平23・9月号）

この「諷詠から表現へ」という分類は、従来から近・現代俳句史の見方に共通してあった、「ホトトギス」（花鳥諷詠）対、アンチ「ホトトギス」（新興俳句運動、人間探求派、社会性俳句、前衛俳句）といった、二項対立の史観とは全く異なる問題意識がある。ここから新たな史観が展開される。

それは、先に述べた栗山理一『俳諧史』を貫く、「『俳諧』そのものの自己運動」として俳句史を観る、「俳句表現の発展史観」といっても過言ではあるまい。俳壇を代表する評論家の一人である筑紫磐井も、「海程」秩父俳句道場でゲストとして、こんな発言をしている。

「このように近現代俳句史を巨視的に、そして進化論的に捉えなおすとき、金子兜太の『造型俳句』の理論は、段階的発展論の確立という観点で大きな意義を持ってくるのではないだろうか」

（「海程」平22・7月号）

筑紫磐井のこの発言の流れについては、また後述する。

そうした造型俳句論を集大成したのが、「現在、ぼくらはどういう俳句を求めているのか」に始まる「造型俳句六章」（前掲）である。その内容は体系的、理論的、実証的で、簡単な要約を許さないものがある。したがってここでは、兜太の造型俳句論が描く俳句表現の発展史観の部分を、ごく簡潔に、実証的に、「造型俳句六章」（以下・「六章」）の流れにそって、その例句を挙げて紹介することとしたい。

まず「六章」では、戦前の俳句の大勢を大きく区分して、諷詠的傾向、象徴的傾向、主体的傾向の三通りに分け、諷詠的傾向は描写的傾向、後の二者はまとめて表現的傾向と呼んでいる。

(1)諷詠（描写）的傾向

①直叙法

正岡子規や初期の高浜虚子は、主観を根底に据えて、その表現方法として描写を採用した。この方法は、近代俳句の方法として正当性を持っていたが、虚子の後年では、その主観は花鳥諷詠の精神という限定付きのものとなり、主観を軽視する結果、その方法は崩れてしまい、ついに描写自体もその意味を失って、諷詠というあいまいな表現が目的化されるにいたった。これを直叙法という。

冬蜂の死にどころなく歩きけり　村上鬼城
甘草の芽のとびとびのひとならび　高野素十

②構成法

それに対し水原秋櫻子、山口誓子は、対案としての素材を、そのまま直叙することでなく、「想像力」を加え、「頭脳によって調理」し、作者にとって満足ゆく表現まで「創作」する方法を選んだ。これを構成法という。

金色の仏ぞおはす蕨かな　水原秋櫻子

夏の河赤き鉄鎖のはし浸る　山口誓子

しかし、この構成法は、主観・描写の二元的関係から抜けておらず、対象としての「現実」は、自己の外のものであるという点で、描写の一方式に止まるものであった。また素材の構成によって詩的効果を上げようとする技術面に偏り、主観の衰弱という宿命をまとっていた。そして構成法は、このような限界を抱えながらも、徐々に素材を自己の内実に奉仕させ、包摂するにいたる過程を辿ることになる。自己の内心の主題自体が構成の中心となり、外向的構成（描写段階）から、内向的構成（描写否定の段階）へと、構成法の質的な変化が見られるにいたった。こうした傾向は、「戦火想望俳句」を経て、新興俳句運動挫折にいたるまでの作品にかなり濃厚に具現されていた。

水枕ガバリと寒い海がある　西東三鬼
困憊の日輪をころがしてゐる傾斜　富沢赤黄男
河ほとり荒涼と飢ゆ日のながれ　高屋窓秋

(2)表現的傾向

①象徴的傾向

俳句は、構成法を契機として、内部の表現に一元的努力を傾けるにいたった。その一方、構成法の意図や操作への反発から、手法というものを避けるかわりに、自己の内奥へ眼を輝かせる一派がいた。いわゆる人生派または人間探求派と呼ばれ、「象徴的傾向」ということになる。

その特色は、㈠「花鳥諷詠主義に対する人生表現主義」の立場を厳正に選び、主観の位置を強硬に復活させようとしたこと、㈡その主観は根底的で混沌とした状態、いわば「求心的」の「心」であったということ、㈢こうした求心の厳しさは、自分の内部へ内部へと潜ることによって、閉鎖的にさえなったこと、㈣表現に当たっては、極力技巧を避け、自分の「心」のあるがままを言葉に移そうとしたこと、であった。

しかし、この象徴的傾向にも限界があった。結局は、個我の状態つまり自然的存在としての部面を描く程度に終わり、社会的存在として状態が変化している人間の内実（つまり主体の状態）を表現することはできなかった、といえる。

吾妻かの三日月ほどの吾子胎《やど》すか　中村草田男
冬帽を脱ぐや蒼茫たる夜空　加藤楸邨
坂の上たそがれ長き五月憂し　石田波郷

②主体的傾向

「六章」の終章が、この「主体の表現」である。自己の表現という直接的な命題に立ち向かうなかで、象徴的傾向と主体的傾向との差違が発生している。象徴的傾向の基本は個我であり、この主体的傾向では主体である。前述のように、人間の存在状態は、自然的存在としての部面から、社会的存在としての部面へと拡がりを見せるにつれて、個我の状態から主体の状態へと色合を濃くしていく。もちろん、その間にどちらともつかぬ表現もある。

その区別をする上での基準として、季題あるいは季語に対する執着の度合がある。象徴的傾向は季題への固執は根深く、それがまた逆に主体の自覚をさまたげてきた。また象徴的傾向にとって技法の問題は、凝視・把握の深さ、確かさ、真剣さ、といった態度の問題に吸収され、技法としては明白に問題意識されていない。これに対して主体的傾向にとっては、技法は大切な問題で、構成法が大きな役割を果たしている。

感得した内容をアクチュアルに表現するためには、作者の意思や思考や想像力が充分に加味されなければならず、それに応じた技法の選択が、表現の可否を決める場合さえある。そこでは感受性の問題、意識活動の問題、イメージの問題、そしてリズムの問題が、きわめて重要である。

華麗な墓原女陰あらわに村眠り　　金子兜太
近海に鯛睦み居る涅槃像　　永田耕衣
音楽漂う岸侵しゆく蛇の飢　　赤尾兜子

「六章」からの長い要点紹介となったが、近・現代俳句が「諷詠から表現へ」、その表現方法の上でいかに「自己運動」として成熟を深めてきたのか、胸に落ちるものがある。

こうした兜太の造型俳句論の、とくにいま述べてきた表現史の歴史的検討、その発展史観的な分類、位置づけについて、先に挙げた筑紫磐井『戦後俳句の探求』は、こう評価を惜しまない。

「それでは兜太の俳句史の何が画期的かというと……（従来の「伝統」対「反伝統」といった歴史観にたいし―引用者）、実はそうではない歴史観があるということを提示した点である。……表現態度（諷詠対表現）で俳句史を描いてみようというまっとうな態度であった」

「この俳句史の発見だけは現代俳句史において実に画期的であったと私は思っている」

その四　基底にある「存在」

特徴の第四に挙げたいのは、兜太の造型俳句論には、人間主体の生き方、在り方である態度の問題、つまり、ありのままの「存在性（そして存在）」が、しっかり基底に据わっていることである。この点は小論の最初から書くべきことだが、造型論の四つの特徴を鮮明に述べるため、あえて最後に総括的に、この「存在」の問題を考察することにした。

私がこの点をとりわけ重視するのは、兜太の造型俳句論の基底にある社会性と存在（態度）の問題について、一面的な誤った認識が一部に定着し、それが社会性俳句を前衛俳句へ誤導し衰退させた、主な原因であるかのような言説がつづいていることである。さらに、この社会性と存在の問題の表層的な捉えかたから、いまだに「兜太変身」といった、奇妙な先入観が一部に残っているからである。

たとえば『現代俳句辞典』(昭63刊)で、かつて「風」の同人でもあった香西照雄は、「社会性俳句」の項で次のように書いている。

「兜太は新しい方法論としてイメージを理知的に構築するという『造型』理論を提唱し、社会性という思想内容の問題を方法論議にすりかえ、観念遊戯的な難解な前衛俳句へ方向転換させた」

また「兜太変身」の先入観の問題では、小論でたびたび登場する筑紫磐井が、最近の「俳句四季」(平26・11月号)の「俳壇観測」で、兜太の近著『語る 兜太――わが俳句人生』を取り上げ、逆説のユーモアの感もあるが、こう書いている。

「この本は兜太の俳句人生の聞き語りであるが……唖然とするくらい前半と後半で生き方も主張も違うところをけろりと示している。……滅茶苦茶に思われる兜太の生き方そのものに共感する人もいるようだ。典型的な例が『造型俳句論』で、あれほど映像だ、映像だと主張していながら、いつの間にか『そんなきつく考えなくても、存在、つまりふわっと立っている人間の『ありてい』を書くぐらいの気持ちでいいんだ』といわれると一体戦後の前衛運動は何だったのか、責任を取ってくれという思いがする人もいるだろう」

率直である。まず香西説の検討から入ろう。ここで「社会性という思想内容の問題」という香西の把握自体が、すでに兜太が批判している社会性俳句をイデオロギー的、一面的に捉える見方であるが、それを兜太が造型論で「方法論議にすりかえ……方向転換させた」と断言するのは、俳句史の事実とは違う。ここで香西がいう「方法論議」とは、文脈から「手法論議」という意味だろうが、兜太は造型俳句の「方法」とは「態度と手法の総和」であると、繰り返し力説している。

先に述べた「風」のアンケートで、「社会性は作者の態度の問題である」と答えて話題を呼んだが、その翌年（昭三十）に出版した第一句集『少年』の「後記」でも、こう書いている。

「最近の俳句における社会性の問題について、これを単に方法の問題として受取らず、俳句作者の生き方（態度）の問題として捉えたのも、そうした自分の道程に基くものであった。文学における方法は作家の生き方の深化（認識および思想の深化）によって確定されるものと僕は考える」

その「文学における方法」としての「態度（生き方）の問題」は、それから六十年たった今日なお、兜太のバックボーンとして堅固である。近著『語る　兜太――わが俳句人生』は、より体験的にこう語っている。

「ともかく、この私の考えの根っこには、生まれ育った秩父で、おやじの周り（父・伊昔紅主宰の句会―引用者）に集まってきていた山国の男たち。知的野性の男たちと私は呼んでいるのですが、彼らが自分の暮らしを、生きてゆくそのあり方を俳句にこめようとしていたその姿勢に子供ながら共感していたことがあるんです」

「後年、母に止められていた俳句に身を入れてゆくようになったときにも彼らの姿、つまり裸で俳句にとり組む。これは後の私の戦争体験との関係とまったくよく似ていますね。イデオロギーなんかじゃ表現活動は出来ない。そんな実感が、思いが、私の『態度の問題』という回答を生んだのだと思いますね」

この体ごと説き明かす「態度の問題」を見ないで、造型俳句の方法論を、たんなる手法、つまりテクニックのことに矮小化しては、その本格的で肉厚で、丁寧に解明している兜太の俳句方法論は、途端に肝心の魂を失ってしまう。そんな薄っぺらな手法論によって、社会性俳句や前衛俳句が牽引され、衰弱したという香西説は、あまりにも同時代の俳人たちの主体性を軽んじた意見になるのではないか。現代俳句史は、それほど単純なものではないと思う。

ここで一言すると、兜太の造型俳句論が、その創出の過程で、「手法」的に受け取られがちであった点について、兜太自身、謙虚にこう書いている。

「しかしながら、〈何を〉、〈何のために〉、という――いわば〈態度論〉が不明瞭であったためか、それは単なる現代自由詩から借り物した手法論として受け取られてしまった。明らかに失敗であったが、その頃（最初の「俳句の造型について」を書いていた頃―引用者）〈技法〉に苦労していた自分の状態が影響していたことは争えない。それに〈造型〉という概念も誤解可能な言葉であった」

（『短詩型文学論』）

つづいて筑紫説の検討に移ろう。兜太は、一連の造型俳句論を発表した後、昭和四十年代前後から、造型論の基底にあった「存在（態度）」論を発展させ、社会性から存在性、そして存在へとアクセントを移した。それは社会性にこだわりつづけてきた自らを変え、より広い人間存在の本質を捉えようとするもので、その中には当然、社会性も包含される。「俳句研究」（昭44・9月号）掲載の「社会性と存在」という評論で、こう書いている。

「存在の根のうえに社会性という樹木を茂らせる――確たる根を持った樹木にしたとき、社会性は生きて詩の実を結ぶ、といいたいのです」

このように兜太の「社会性から存在」への移行は、生き方の深化であって、「社会性」からの「変身」では決してない。それは、今日までの兜太自身の、時代と向き合う姿勢を見れば、疑問の余地はない。公正に見て、昭和四十年代の一部にあった「兜太変身」説は、根拠がなく、とうに俳句史から消えるべきものである。それを緻密な論客で知られる筑紫磐井が、先に引用したような発言をされるのは、いかがなものか。

それに、俳句表現の方法である「映像」と、表現する主体の態度、生き方である「存在」とが、あたかも矛盾しているかのような論旨は、理論的とはいえない。人間のあり様には、「ふわっと立っている」存在（即物的日常）もあれば、しゃんと前へ向かっている存在（志向的日常）もあるのだ。いずれの存在からも、映像による俳句は十分詠めるものである。

しかし同時に、筑紫の『戦後俳句の探求』には、兜太の態度の問題で、思わず膝を打つような、みごとな着想があることも記しておこう。「肉体性」の見出しで、こう書いている。

「おそらくこんな肉体派は俳句史上においてもあまり例を見なかった。……兜太の自意識は前頭葉が創り出したものではなく、上腕筋や大腿筋などの肉体が創り出したものである。だから兜太の『態度』とは、即肉体的態度であった」

同感である。むしろ私は、兜太の全人間が肉体的主体であると、実感している。そこには肉体的な秩父の風土感があり、肉体的な戦争体験があって、そこから肉体的態度と肉体的俳句・俳論が生成しているように思っている。

なかでも、①産土・秩父の風土（原郷　—土—いのち—氏神—おおかみ、そして同郷の人々とその歴史）と、②トラック島での戦場体験（そこに根ざした、非業の死者に報いるという戦後の決意と転機〈一五五頁参照〉）の二つは、兜太の人生、生き方、俳句・俳論の態度の上で、決定的な意味をもっている。この二本の柱が切り離しがたく一体となり、兜太の肉体的存在を形作っていることは間違いない。

今日、兜太が大らかに話す「生きもの感覚」（八二頁参照）も、深くアニミズムにまで達するような、純粋な生の感覚は、おそらくその肉体的存在に発したものであると、私は思っている。その秩父の風土と、戦争体験に裏打ちされた、まさに「生きもの感覚」の映像による表現が

おおかみに螢が一つ付いていた

という名句である。兜太は戦場のトラック島で、しばしば、この小さく愛しく灯る秩父ホタルの夢を見たそうだ。

〈付 論〉①

古沢太穂 名句誕生の真実

金子兜太とともに、加藤楸邨の親しい門流であり、社会性俳句のもう一方の旗手であった古沢太穂が、この時代、新たに注目を集めてきている。それは、太穂が長年にわたり会長を務めてきた新俳句人連盟から、生誕百年を記念して、『古沢太穂全集』が二〇一三年三月に刊行されたことにもよる。同『全集』の序文には、こんな言葉がつづく。

「古沢太穂のやさしい顔を忘れない。闘ってきたけれどもやさしい詩人、それを今思うと勇気が出る。『古沢太穂全集』は、まさに勇気の出る本である」(大牧広)。「今この時代、古沢太穂はあらためて真摯に顧みられるべき俳人である」(友岡子郷)。「心うたれる太穂作品を、もう一度多くの若い人々にも読み直して欲しい」(石寒太)。

さらに注目したいのは、今年(二〇一五)一月に出版された筑紫磐井著『戦後俳句の探求』の中で、「社会性俳句の新視点」として古沢太穂を取り上げ、その内灘基地闘争を詠んだつぎの名句を挙げて、こう述べていることである。

白蓮《しらはす》白シャツ彼我ひるがえり内灘へ

「おそらくこれほど、明るい風景の中で革命のオプティミズムの響きを高らかに歌い上げた俳句は少ないのではないか。そこにはいきいきとしたリズムが生み出されており、血の気の失せた前衛俳句と違う大衆性・民衆性を保証している。だから戦後の社会性俳句というものは、この一句を生んだことによって報われていると言わねばならない」

この章を読みながら私は、太穂の師・楸邨が「太穂君のこと」と題して、「道標」（一九七六年五月号）へ寄せた、つぎの文章を思い起こしていた。

「太穂君の句というとすぐ〈白蓮白シャツ彼我ひるがえり内灘へ〉が心に浮かぶ」

「今の俳句の世界では随分いろいろの作品がもてはやされているが、さて五十年百年という歳月を経てから、世の転変の中に埋没し去ることのない筋金の入った作り手を探すということになると、太穂君は逸することのできない存在だと思っている」

つくづく、楸邨にして言える達見だと思う。一九五三年夏、石川県・内灘砂丘での米軍試射場反対のたたかいは、地元の農漁民を中心に、北陸鉄道労組の二回にわたる内灘向け軍需輸送拒否のストも加わって、全県、全国へと支援の輪が広がった。学生、文化人たちも参加した。戦後の米軍基地反対闘争の先駆けとなった、「激しく壮大な民衆のたたかい」（太穂）であった。

掲句は、その闘争に直接参加した体験をもとに生まれた作品である。真夏の盛り、太穂は五日ほど支援の学生たちと一緒に小屋の蓆で寝泊りし、刻々に刷り上がるビラを配り、連絡係でかけまわった。当時四十歳。帰途、金沢の沢木欣一・細見綾子夫妻の家で一泊したが、欣一によると「ただ眠りだけを欲し私の二階で死者のように眠った」(「俳句」一九五六年三月号)そうである。内灘で、渾身の力を絞ったのであろう。

それから一年ほどかけて、「俳句」一九五五年二月号に掲載された太穂の「四十路一歩」と題する四十五句の冒頭、この掲句に始まる「内灘」一連十五句が発表され、話題を呼んだ、社会性俳句の高揚期の作品である。

太穂はつねづね、「ナマの感動こそ俳句の生命である」と言っている。この「白蓮白シャツ」の句こそ、その見本と言えよう。闘争現場へ向かう行進であろうか。「白蓮白シャツ」とたたみこむリズムが、たかかいへ向かう青年たちの清潔な行動力をイメージする。胸を広げた白シャツが、彼も我も夏風にひるがえり、仲間同士の爽やかな連帯感を象徴している。

まさに名句である。その表現、内容、取り組む姿勢は、時代を超えた幅広い共感を呼び、戦後の社会性俳句を代表する作品と言える。

〈付　論〉②

時代を拓いたプロレタリア俳句の先達

横山林二──その生涯と俳句・俳論

横山林二は、栗林一石路や橋本夢道とほぼ同時代に活動した俳句の先達ですが、その人と業績は意外に知られていません。私は戦前のプロレタリア俳句以来の民主的俳句運動の資料に当たる中で、〝空白の輝き〟ともいえる林二の近・現代俳句史上の役割について注目しました。

その空白をひもとく手がかりは、「俳句人」一九七三（昭48）年六月号に載った横山林二追悼特集の次の一文です。

橋本夢道「横山林二は学生俳句グループのリーダーとしてプロレタリア俳句の先覚者であると僕は断定している。……林二こそ、戦後は闘病のため活発な作品活動は出来なかったが、プロレタリア俳句の主張や行動は、彼が嚆矢である」

古沢太穂「あわただしい文章で断定はむつかしいが、横山さんの本当の仕事は俳壇の正面に出ることの少なくなった戦後に深く積まれているのではなかろうか」

今日、横山林二の位置づけが必ずしも十分でないということは、戦前、戦争と貧困の時代に抗して、俳句革新の灯をかかげたプロレタリア俳句運動について、まだ解明されていない重要な部分が残されていることになります。また古沢太穂が、「横山さんの本当の仕事」は戦後に積まれているという、その「本当の仕事」とは何だろうか。私はそんな興味と問題意識に胸をはずませました。

一、横山林二の原体験

横山林二はその六十四年におよぶ俳句ひとすじの人生を、いつも社会進歩の側におき、働く者の立場にたって作句、評論、俳句運動を自在に貫いてきました。その原点は、彼の数奇ともいえる生い立ち、少年期の原体験にあったと思います。彼は『自由律俳句作品集』（新俳句講座第三巻）の作家紹介で、自ら次のように書いています。

「東京都港区芝浜松町に生れ少年時代を東京三大貧民街の一つ新網町に送る。父・露天商兼屑商、母・日雇労働者、長姉・芸者、次姉・女工の家況であった」

本名は吉太郎、一九〇八（明41）年十二月二十日、父・徳次郎、母・とめの次男に生まれ、一九七三（昭48）年二月二十五日に六十四歳で死去。その死を予期したかのように、亡くなる八ヵ月ほどまえから「道標」に、追憶の中にある極貧の父・母・姉や自分の幼時を回想した俳句を連載（一九七二年六月〜十月号）しています。

アセチレンは冬のながれ星そこに父
乳房ヨイトマケへ出て行ってしまう
ゆらゆら起き出し深海魚が姉である
浚渫船の笛ぼうぼうと飢えて露路に

ここでは季語に代わって、縁日の「アセチレン」、日雇の「ヨイトマケ」、芸者の「深海魚」、ガスタンクと工場が並ぶ芝浦河口の「浚渫船の笛」がキーワード、象徴として据えられ、林二俳句の特徴を見せています。

林二は早熟の感性豊かな文学少年でした。新網町の長屋に島村良太郎という一橋大学の特待生がいて、文学上の影響を受けたそうです。とくにモーパッサン、ゾラ、ドストエフスキーを読み、初期の芥川龍之介、菊池寛などの小説を好んだといいます。小学五、六年頃、すでに次のような抒情あふれる俳句を作っていました。

春風は処女の産毛のようだ

そんな下町の隅っこで生まれ育った林二が、どうして早稲田大学へ進学（一九二七年）でき、一九三〇（昭5）年以降、当局による相次ぐ発行禁止の処分の中で、「俳句前衛」「プロレタリア俳句」「Ｌａ俳句」「俳句生活」などの俳誌を、次つぎと創刊、発行できたのか。その辺の事情を知りたいと思っていたところ、幸い近親者のお話を聞く機会を得て、納得できました。

ひとことで言うと義兄となった伊藤市兵衛の援助です。事情を知る石塚真樹は「横山林二の境涯と俳句」（「現代俳句」一九九三年八月号）という評論の中で、その辺を「貧しかったのは小学校三年生ごろまでで、その後親戚の援助により生活は楽になり、〈お坊ちゃま扱い〉に急変したという」と抑えて書いています。しかしここでは林二やプロレタリア俳句運動との関係で、その市兵衛について少し立ち入った視点を加えておきたいと思います。

当時、六代目津の国屋市兵衛こと伊藤市兵衛は、東京・銀座を中心に、東京屋紳士雑貨店など流行雑貨品の製造・卸し・小売業を手広く営んでいました。林二が「長姉・芸者」と書いた姉のたけは、置家の初座敷でその市兵衛に見初められ、一九二三（大12）年に結婚します。市兵衛は理解と抱擁力のある人で、たけと結婚する前からその両親、兄弟の生活全般を援助しています。

そのため林二は新網特殊小学校三年のとき神明小学校へ転校し、専修商業学校を経て早大に入学、そこで文学や俳句へ情熱を傾けながら、一九三三（昭8）年ともかく政経学部を卒業。林二が仲間とともに進めたプロレタリア俳句誌の発行資金も、おそらく市兵衛の協力があったものと思われます。

それだけでなく俳友の橋本夢道も、仕事の上で市兵衛のお世話になっています。当時、東京

・深川の肥料問屋奥村商店の三の番頭をしていた夢道は、「自由恋愛は御法度」という今では信じられない店則にふれ、一九三一（昭6）年に失職しました。一時は心中さえ考えたそうです。その時、林二の紹介で就職したのが、銀座にあった市兵衛の紳士雑貨店です。林二が「常識はずれの頭脳構造をもつ」という夢道は、そこで市兵衛に見込まれ、のち経営の総支配人となり、その一つの銀座・月ヶ瀬のPRで、〈みつ豆をギリシャの神は知らざりき〉といった〝名句〟を作ったりしています。

プロレタリア俳句を語る場合、間接的であっても、こうした林二の義兄・伊藤市兵衛の善意の協力があったことを忘れてはならないと思います。

林二はまさにドラマのような人生体験のなかで、十五歳の頃から賀茂水の俳号で「朝日新聞」の荻原井泉水選・自由律俳句欄へ投句し始め、翌一九二四（大13）年に井泉水主宰の「層雲」へ入会します。当時の「層雲」は五・七・五の定型や季語にとらわれず、それを破棄、揚棄して、印象的な内在律のリズムで自然や人間を象徴的に表現しようとする、自由律俳句運動の拠点となっていました。

伝承の枠にはまった「ホトトギス」（高浜虚子）全盛時代に、それは鮮明な俳句革新の旗とも見え、青年俳人たちが蝟集しました。林二もその新鮮さ、何ものにもとらわれない最短詩に魅せられ、自由律俳句に熱中します。先輩に一石路、夢道がいました。彼は一九二五（大14）年には学生を中心に「層雲」東京第一支部を発足させ、その頃の「層雲」通信欄を見ると同支部の研究会や江東支部例会、本社俳句会などへ積極的に出席しています。
そうした勉強ぶりで、一九二七（昭2）年には雑吟一ランクの「層雲壇」へ、二九（昭4）年には「習作」欄へ推され、同年三月号で井泉水選の巻頭に採られるなど、めきめき頭角を現わすようになります。しかしプロレタリア俳句の色合は、二八（昭3）年頃の林二にはまだ見当たらず、いくぶん陰りのある青春の景や心象をリアルに詠んでいます。

傷つきし心を若葉にふかく埋める
太陽しょって百姓どっかと土に坐る
とんぼいったりきたりして日暮の子がいない

見るようにその生い立ちから、いつも働く者への温かい視線があり、次第にその密度を濃くしています。

つくしをもって少年職工がいた
まだ夜業がある水をのんでいる
朝からさむい石をはこぶ仕事をつづけている

それが一九二九（昭4）年になると、厳しい労働現場や労働者のたたかいなどを、自らその一人であるような体感で、意識的に詠むように変わってきます。工場や機械やデモやストライキなどを題材とした、いわゆる訴える俳句をさかんに作るようになります。

晴れた大きな門が罷業されているのだ
またうなり出した機械から夜をかえれないでいる
蒸汽鉄槌《スチイムハンマア》がまた一人食いやがった

林二をリーダーとする「層雲」東京第一支部の学生俳句グループは、機関誌「顔」を出し、一石路らが指導する江東支部（夢道ら）と交流し合いながら、プロレタリア俳句の是非やその推進について活発な議論を重ねています。「層雲」雑吟欄の一石路選には、時代を反映した尖鋭的な俳句が多く載るようになります。

また林二は、俳句と並んで「賀茂水覚書」などの俳論を「層雲」に発表。同誌「評壇」欄（一九二九年四月号）に載った近藤益雄の小論は、当時二十一歳の俳人・林二の姿をほうふつとさせます。

「極左詩人として氏が現はれたことを、自分たちは祝福せねばならない。氏には颯爽たる新時代がある。……氏には烈々たるプロレタリアートに対する愛がもえている」

こうしてプロレタリア俳句運動が、俳壇の主流である定型俳句の側からでなく、自由と批判精神をもつ自由律俳句の「層雲」を土壌として胎動し、誕生したことは、ひとつの時代的必然があったと思います。その先頭に横山林二がたっていたのです。

二、プロレタリア俳句の時代

栗林一石路によると、プロレタリア俳句とは「一口にいえばプロレタリアの眼をもって、その感情を透して詠うところの俳句」（『俳句芸術論』）です。つまり働く民衆の生活、感覚、心情にたってたたかい、訴える俳句です。当然、そうした俳句運動が生まれ、発展する時代背景がありました。

昭和の初期、深刻な経済不況と失業者の群、娘を身売りさせるほどの農村の窮乏がありました。戦争の足音が近づいていました。その中で労働者、農民の運動が全国各地で盛り上がり、プロレタリアート（労働者階級）の解放闘争とむすんで、作家の小林多喜二、宮本百合子に代表されるプロレタリア文化運動が、国際的にも注目される大きな発展をとげていました。

林二は先の自己紹介で「大正十二年、関東大震災に遭遇、大杉栄、南葛労働者ならびに朝鮮人虐殺事件等により、社会問題に目をひらく」と述べていますが、その生い立ちやそうした世相の中で、科学的社会主義の本を読み、プロレタリア文化運動の強い影響を受けたのは当然であったと思います。

木の葉のような解雇通知を一枚くれただけだ

酔えば地主をののしる父も死んでしまった

一九三〇（昭5）年、林二が「層雲」へ出した最後の俳句です。この年、プロレタリア俳句は明らかな一歩を踏み出しています。同年四月号の「層雲」に発表された一石路の「俳句は生きている」と、林二の「プロ俳句に関する走り書き的覚え書」という俳論は、〝プロレタリア俳句宣言〟とも言える内容です。

つづいて五月に林二、神代藤平らは「層雲」と決別して「俳句前衛」を発刊（三号まで、全号発禁）、七月には一石路、夢道らが「旗」を発刊（四号まで）。創刊号に林二の評論「階級闘争期の俳句」が載っています。翌三一（昭6）年一月に両誌が合併し、プロレタリア俳句同盟の機関誌として「プロレタリア俳句」（編集発行人・林二）を創刊したが、発禁により一号で終刊。そして同年九月に後継誌「Ｌａ俳句」（代表・林二）を出したが、これも発行と同時に発禁、終刊となっています。

見る通りプロレタリア俳句は、嵐に抗してかかげられた俳句革新の灯でした。俳壇や「層雲」のなかで、それを否定する議論が強まり、保守化した主宰の荻原井泉水は「是を誌上より一掃」する態度に変わります。そこで一石路は、井泉水の後継者と目されていただけに、「層雲」と見切りをつけることに躊躇があったようです。

その中で林二は、一石路や夢道を批判したり立てたりしながら、文字通りプロレタリア俳句運動の推進力として作品、評論、運動面をあわせ、縦横の役割を担うことになります。夢道も一石路についての座談会で、「横山君あたりの活動に一石路が便乗した形なんだ。それでも先輩だからリーダーシップをとっていた」（「俳句人」一九六二年九月号）と語っています。

私はプロレタリア俳句運動の歴史を調べ、そこで林二の果たした役割は、ある意味で決定的なものがあったと思っています。それは大きく二つの点が挙げられます。

一つはプロレタリア俳句運動が起ち上がった当初（一九三〇〜三二年）におこった、俳句解消論（派）とのたたかいです。彼らの言い分は俳句は封建詩で解放闘争の詩とはならない、一般の自由詩へ解消すべきであるという誤った政治主義の主張ですが、当時のプロレタリア作家同盟（ナルプ）詩歌班がその方針をとり、定型の早大俳句会の連中がしゃにむに押し進めていました。

それに対して一石路、夢道などは、一般詩と区別される俳句の特質を大事にし当然、非解消論の立場でしたが、ばかばかしくて討論の会合に現われず、筆を絶つかに見えて、ほとんど林二の孤軍奮闘の状態だったようです。一時、論争をひとまず棚上げして、民衆の場で問題を解決しようということになり、一九三二（昭7）年一月、両者で「俳句の友」（二号以降すべて発禁）を出したが、同床異夢、七号で終刊となりました。

この「くるしくはげしかった」（林二）俳句解消論との理論上、運動上のたたかいをつうじて、林二らは俳句の本質とは何か、伝統をどう批判的に継承するか、現実を把握、表現するリアリズムの方法と技法、さらに文学作品と解放闘争との関係についてなど、真剣な議論を重ね模索しています。またスローガン的で芸術性のとぼしかった、自分たちの俳句についても反省や研鑽をつづけています。

その苦悩の体験が、その後のプロレタリア俳句運動の着実で、幅のある前進の糧となったことは言うまでもないことです。

二つは、ほぼ同時代に俳句の近代化をめざして多様な高揚を見せていた、定型の新興俳句運動との共同を提唱し、接触と交流を深め、林二がのちに「俳句人民戦線」とも書いた具体的な共同を展開したことです。そこでも林二の役割はきわだっています。

一九三四（昭9）年五月、一石路、夢道、林二、藤平らは再起し、同人誌「俳句生活」を創刊します。当初の編集発行人は林二で東京・芝区の自宅を発行所としています。その前年に早大を卒業した林二は、大阪の紡織雑誌社の記者となっていました。

戦争前夜の時代です。一石路、林二らは細心の注意で「俳句生活」の発行の安全に努力しながら、俳句革新と現実重視の生活俳句を確立する目標で、創刊の言葉から、新興俳句運動への共同を呼びかけています。

「定型にも自由律にも困難な協力なくしては解析できない問題が石のようにごろごろころがっている。われわれは自由な共通の場で俳句発展のための仕事をしよう」

その「共通の場」を求め広げるため、林二は旺盛な評論活動をしています。一九三五（昭

10）年三月号の「俳句研究」には、「新興俳句批判」と題して定型側から加藤楸邨、非定型側から横山林二が評論を書いていますが、林二の新興俳句に対する批判と共同の姿勢は、まことに適切です。

「この二つの俳句、新への激しい潮流は、その面貌を一は近代主義的傾向、一は現実主義的傾向に分ってはゐるが、現代の特徴的な現実から誕生し、生活尊重の意義を持ってゐるという点に於いて共通の精神があるのであって、俳句革新の事業は、この二つの潮流の接触――相互批判と協力に待たねばならないものである」

林二はリアリズムをもって、プロレタリア俳句と新興俳句との共通項を探り、俳句のリアリズムは刻下の現実の矛盾を抉り出して詠うことだと強調して、そこに暗黒時代への密かな抵抗線を考えていたようです。そして確かな影響を広げています。戦後、金子兜太は林二らとの対話の中で「ところであんたの昭和十年ごろの『俳句生活』に書いた、『俳句とレアリズム』。あれは新興俳句運動に与えた影響大なるものがあるとぼくは見て、造型俳句論にもしばしば文章を引用した」（「道標」一九六一年五六号）と述べています。

ところで一九三七（昭12）年頃、新興俳句に現われた無季俳句をめぐって、「俳句生活」の同人内で意見の対立が深刻化したことがありました。リーダー格の一石路は、俳句の近代化は自由律以外にないという自説を曲げず（後で自己批判しますが）、新興俳句との共同が中断する危険が生まれました。その際も、林二の新興俳句に対する評価、共同への主張は確固としていました。
こうして「俳句生活」はさまざまな形で新興俳句との「盟友的親近と接触」（林二）を広げ、一九四〇（昭15）年一月の最終号（28号）の「新興俳句特集」には、当時の精鋭俳人十数名を網羅し、俳句における共同の一つの到達点を示しています。
さてプロレタリア俳句の時代、林二は評論とともに働く者、虐げられた者の目線と感覚で、現実の生活と時代とたたかいを詠んだ俳句を次つぎと発表しています。俳句をどのように反戦と解放闘争に結びつけるかが、林二らの課題でした。

〈生活を詠む〉

襁褓乾いてくる匂いのしかとおかれてある机
食うあてなくいてひまわりこちらむいて咲く
夏草へ吹きつける風の臭気が山奥の土工部落

〈反戦を詠む〉

戦争がはじまりさうな明日へ輪転機が唸っている
鉄が人を殺すものの形に冷却されてゆく深夜
暗く海揺れ骨壺に書かれてある兵の名

〈たたかいを詠む〉

しっかりと俺の心臓の音が更けた病監の一隅にある
今日の何もかもメーデー歌の渦にまきこんでしまえ
ぐんと星へむけここにもたたかう同志《なかま》の顔があるのだ

そこにはリアルな目で、緊張したリズムで主題にいどむ林二の姿勢が伝わります。しかしプロレタリア俳句は全体として政治的な主題と意思が強烈すぎて、現実を批判的に形象化する点で成功していない作品が少なくないようです。

最後に十年余にわたって俳句革新の灯をかかげ、共同もしてきたプロレタリア俳句運動と新興俳句運動は、太平洋戦争の前夜、一九四〇（昭15）年二月から翌年にかけて、数次にわたる俳句弾圧事件でともに終息させられました。林二は四一年二月五日、一石路、夢道らとともに逮捕、起訴され、懲役二年執行猶予三年の刑を受けます。三十三歳、二児の父となっていました。四三（昭18）年秋に東京・巣鴨拘置所から出獄しましたが、獄中の話はあまり語らなかったそうです。こんな俳句を残しています。

子よ父の肋搏《あばら》ちし男を胸にきざめ

三、民主的俳句運動の中で

敗戦を林二は、疎開先の神奈川県茅ヶ崎で迎えています。戦後、俳人たちの民主的な起ち上がりは早く、一九四六（昭21）年五月、俳句弾圧事件で迫害された新興俳句運動とプロレタリア俳句運動の俳人たちを中心に、「民衆の詩」である俳句を「時代や社会の進展とともに進展」させようと呼びかけ、新俳句人連盟が結成されます。

創刊号の「俳句人」（同年十一月発行）には一石路、夢道らプロレタリア俳句系の俳人と並び、寄稿者をふくめ新興俳句系の日野草城、西東三鬼、石田波郷、橋本多佳子、東京三（秋元不死男）らの作品が掲載され、注目を集めました。それは林二や一石路らが暗黒の時代に抗して展開してきたプロレタリア俳句運動と新興俳句運動との共同・連携の積み重ねが下地となって、戦後に引き継がれたものです（残念なことに翌年の連盟総会で、新興俳句系の俳人のほとんどが脱会し分裂となりました）。

玉体ゆらりととおり坑夫たち首垂れている

その頃の「人間」天皇の全国「行幸」を、自ら戦争と圧政の犠牲となった林二は、民衆の皮肉をこめてこう詠んでいます。彼は連盟の結成総会に出席して以来、死去するまでその運動に加わり、役員もやっています。また古沢太穂の「道標」の同人をつづけ、多くの作品や評論を発表して、民主的俳句運動の発展のため生涯をかけて貢献しています。

林二の生き方を見ますと、彼は絶えず自分を固定したり停滞させないよう努力しています。自らの青春をかけたプロレタリア俳句運動のもつ未熟さや欠陥について、正直でした。同時に時代の制約の中で築き上げてきたその成果と到達点を、どう戦後の民主的俳句運動へ継承し発展させるか、という困難な課題へ立ち向かっています。

戦後の民主主義文学運動は、プロレタリア文学の進歩的伝統と近代以降のヒューマニズム、民主主義の文学精神を受け継ぎ、ひろく民主的な作家の共同と連帯のもとに創造し、推進される文化運動です。林二らのプロレタリア俳句運動は、その体験と理論を、すでに戦時中の新興俳句運動との共同の中で培ってきた希少な例です。

だが大変残念なことに、戦後の林二は戦時中の拘置所でのひどい栄養失調がたたり、彼が「監獄病」と呼ぶ宿痾とのたたかいの連続でした。一九四八（昭23）年に腎臓結核となり、五〇（昭25）年には戦後始めた会社が倒産、茅ヶ崎の家を処分して東京・目黒区へ転居します。紹介者がいて、翌年から日本化学繊維協会に勤めます。しかし五三（昭28）年には肺結核が再発し、小康状態はあったが、以来二十年、闘病の中での俳句活動でした。

そうした戦後に林二がやったこと、あるいはやろうとしたこと、それは古沢太穂がいった「横山さんの本当の仕事」という見方もできるもので、私はここでも大きく二つを挙げます。

その一つは自ら提唱し、仲間とともに推進してきたプロレタリア俳句運動についての歴史的な総括をし、その語り部となったことです。たとえば「プロレタリア俳句運動の展開と『俳句生活』」（新俳句講座第一巻）、「プロ俳句の人びと」（新俳句講座第二巻）、「プロレタリア俳句の流れ」（「俳句」一九六六年十月号）などは、林二の秀れた批評力、記憶力による、彼ならではの業績です。

そこで林二は客観的に、微かながらも「階級文化運動の底辺的一翼として、没することのできない史的意義をもっている」ことを確認し、また欠点として俳句伝統の吟味の弱さや、作品の芸術性の問題などを謙虚に指摘しています。ほとんど一九六〇年代の仕事です。

二つ目は終生のテーマである俳句におけるリアリズムの問題を、伝統を現代に生かす角度から実作、評論の両面で探求したことです。主に健康上の理由から、それは大きな未完となりましたが、その方向と研鑽には多くの学ぶものがあると思います。

①まず自由律俳句への反省と批判から、俳句の伝統と定型について再評価をおこなっていることです。

「（自由律俳句は）伝統や俳句形成に対する度すべからざる底の浅さがある。プロレタリア俳句は、伝統の批判的摂取と称した。しかしこれもまた自由律の影響下から出発したものであったせいか、『伝統』への認識がアイマイであった」（「道標」一九六一年五四号）

「私自身、自由律出身の俳句作家として、自由律俳句の現状に、なんら郷愁も共感も湧かない。

……俳句は今、定型（旧い意味のそれでなしに、いうならば構造的に構成的に自由化したそれである）俳句が占める大きな民衆的場で現代ポエジーの摂取、結晶化に、地味な必死なたたかいを、己れ自身に課しているのだ」（「俳句人」一九六一年十二月号）

そして、その方向で定型感のある俳句をいくつも作っています。

蓼の花の崖下いつも小さな工場
夜の薔薇のつぼみ三角妻忌むとき
デモ消えてしずかにあまきひとつの樹液
負う天や夢道鳴門の逆さ渦　（橋本夢道へ）

②また林二は、リアリズムを作家のたたかい、生活する態度の問題として捉え、病床にあっても「しかし私は社会や、勤労者の闘う現実から別に隔離されていない」（「俳句人」一九七一年十月号）と、内に燃えるものを体験の蓄積から具象化して、時代やたたかいの焦点を捉えた俳句を作りつづけています。

真実の遠さ灼け建ち暮れおち最高裁判所　（松川事件）
流氷びびと国治《くにじ》解くまでわれらの母　（白鳥事件）
少年に銃の重たさ春のデルタの幅　（ベトナム人民支援）

ひよこ饒舌オルグ来る日の沖の耀《て》り　（新島基地反対闘争）

そこには現代への深い省察と、林二の身に染みついた虐げられた人びとへの共感が流れています。

③そして林二はリアリズムを作句の基底としながら、現代を詠む新しい創作方法を模索し、実験し、止まることがなかったようです。金子兜太らの前衛俳句を一面では批判しながらも、幅のある現代リアリズムの方向として、それをも学びとる真摯な態度でした。

「いわゆる前衛俳句は、レアリズムないし社会性俳句の非芸術から詩性回復を云々している。芸術性又は詩性は、俳句においてレアリズムでは不可能か」（「俳句人」一九六二年十一月号）

「芸術は現実認識の手段である。認識が意識へ濾過によって肉付される。これは、文学の場合言葉によって形象化される外部の客観的現実は、この過程で作家の内実にひっぱりこまれ、かなり、イメージを生み拡充しながら再び意味をもつ新しい現実となって構成される」

（「俳句人」一九七一年十月号）

ここに林二の俳句についての考え方が、はっきり表明されています。それは兜太の造型俳句の「創る自分」という主体の設定はないが、その感受した対象を自分の内実に包摂し、思考や想像力をはばたかせ、再びイメージの情緒化をはかるといった創作方法とかなり共通したものがあります。林二はそうした俳句も多く作っています。

異国の鼻先恋に光る魚を釣り
樹氷萌えつくすとき少年へ凶器
潜航してくる母体灰色貝の一つの眼
眼へ突き出してくる六月の挽歌一少女
（北辺幻唱）

四、学び受け継ぐもの

林二は「心に火の無い者は死ね」という言葉が好きでした。私は林二の生きざまから、その火を生きる志、情熱と受けとっています。

晩年、林二は連盟二十五回大会（一九七一年）での挨拶の中で「俳句を良くする、世の中を良くすることが、どっかの基底でもってつながっている。決して観念ではなく、イデオロギーだけでもなく、我々は、生れついてそういう基底の中で自分を育ててあげている」と述べています。ここに林二の俳句への志が要約されています。

林二にとって、いかに良い俳句を作るかということは、いかに生きるか、いかに現実とかかわるか、またいかに自分を鍛えるか、ということとは同じ根っこ、まさに一体のものであったのです。最短詩形をもって現代に生きる自己を表現することの厳しさに、人生をかけて立ち向かった林二に、改めて教えられるものがあります。
また林二は民主的俳句を現代に発展させる見地から、広く俳壇へ目を向け、相互批判をつうじて学ぶべきものは学び、共同できるものとは進んで共同するという点で、すぐれた模範を示しています。このことは古くて新しい今日の課題でもあると思います。
林二が一冊の句文集を出すことなく他界したことは、誠に残念です。

（「俳句人」二〇〇一年四月号）

〈追　記〉
なお一九七七（昭52）年五月に、横山林二の句画集『蛇の耳　薔薇の耳』（画は小野喜三朗）が、長男の横山鷹夫氏によって出版されています。題名は林二の句〈蛇の耳に薔薇を塡《つ》めるだけ塡《つ》めた〉から採ったものです。

あとがき

今年は戦後七十年である。考えると、「戦後」という言葉は重い。その間、わが国は一度も戦争をしていない。一人の戦死者も出していない。しかし十年後、はたして「戦後八十年」はあるだろうか。最近、「海外で戦争する国」への方向が加速する中で、そんな不安や危機感が広がっている。

この一月一日から、「東京新聞」「中日新聞」は読者から募る「平和の俳句」を、通年企画として毎日一句、大きく一面に連載している。

平和とは一杯の飯初日の出　浅井将行（18）
あたたかき孫の手九条あればこそ　浅井安津子（62）
蛇穴を出づ空に舞うオスプレイ　古浦勝久（73）

これは草の根の、衆の俳句である。普段の暮らしの中で心に抱く平和への思いや、時代への危惧の念を、率直に生の言葉で俳句のリズムにのせて表現している。説得力があり共感を呼ぶ。

金子兜太と作家のいとうせいこうが選・評をしている。三月十日現在、合わせて一万六千句を超える応募だと聞く。これは状況に敏感なジャーナリズムと、庶民の文芸である俳句とのかつてないタイムリーな共同だと思う。

本書を編みながら、その主題である転換の時代の俳句状況が、「はしがき」の①と②の時代を共通して、つぎの三つの特徴をもっていることを、改めて確認している。

第一は転換の時代こそ、いま述べた衆の俳句が、民衆の内なる表現欲求として全国各地に広がり、時代を反映し、あるいは批判するひとつの文化現象となっていることである。日本人古来の言語習慣から、五七五最短定型の俳句が、最も身近で馴染みのある表現手段であるからだろう。本書の第Ⅰ部において、私は「朝日俳壇」の定点分析を通じて、三・一一後の、その俳句力の強靱さを実証してみた。

第二は、もともと俳句は一般性と芸術性の両面を合わせ持った国民文芸であるが、とくに転換の時代には、数多の専門俳人が進んで時代を詠み、初心に帰って、同時代に生きる一人の衆として、衆の俳句の流れに参加していることである。

ちなみに本書①の時代には、「揺れる日本――戦後俳句二千句集――」(「俳句」一九五四年十一月号、本書二五九頁参照)によって、当時の各俳誌を網羅した形で、戦後ほぼ十年に及ぶ時代にかかわる俳句群が発掘されている。そこでは有名、無名を問わず、あくまで衆の一句一句である。

②の時代は、現に今日進行形であるが、たとえば二〇一三年九月に宮城県俳句協会編による全国応募の『東日本大震災句集　わたしの一句』（一、二六一句）や、二〇一五年三月、俳句四協会（国際俳句交流協会、日本伝統俳句協会、俳人協会、現代俳句協会）編による『東日本大震災を詠む』（二、六六七句）などで、その衆の俳句の、心打つ表現を通観できる。著名な専門俳人の多数が、衆の一員として参加している。秀句・好句も光り、全体として貴重な時代の証言、人間のこころの記録となっている。

本書はその二つの時代の特色ある作家・作品論にも焦点を当てている。

第三は、転換の時代の俳句は、そのほとんどがリアリズムの作品であることに感動した。時代が俳句作法として新しいリアリズムを求め、現代の映像表現によってこそ、この激動の時代の日常を、よりリアルに詠むことができる証でもあろう。本書は、俳句のリアリズムを俳論として探求したものではないが、転換の時代には、とくにリアリズムの視点が肝要であることが、改めて認識される。

本書の第Ⅰ・Ⅱ部は、所属する「海程多摩」誌に毎年、連載した評論で、一部の削除、加筆、変更はあるが、ほとんど原文を生かした。第Ⅲ部は、俳句仲間で出していた「つぐみ」連載の「現代俳句のリアリズム考」の中から、十五年戦争と戦後俳句の関連部分を転載した。いま振り返りたい近・現代俳句史の光と陰を、コンパクトにまとめている。

その〈付論〉②の「横山林二――その生涯と俳句・俳論」は、新俳句人連盟の研究会（二〇〇〇年三月）での私の報告で、用語、文体は当時のままにした。未発表の資料も使って、俳句史上もっと光を当てたい俳人を論じている。第Ⅲ部の「八　むすびにかえて　金子兜太　造型〈映像〉俳句論の今日性」と、〈付論〉①の「古沢太穂　名句誕生の真実」は、今日の視点で書き下ろした小論である。

私の俳句評論集は、二〇〇二年に刊行した『俳句の平明ということ――赤城さかえ・古沢太穂・金子兜太の場合――』につづき、本書が二冊目である。一貫しているのは時代を詠む俳句とその方法の探求である。それは私の人生と深くかかわっている。

私は十五歳の時、勤労動員先で真っ赤に燃え、人間を木の葉のように焼き尽くした長崎の原爆を見た。それから敗戦。憲法を手にした自由な解放感の中で、青年らしく「ノー・モア」の非核、平和、公正な日本と世界を願って、その国民的な共同の一人となり、今日までたどたどしくも前向きに生きてきた。

その中で日本のことばと文化に魅せられ、次第に時代と俳句という大まかなテーマで、俳句とその評論にも取り組むようになってきた。古沢太穂の門をたたいたのはその頃である。太穂亡き後、金子兜太の魅力に引かれ「海程」一本できた。まだ現役のつもりの社会活動と合わせ、多忙でも愉しくやり甲斐のある世界である。

そんな自分をぶつけるように、十数年来、書きつづけてきたのが本書である。

私は、俳句・俳論はもとより、人間とその生き方の上で心から尊敬している古沢太穂先生、金子兜太先生に親しく学んだことを誇りに思っている。また名著『金子兜太』の著者であり海程会会長の安西篤先生にも、長年、親身のご教示をいただいてきた。合わせて深く感謝を申し上げます。

ただ本書の副題を「金子兜太の存在」としているように、全篇を通じて金子兜太論を縦軸として述べているが、ここでは評論の客観性、公平性をモットーとしたことは言うまでもない。

私の俳句修業の道のりで、「道標」「新俳句人連盟」「鷗」「つぐみ」「海程」のみなさんには、いろいろお世話になり、俳句という「座の文学」の人間臭さを、温かく振り返っています。出版社の「文學の森」の方がたの丁寧な仕事ぶりに、驚いたことを記してお礼とします。

二〇一五年三月

三・一一から四周年

岡崎万寿

著者略歴

岡崎万寿（おかざき・まんじゅ）本名　万寿秀

1930年　佐賀県唐津市生まれ。
理論政治誌「前衛」編集長、衆議院議員を経て、
現在、非核の政府・東京を求める会 常任世話人。

〔俳　歴〕
1987年頃から政治家の余技として俳句を嗜む。
1996年頃からまともに俳句と俳句評論に取り組み、古沢太穂に学ぶ。
1998年、「道標」同人。
2000年、道標賞、新俳句人連盟賞受賞。
1998年頃から金子兜太に学び、2002年「海程」同人。
海程例会大賞（2004・2006・2011年）、
同特別賞（2012・2013年）。
現在、「海程」同人、現代俳句協会会員。

〔著　書〕
『俳句の平明ということ』
『戦争と平和のマスコミ学』『現代マスコミ危機論』
『ジャーナリストの原点』（共編著）
『統一戦線運動』『三宅島』
『沖縄県祖国復帰闘争史』（編纂委員会編・本土側より執筆）
『戦後秘密警察の実態』（共編著）『謀略』（共著）
『マルクス経済学辞典』（共同執筆）

〔現住所〕
〒180-0003　東京都武蔵野市吉祥寺南町4-27-5

転換の時代の俳句力

——金子兜太の存在

平成二十七年八月十五日　第一刷発行
平成二十八年一月十五日　第二刷発行
著　者　岡崎万寿
発行者　大山基利
発行所　株式会社　文學の森
〒一六九-〇〇七五
東京都新宿区高田馬場二-一-二　田島ビル八階
tel 03-5292-9188　fax 03-5292-9199
e-mail　mori@bungak.com
ホームページ　http://www.bungak.com
印刷・製本　竹田　登

ISBN978-4-86438-415-5　C0095